U0522803

梁实秋莎评研究

李伟昉 著

商务印书馆

2011年·北京

图书在版编目(CIP)数据

梁实秋莎评研究/李伟昉著. ——北京：商务印书馆，2011
ISBN 978-7-100-08513-7

Ⅰ.①梁… Ⅱ.①李… Ⅲ.①莎士比亚，W.(1564~1616)-文学评论 Ⅳ.①I561.063

中国版本图书馆CIP数据核字(2011)第170422号

国家社科基金项目（06BWW005）
中国博士后科研基金项目（20060390772）

所有权利保留。
未经许可，不得以任何方式使用。

梁实秋莎评研究

李伟昉 著

商 务 印 书 馆 出 版
（北京王府井大街36号　邮政编码 100710）
商 务 印 书 馆 发 行
三河市尚艺印装有限公司印刷
ISBN 978-7-100-08513-7

2011年9月第1版　　开本 880×1230 1/32
2011年9月北京第1次印刷　印张 9 1/8
定价：25.00元

目录 Contents

序言（关爱和）...... 001

引言...... 005

第一章　18、19世纪西方莎士比亚批评概览...... 008
　　第一节　18世纪西方莎士比亚批评...... 009
　　第二节　19世纪西方莎士比亚批评...... 018

第二章　近现代中国对莎士比亚的接受...... 051
　　第一节　20世纪30年代前的莎士比亚接受...... 052
　　第二节　20世纪30年代至新中国成立前夕的莎士比亚接受...... 067
　　第三节　近现代中国接受莎士比亚的价值取向...... 092
　　第四节　借鉴价值和启示意义...... 100

第三章　梁实秋核心文艺思想片论...... 106
　　第一节　梁实秋对古典主义的坚守...... 106
　　第二节　梁实秋人性论再认识...... 123

第四章　梁实秋与莎士比亚亲缘关系论……135
　　第一节　梁实秋选择莎士比亚的外在因素……136
　　第二节　梁实秋钟情莎士比亚的内在因素……144

第五章　梁实秋莎评的基本内容……160

第六章　梁实秋莎评特色论……172
　　第一节　浓郁的人性论色彩……172
　　第二节　学术史的视野与对总体研究的关注……182
　　第三节　温和理性的均衡感……193

第七章　梁实秋莎译本的特色与贡献……202
　　第一节　求真的翻译态度……203
　　第二节　节制式翻译实践……223
　　第三节　梁实秋莎译本的贡献……234

结语：梁实秋莎评的意义……243

梁实秋主要研究资料（1981—2011）……248

主要参考文献……280

后记……284

序言
关爱和

李伟昉博士从事外国文学与比较文学研究多年。其在曹顺庆教授指导下完成的博士学位论文《英国哥特小说与中国六朝志怪小说比较研究》，2007年入选"全国优秀博士学位论文"。回河南大学工作后，伟昉提出挂在我名下进行两年时间的博士后研究。很快他就确定下了科研课题，进入研究状态。这个课题最终结出的果实，就是这本《梁实秋莎评研究》。

梁实秋是中国现代著名的作家、学者、文学批评家、翻译家。其早年考入清华大学，与闻一多是同窗而兼诗友。1923年入美国哈佛大学学习，选修白璧德教授的"16世纪以后的文艺批评"等课程，从而"由极端的浪漫主义，转到了多少近于古典主义的立场"。1926年回国，先后在东南大学、山东大学、北京大学任教，是"新月派"的主要成员，1935年创办《自由评论》。1949年到台湾，任教于台湾师范大学。1987年病逝于台北。

梁实秋与莎士比亚结缘，缘于胡适。1930年，一向热心于翻译事业、倡导读第一流书的胡适，就任由庚子赔款建立的中华教育文化基金董事会翻译委员会主任委员一职，构想过庞大的翻译计划，其中就包括翻译《莎翁全集》计划。据梁实秋《怀念胡适先生》一文记述:"(胡适)原拟五个人担任翻译,闻一多、徐志摩、叶公超、陈西滢和我,期以五年十年完成,经费暂定为五万元。我立刻就动手翻译,拟一年交稿两部。没想到另外四人始终没有动手,于是这工作就落在我一个人头上了。"独自担纲《莎翁全集》翻译重任的梁实秋也因为战争等种种原因断断续续地工作,直到1968年,计翻译剧本37册、诗3册的《莎士比亚全集》在台湾出版,前后用时38年。此后,梁实秋又用7年的时间完成百万言著作《英国文学史》。而此前,梁实秋另外一部为世人看重的著述是《远东英汉大辞典》。

伟昉博士的《梁实秋莎评研究》,从18、19世纪西方莎士比亚批评、近现代中国对莎士比亚的接受过程入手,主要围绕梁实秋文艺思想、梁实秋莎评的内涵与特色、梁实秋莎译的贡献展开论述。莎士比亚的出现是人类文化史上的一个伟大奇迹,对莎士比亚的认识,不管在欧洲,还是在中国,都经历了一个由表面走向内在、由疑问走向神圣、由通俗走向经典的过程。正像一千个读者心中有一千个哈姆雷特一样,每个译者和评论家心中都有一个说不尽的莎士比亚。梁实秋是现代中国唯一一位莎士比亚全集的翻译者,也是一位著名的莎评专家,他的翻译及其大量莎评文章,对于我们吸收人类优秀文化成果、推动中国莎学的发展功不可没。观察与分析莎士比亚在欧洲和中国的传播,我们可以了解不同文化背景下的文学交流与接受过程中普遍存在的选择、改造、移植和扬弃等变异现象。以梁实秋的莎译和莎评为个案,我们可以体味到学术兴趣和坚韧毅力,在学术事业成功中的作用和意义。这些都是本书的作者所要告诉我们的。在此之外,作者还以在比较文学、中国现当代文学、文艺学等方面的专业知识,告知并解读了诸如莎士比亚标准的中文译名来自梁启超、鲁迅对"新月派"人性论的批评等有趣的文坛掌故。本书对中国现代两位莎士比亚的翻译大家朱生豪与梁实秋翻译风格加以比较,又使我们对信、达、雅的翻译三要素有了新的体味。

序言走笔至此,不由得想起在河南大学辛勤耕耘一生的莎士比亚研究专家刘炳善教授。刘炳善教授自称自己对莎学事业具有一种宗教徒似的虔诚精神,从63岁高龄的1990年开始,用18年的时间,编成《英汉双解莎士比亚大词典》的正编和续编。刘炳善教授在《为了莎士比亚》一书中写道:"在这18年中,我在自己所写的将近9万张卡片中,贯注了我对莎剧的痴迷和热爱。日复一日,月复一月,年复一年,我一点一滴地体会和欣赏着莎翁的奇思妙语和微言大义,感觉好像是考古工作者在田野上用小铲一点一点剥开泥土,露出一个又一个细节,最后在眼前突然出现一座巨大的古代雕像。"刘炳善教授认为:在攻读莎剧中,印象最深的是莎翁对人性、对人心灵深处的洞察。文学是人学,作者和读者之间感情互动。注释莎剧也是如此。"对于莎剧的词语成千上万次查阅注释,时间久了,会自然产生一种'语感'(speech feeling),感触到专属于莎士比亚的'语境'。每天早晨开始工作可以感觉到自己在进入莎士比亚以其特殊、独创的语言所构成的精神氛围。"

世界有了莎士比亚的戏剧而变得丰富多彩；莎剧莎评有了朱生豪、梁实秋等一代翻译家的辛勤劳作而流传广远；即将迎来百年校庆的河南大学，因为有了刘炳善、李伟昉这样薪火相传的学者而弥久常新！

是为序，与同道共勉。

2011 年 7 月 18 日

引言

由于众所周知的原因，国内学术界在相当长的一段时间里对梁实秋颇为冷漠，不屑研究。但近些年来，有关他的传记、批评渐渐多起来，并且已有关于他的研究专著行世。然而，在比较文学视野里，对于他对莎士比亚的批评接受、关注焦点、批评特色及其在中国莎士比亚批评领域里的贡献和价值，迄今仍然缺乏充分的认知，更缺少深入细致的具有学术意义的探究。我国著名外国文学学者戈宝权先生1982年在一篇文章里谈到莎士比亚的作品在中国的传播时特别强调说："在这里应该指出的，就是随着莎士比亚的戏剧作品不断被译成中文，'新月派'的资产阶级文人学者如梁实秋等，'第三种人'如杜衡之流，都大译其莎士比亚的戏剧作品或大写其论莎士比亚的文章，他们不是用资产阶级的观点来介绍和评论莎士比亚，就是对莎士比亚的创作进行各种歪曲，这不能不引起鲁迅先生的愤慨。于是鲁迅先生在1934年用笔名'苗挺'先后写了《"莎士比亚"》及《又是"莎士比亚"》等文，对这些资产阶级文人学者进行了驳斥。"[1]

---

[1] 戈宝权：《莎士比亚作品在中国》，《莎士比亚研究》创刊号，浙江人民出版社1983年版，第338页。

显然，这一观点在今天看来是值得商榷的。上海戏剧学院教授、中国莎士比亚研究学会副会长曹树钧先生在 2006 年的一个莎士比亚研究学术研讨会上致开幕词时披露，当年曹禺就对包括他在内的几位莎学专家说，梁实秋值得认真研究，他对莎士比亚的研究以及莎士比亚在中国的译介作出了重要贡献。

的确，梁实秋是现代中国一位莎士比亚全集的翻译者，也是一位著名的莎评专家，他的翻译及其大量莎评文章，对于我们吸收人类优秀文化成果、推动中国莎学的发展功不可没。要梳理、总结百年来中国对莎士比亚介绍和批评的历程和特点，缺少了梁实秋这个环节，无论如何都不能不说是一个莫大的遗憾和缺失。梁实秋从 20 世纪 30 年代初开始翻译、评论莎士比亚，就注定与莎士比亚结下了不解之缘，并成为他终生事业中最重要的组成部分。梁实秋的莎评文章不仅数量多，而且论及的内容和范围也相当广泛；不仅富有学术性，而且迥异于同期特别是 20 世纪三四十年代其他学者和作家的莎评，具有独特的鲜明个性。本书在宏阔的中西方莎士比亚接受与批评史的比较视野下，首次在国内对梁实秋对莎士比亚的独特接受及其莎评作了较为详尽、系统的学理研究，揭示了梁实秋与莎士比亚的亲缘关系，彰显了梁实秋莎评的内涵与特色，探讨了他的译文形态与批评态度的内在联系，客观公允地评价了他在中国莎士比亚传播与批评史上所作出的贡献及其意义。这一研究无论在推进学界对梁实秋莎士比亚研究价值的进一步探讨方面，还是对梁实秋这位著名作家、评论家的批评思想的深入阐析方面，都具有重要的理论价值与实践意义，对于当下中国文学批评界也不无借鉴和启迪意义。

本书在研究中注重文献资料的梳理，力求从文献资料中去发现问题，分析问题，同时力求宏观把握与微观细读并重，论而有据，理据结合。本书更注重运用比较文学影响研究与接受研究的方法，并附以阐释理论、接受理论作深入阐析。当然，历史唯物主义与辩证唯物主义的方法也贯穿始终。

另外，需要说明的是，2002年福建鹭江出版社出版的《梁实秋文集》已将梁实秋早年发表的包括莎士比亚评论方面的重要文章均收录在内，所以，本书所引用的有关重要文献材料，除个别来自其他文献外，主要来自该文集。

第一章　18、19世纪西方莎士比亚批评概览

莎士比亚是人类文化史上的一个伟大奇迹，他的戏剧作品是一座巨大而神奇的艺术宝库，是欧洲戏剧发展史上第二个高峰的伟大代表。他的作品自问世迄今，被历代学者、评论家、作家等进行了广泛而深入的研究和评价。其中既有众多热情的赞赏、公允理性的认知，又有片面的指责和否定，甚至恶意的诋毁。这就构成了一部形形色色、洋洋大观的莎士比亚批评史，一部浓缩着历代人们的审美观念、价值理想、欣赏趣味的莎士比亚接受史。这段漫长而有意味的批评史和接受史，不仅有助于我们全面、完整地理解莎士比亚艺术的本质和特色，而且让我们更清楚更理性地感知"经典"诞生的风雨历程。

在这里，我们无意对莎士比亚近四百年来在西方的传播与批评做系统的梳理，只是想从比较文学流传学的角度，对莎士比亚在18、19世纪西方的接受与批评情况做一概览。我们之所以选择、聚焦在这两个世纪，主要是因为在莎士比亚经典化的过程中，18、19世纪是最重要的、绝对可以大书特书的两个阶段。正是在经历了这两个世纪最杰出大家们深刻的也是最经典的接受和评论，莎士比亚才最

终走向了世界，成为受到全世界人民广为热爱的著名戏剧家，成为一个具有说不尽魅力的经典神话。

需要说明的是，我们这里所说的"西方"，实际上是欧洲的代称，因为18、19世纪的欧洲在文化艺术领域居于引领世界的中心地位，它左右着西方世界的发展趋势，所以欧洲代表了西方。而欧洲最核心的国家则是英国、法国、德国和俄国等。由于我们梳理的重点是莎士比亚在英国以外的欧洲大陆的接受评论状况，因此，我们自然聚焦在法国、德国和俄国这三个国家身上。当然，限于篇幅，我们的探讨不可能面面俱到，只能选取其中最为重要的部分，这部分恰恰是举世公认的西方莎士比亚批评史中最为核心的内容。为了更好地认识莎士比亚在中国接受的过程与特点，我们有必要先概略地了解一下这些被举世公认的西方莎士比亚批评史中最为核心的内容，因为这是我们在比较中深化认知所需的世界视野与背景知识。

第一节 18世纪西方莎士比亚批评

梳理莎士比亚在欧洲的接受，首先需要了解一下早期英国评论界对莎士比亚的评论。从莎士比亚去世到18世纪，本·琼生（1572—1637）、德莱顿（1631—1700）和塞缪尔·约翰孙（1709—1784）是具有里程碑式意义的三大莎评家。1623年，即莎士比亚去世的第七年，著名戏剧家兼学者的本·琼生用诗歌的形式，写下《题威廉·莎士比亚先生的遗著，纪念吾敬爱的作者》，作为第一个莎士比亚戏剧集冠首的题词。琼生热情洋溢地赞扬莎士比亚为"时代的灵魂"、"诗界泰斗"和"戏剧元勋",并预言莎士比亚"不属于一个时代而属于所有的世纪"。[1] 这句话常被后人所引用,已成为莎评史上的经典名言。这篇题词虽然理论成分不多,但却从此确立了莎士比亚在英国和世界戏剧史上的崇高地位,因此是迄今留下来的同时代人莎评中最著名的一个历史文献,具有重要价值。

德莱顿作为17世纪英国著名的古典主义批评家,他第一次全面、系统、深入、客观地探讨了莎士比亚的创作。他对莎士比亚的评论主要包括在《论戏剧诗》、《论前一时代的戏剧诗》和《〈特洛伊罗斯与克瑞西达〉剧本序言》三部评论文集中。特别是最后一部,集中表达了他对莎士比亚戏剧的见解。他称赞莎士比亚有一颗通天之心,能够了解一切人物和激情,不愧是戏剧诗人之父,是今古诗人中的诗人,并且从人物性格塑造与激情描绘两个方面对莎士比亚作了最为精彩的评论。不过,德莱顿虽然极力推崇莎士比亚,承认他的伟大,但是由于他的古典主义审美立场,所以对莎士比亚创作中违反"三一律"、悲喜因素混合、幻想常常越出理智的界限、语言夸张、铸造新词异句等做法,又深感遗憾。无论如何,德莱顿的莎评从一定意义上说真正揭开了莎士比亚批评史的序幕。

18世纪英国著名批评家约翰孙,在为《莎士比亚戏剧集》(1765)撰写的长篇序言里,以客观的态度、合理的标准、辩证的方法、精辟的分析,对莎士比亚的艺术作了总体上的评价与总结。他

---

[1] 杨周翰编选:《莎士比亚评论汇编》上册,中国社会科学出版社1979年版,第12—13页。

认为，莎士比亚之所以能赢得人们的普遍喜爱，获得超越时空的价值，最根本的原因就在于他"忠于普遍的人性"[1]，"给具有普遍性的事物以正确的表现"[2]。他说莎士比亚超越所有近代作家，"是独一无二的自然诗人"，"是一位向他的读者举起风俗习惯和生活的真实镜子的诗人"[3]，他的戏剧是"生活的镜子"，是"用凡人的语言所表达的凡人的思想感情"[4]，真实地揭示了人性最普遍的存在状态。约翰孙的莎评，不仅是18世纪莎评基调中的主旋律，也是后世莎学研究者必读的经典。

上述三位英国批评家的评论，为莎士比亚在欧洲、在世界的传播立下了汗马功劳。

下面，我们就莎士比亚在18世纪欧洲大陆主要国家的接受与批评情况作一个概览。

18世纪是启蒙的时代，理性主义的光芒照耀整个欧洲。在这个时代，从批评的角度看，虽说古典主义的审美原则和批评标准仍占据主导地位，但不同于17世纪的是，批评家"对古典主义艺术规则的理解和运用，已经逐渐由形式转向内容，即保留了古典艺术中那些具有更普遍意义和永久价值的观点，而放弃了那些带有时代局限性的界说"[5]。在这种大环境的影响下，莎士比亚评论标准的潜移默化也十分明显地体现出来，其显著标志是，这一时期的莎士比亚评

---

[1] 杨周翰编选：《莎士比亚评论汇编》上册，第42页。
[2] 同上，第38页。
[3] 同上，第39页。
[4] 同上，第41页。
[5] 张泗洋等：《莎士比亚引论》下册，中国戏剧出版社1989年版，第392页。

论开始由古典主义审美批评向浪漫主义审美批评过渡。

在18世纪法国对莎士比亚的接受与批评中,启蒙运动的领袖人物伏尔泰(1694—1778)和狄德罗(1713—1784)占有重要地位。作为古典主义批评家,他们对莎士比亚的态度虽然十分严厉,但并非一味地否定。伏尔泰对莎剧的指责主要集中在"三一律"和"得体说"两个方面。他认为,莎士比亚对"三一律"的违背,使他的戏剧有损规律、典雅和真实。他在时间上"把二十年的事情一件件堆砌在一起",在地点上"从小酒馆一下子跑到战场,从坟墓一下子又跑到皇位",在情节处理上,把"滑稽和恐怖相互掺杂"。这是一种低下的吸引观众的手段,是"用滥了的、不规则的和无理取闹的手段"[1]。对莎士比亚的不得体,伏尔泰的指责就更为严厉了。例如,他认为《哈姆雷特》是个"既粗俗又野蛮的剧本",甚至得不到法国和意大利最卑微的贱民的支持。"第二幕,哈姆莱特疯了;第三幕,他的情人也疯了;王子杀死了他情人的父亲,就像是杀死了一只耗子;而女主角则跳了河。人们在台上为她掘墓,掘墓人说着一些与他们身份相互吻合的脏话,手上还拿着死人的骷髅头;哈姆莱特王子以同样令人厌恶的疯疯癫癫的插科打诨来回答他们的可鄙的粗话。……哈姆莱特、他的母亲、继父,一起在台上喝酒,大家在桌旁唱歌、争吵、殴打、厮杀。"伏尔泰气愤地称莎士比亚这部伟大的悲剧简直就是"一个烂醉的野人凭空想象的产物"[2]。因此,他对莎士比亚的结论是:"毫无高尚的趣味,也丝毫不懂戏剧艺术的规

---

[1] 杨周翰编选:《莎士比亚评论汇编》上册,第355页。
[2] 同上,第352页。

律",他"断送了英国的戏剧"。[1]

但是,批评虽则批评,伏尔泰仍然承认莎士比亚是"具有充沛的活力和自然而卓绝的天才"[2],仍然看到了莎剧的艺术魅力,看到了莎剧在舞台上的生命力。尽管他指责《哈姆雷特》荒唐、粗俗、野蛮,却仍然指出其中有一些"无愧于最伟大天才的崇高特点","有着人们所能想象的最有力、最伟大的东西";[3] 尽管他感到莎剧中的人物时常是不得体的,但也看到了"无上光辉的莎士比亚戏剧中的怪异人物,较之现代人的贤智更千百倍的令人喜爱";[4] 尽管他认为莎士比亚的悲剧是一个"混沌的世界",但又认为其中有"万道金光",尤其说"他的天才是属于他的,而他的错误是属于他的时代的"。[5]

狄德罗和伏尔泰一样,也认为莎士比亚是个天才,有伟大的一面,但他认为莎士比亚戏剧的最大弱点是缺乏教育民众的作用。他对《哈姆雷特》大为不满,指责它荒唐无聊,不仅不能提升公众的欣赏趣味,反而使公众的欣赏趣味变得更为低下。本来,狄德罗素以其戏剧理论著称于世,他对莎士比亚的评论理应受到重视,但因其个人的和时代的欣赏趣味的局限,使他无法真正走近莎士比亚。

当然,也有不少法国批评家为莎士比亚辩护,例如巴西蒂,他驳斥了伏尔泰对莎士比亚的指责,认为伏尔泰仅仅靠被他曲解且翻

---

[1] 杨周翰编选:《莎士比亚评论汇编》上册,第 347 页。
[2] 同上,第 347 页。
[3] 同上,第 352 页。
[4] 同上,第 351 页。
[5] 同上,第 358 页。

译得乱糟糟的《哈姆雷特》就对莎士比亚品头论足，是很不妥当的；而且亚里士多德的理论只不过是对自己时代艺术实践的总结，并不能适用于所有的时代。从法国的情况看，把莎士比亚从古典主义的桎梏中解放出来，已经是历史的必然趋势。[1]

在德国，高特荷德·埃夫拉姆·莱辛（1729—1781）、约翰·戈特弗里德·赫尔德（1744—1803）和约翰·沃尔夫冈·歌德（1749—1832）是著名的莎评专家。由于他们是来自哲学王国的批评家，因此他们对莎士比亚的评价就具有了哲理上的优势，格外引人注目。歌德的评论因横跨了18至19世纪且更具19世纪莎评的特色，所以我们把他放在19世纪莎评中一并介绍。

莱辛是德国民族文学和市民戏剧理论的奠基人，著有《汉堡剧评》（1737—1768）等。《汉堡剧评》是莱辛在担任汉堡民族剧院剧评工作时所写的剧评的汇编。它一方面广泛地展示了当时德国的戏剧活动情况，另一方面集中地表达了莱辛现实主义戏剧的理论观点，其中包括他对莎士比亚戏剧的评论。他特别强调戏剧的现实主义精神，认为艺术不应该简单地从表面上模仿自然（现实），而应模仿自然（现实）的本质，并通过这种真实的模仿来教育民众。莎士比亚的戏剧就是这方面的"一种完美的典范"[2]。他指出，有人责备莎士比亚，"说他剧作没有构思计划，或者只有一种错误百出、杂乱无章、粗制滥造的构思计划，说他的剧本里喜剧性的东西和悲剧性的东西以一种非常奇妙的方式混合在一起……人们对这一切发出责难，

---

[1] 张泗洋等：《莎士比亚引论》下册，第397—398页。
[2] 杨周翰编选：《莎士比亚评论汇编》上册，第258页。

却不想想，莎士比亚的剧作恰恰在这里真实地反映了人生"[1]。他提醒人们学习、研究莎士比亚，并把莎士比亚戏剧作为一面镜子，时时观照、修正自己作品中的缺点。这充分体现了莱辛的现实主义文艺观。

莱辛在行文中，还处处以伏尔泰的剧作和莎士比亚的剧作相对比，评析其得失。例如关于"鬼魂"，他指出，"伏尔泰的鬼魂只是一具诗的机器，只为了戏剧的纠葛所需而设，我们对它本身丝毫不发生兴趣"；而莎士比亚的"鬼魂"则是"一个实际行动的人物，我们同情他的命运，它激起恐惧，但也激起我们的怜悯"。[2]在爱情的描写上，伏尔泰只"了解爱情上的公文语言"，莎士比亚却有爱情的一切花样，"如果伏尔泰在爱情的实质上也有莎士比亚同样深刻的认识的话，那他起码在这里也是不想把这种深刻的认识表现出来的，所以他的诗也就远远低于他作为诗人的水平之下了"。同样，伏尔泰剧中人物的嫉妒，让人学不到什么东西，可《奥赛罗》则是"关于这种可悲的疯狂最完善的教科书"，因为"我们从中学习到一切关于嫉妒，激起嫉妒和避免嫉妒的东西"。[3]当时德国文学界正处在学习法国还是学习英国、选择高乃依还是选择莎士比亚的十字路口，莱辛的评论无疑使德国戏剧界将价值天平倒向了莎士比亚一边。柯尔律治曾这样评论道："是莱辛首先将莎士比亚的名字介绍给德国人而赢得他们的称赞；或许，我可以毫不夸大地再说一句，是莱辛首先

---

[1] 杨周翰编选：《莎士比亚评论汇编》上册，第245页。
[2] 同上，第235页。
[3] 同上，第241—242页。

向所有有思想的人，甚至对莎士比亚本国的人，证明了他那表面上的不规则的真实性质。……他证明在艺术的一切本质上，在自然的真理中，莎士比亚的剧本比高乃依和拉辛的作品更符合亚里士多德的原则，虽然，后两者自恃是守规则的。"[1]

  与莱辛同时期的赫尔德，是德国狂飙突进运动的领袖人物。他对莎士比亚的评论主要体现在《莎士比亚》(1771)一文中。这篇论文奏响了浪漫派莎评的序曲，对歌德产生了很大影响。他从历史主义出发，具体考察了希腊戏剧的来源，"三一律"规则形成的过程，说明莎士比亚戏剧和希腊戏剧的差别，阐述莎士比亚戏剧的特色，认为用过去的清规戒律、"舞台上的八股"来要求指责莎士比亚是错误的。因为，莎士比亚所处的时代不同于以往，"他看到的不是那样单纯的民族性格和祖国性格，而是繁复的等级、生活方式、思想、民族和语言类别"，"因此他把各种等级和各种人、各种民族和各种语言，把国王和弄臣、弄臣和国王创造成那样一个庄严美妙的整体"；而且，"他发现的不是那样单纯的历史、情节、行动的性质"，而是"就他所发现的那个样子采用了历史，用创作的天才把千差万别的材料构成一个不可思议的整体"。[2]《奥赛罗》等剧就是一个完美的整体，真正的艺术。莎士比亚用"神妙的手法，把形形色色极不相同的场面抓住，揉成一个事件"，从而把"地点和时间理想化"，这是"他的事件的真实性的必要条件"。[3]他还认为，"莎士比亚的一切剧本，作为一个

---

[1] 杨周翰编选：《莎士比亚评论汇编》上册，第 127 页。
[2] 同上，第 272 页。
[3] 同上，第 275—276 页。

一个小宇宙，在地点、时间和创作上，都显示出各自的特点"。他的《哈姆雷特》、《奥赛罗》、《李尔王》、《罗密欧与朱丽叶》等剧本，"在一切时间和地点关系上又是传奇、梦和诗"，如果"你把这个人所在的地点、时间和他个人的情况去掉，你就去掉了他气息和灵魂，它就成了这活人的画像了"，因为"莎士比亚只有把发生在他剧中的世界大事和有关他剧中人物命运的一切场所和时间都写出来，才能对自然忠实"。[1] 对自然忠实，在赫尔德看来，是莎士比亚这个"自然的仆人"、"最伟大的大师"的成功秘诀。

赫尔德批评中最能体现出浪漫派气息的，是他对莎士比亚精神实质的体验。他把莎士比亚作为一个自然与人生的伟大创造者来崇拜，认为他的戏剧里激荡着自然与历史的汹涌澎湃的大海。"这里不是诗人！是造物主！是世界历史！"[2] 这种评价已经不是18世纪理性主义稳健沉静的声调，而是19世纪浪漫主义者们那种高亢激越的赞歌了。[3]

总之，正如有学者指出的那样，18世纪是决定莎士比亚艺术命运的关键时期，是艺术标准破旧立新的时期，也是评论界审美认识能力不断提高的时期；通过破除新古典主义对莎士比亚的偏见和曲解，人们对莎士比亚艺术的特征与本质，都有了新的进一步的认知。[4]

---

[1] 杨周翰编选：《莎士比亚评论汇编》上册，第279页。
[2] 同上，第276页。
[3] 张泗洋等：《莎士比亚引论》下册，第411页。
[4] 同上，第411页。

第二节　19世纪西方莎士比亚批评

　　19世纪是人类历史上一个经济迅猛发展、政治斗争错综激烈的时代，也是思想意识形态空前活跃、破旧立新、"主义"频出的时代，这些带来了文学创作和文艺批评的繁荣和鼎盛，不仅诞生了雨果、司汤达、巴尔扎克、托尔斯泰等驰名世界的大作家，而且涌现出了康德、黑格尔、泰纳、别林斯基等众多堪称一流的美学家和批评家。这些大作家、美学家和批评家不约而同地对莎士比亚产生了强烈的兴趣，并对莎士比亚的创作进行了严格的检验与评判。所以，19世纪的莎士比亚评论，是莎士比亚进入世界艺术宝库的最后一张通行证，同时也是对其作品总体价值的一次高水平的评断。

　　19世纪莎评主要经历了两大阶段，即浪漫主义与现实主义阶段。浪漫主义莎评主要挖掘了莎士比亚运用想象力所带来的艺术魅力，而现实主义莎评则侧重于分析莎士比亚的判断力给予人们的启迪。作为莎士比亚最热情的讴歌者和崇拜者，浪漫派批评家们最先把他迎进了19世纪，他们以他的艺术作为自己的楷模和旗帜，把他当作一个艺术世界的造物主来研究，他们的赞语充满着一种发现新大陆的惊喜。[1]

---

[1]　张泗洋等：《莎士比亚引论》下册，第412—413页。

一、浪漫主义莎评

19世纪,浪漫主义的浪潮猛烈冲击着新古典主义的故乡法国。在这一态势下,莎士比亚的形象在法国批评家们的眼中也开始发生变化。首先发表与伏尔泰针锋相对的观点的是法国浪漫主义运动的先驱、著名文艺理论批评家斯达尔夫人(1766—1817)。她在专著《论文学》(1800)第一部第13章《论莎士比亚的悲剧》中指出,莎士比亚以前,各时代的文学都是"衣钵相传,同出一源","从希腊悲剧中吸取滋养",而莎士比亚却"开始了一种新文学"。他的长处就在于不盲目模仿古人,而是走自己的独创之路,形成了自己依法自然、直歌其事的特色,也使得英国的戏剧艺术有了自己的特色。[1] 通过与希腊悲剧的比较,斯达尔夫人认为,莎士比亚的悲剧胜过古人,因为它不是表现蒙昧造成的宿命论,而是"找到了人类激情在哲学必然性上的最深刻的根源"。他的悲剧在造成恐惧与怜悯的效果方面也胜过了希腊悲剧。斯达尔夫人在具体分析了英国自12世纪以来激荡过的"内战恐怖"与莎士比亚悲剧所表现的"严酷痛苦"的关系后,明确指出"莎士比亚是第一个把精神痛苦写到至极的作家","在他以后,只有英国几个作家和德国作家可以和他媲美;他把痛苦写得那样严酷,如果自然对此不予认领的话,那么这几乎可说就是莎士比亚的创造了"。[2] 在她看来,正是由于希腊人和英国人所处的社会条件、心理素质等方面的不同,才造成了希腊悲剧和莎士比亚悲剧的显著差异。

---

[1] 杨周翰编选:《莎士比亚评论汇编》上册,第361页。
[2] 同上。

至于莎士比亚悲剧中所表现的"粗野的精神",也是与英国北方各民族好几个世纪生活在"野蛮的状态"、英国观众的好恶感以及"那个时代愚昧无知的文学原则"紧密相连的。[1] 由于斯达尔夫人是联系英国的民族精神与历史环境来考察莎士比亚的创作的,因此她的批评方法又体现出现实主义的一些特点。在谈到莎士比亚的艺术成就时,斯达尔夫人尤为赞赏他深刻的心理分析,认为他能以一种真实和了不起的内心力量,描绘出痛苦的孤独。

斯达尔夫人也认为,以艺术性的完整而言,莎士比亚的戏剧较之希腊悲剧有退步,例如过分冗长,无用的重复、不连贯的形象太多,精彩的段落之间前后衔接还不够简练,还不能像他出色地刻画心理活动那样把过渡的场面也写得逼真自然。

法国批判现实主义文学奠基者司汤达(1783—1842)也是这一时期著名的莎评人物,著有《拉辛与莎士比亚》(1823—1825)。在这部理论著作中,司汤达提出了自己的浪漫主义主张,认为一切伟大的作家都是他们时代的浪漫主义者,其伟大之处就在于表现了他们时代真实的东西。莎士比亚就是伟大的浪漫主义者,认为他给 1590 年的英国人表现了内战所带来的流血灾难,并且以朴素真实的细节,展示了这种悲惨的场面,大量细致地描绘了人的心灵的激荡和热情的最精细的变化。在艺术上,司汤达反对"三一律",认为遵守地点整一律和时间整一律是法国的一种"根深蒂固"、"很难摆脱"的习惯,这种习惯"无法产生强烈的感情和真正的戏剧效果"。[2] 因

---

[1] 杨周翰编选:《莎士比亚评论汇编》上册,第 367 页。
[2] 同上,第 394 页。

此，他主张向莎士比亚学习。司汤达与其他浪漫派莎评家所不同的是，他强调戏剧动作，认为它是戏剧快感的主要来源。如果剧本像史诗那样只注重诗句的华美，就会破坏戏剧效果。这一见解，一定程度上是对浪漫派一味强调诗而忽视表现的倾向的一种纠偏。[1]值得注意的是，司汤达所倡导的学习莎士比亚的浪漫主义，实质上是现实主义，他的莎评具有明显的现实主义倾向。《拉辛与莎士比亚》就被誉为欧洲批判现实主义文学的宣言书。

浪漫主义文学大师雨果（1802—1885）的气势磅礴的莎评，是自琼生以来对莎士比亚戏剧艺术最伟大的颂歌。在1827年发表的《〈克伦威尔〉序》中，雨果就认为作为近代诗最高形式的戏剧，到莎士比亚手中发展到了极致，即"以同一种气息溶合了滑稽丑怪和崇高优美、可怕和可笑、悲剧和喜剧"[2]，因而称他为戏剧界的天神。1864年，雨果的研究专著《莎士比亚论》面世。这部皇皇巨著分三部分：第一部分共五卷，主要从文学历史发展过程考察莎士比亚；第二部分共六卷，主要是对莎士比亚作品的具体分析和评价；第三部分共三卷，主要谈莎士比亚对后世的深远影响。其中，第二部分第一卷《莎士比亚的天才》，从多方面对莎士比亚作了概括性的评论。

雨果把莎士比亚看作是诗人、哲学家、历史学家三位一体的人。因为他是诗人，"人类热情之巨流"，他的作品"使人感动、使人惊奇、使人受到鞭挞；他扶起你或击倒你，经常出于你的期待而把你

---

[1] 张泗洋等：《莎士比亚引论》下册，第418页。
[2] 伍蠡甫等：《西方文艺理论名著选编》中册，北京大学出版社1986年版，第134页。

整个的心灵都掏了出来"。[1] 他是哲学家,因为他想象,"想象就是深度","没有一种精神机能比想象更能自我深化、更能深入对象,这是伟大的潜水者"。"这便是为什么莎士比亚能如此随心所欲地操纵现实并使他自己主观的偏好可以和现实并行不悖的原因。"[2] 他是历史学家,在分析、综合、有血有肉的创作上,巧妙地运用历史的材料,制作出了各种类型的标本,因而人们阅读他的作品,"就感到有一种巨大的风从一个世界的开口吹过来","在各种意义上闪耀着天才的光辉"。[3]

雨果莎评的贡献首先在于,他用极其形象的语言阐释了莎士比亚作为自然诗人所具有的丰富、有力、繁茂、博大的特点。"莎士比亚丰富、有力、繁茂,是丰满的乳房、泡沫满溢的酒杯、盛满了的酒桶、充沛的汁液、汹涌的岩浆、成簇的萌芽、普赐生命的甘露,他的一切都以千计、以百万计,毫不吞吞吐吐,毫不牵强凑合,毫不吝啬,像创造主那样坦然自若而又挥霍无度。"[4] 他"好像原始森林",又"好像滔滔的大海"。[5] 这充分表达了浪漫派把莎士比亚当作一个世界来景仰的惊喜之情。其次,他从本质上揭示了莎士比亚的对照原则,说这种对照实际上是对事物永恒而普遍的矛盾的反映。他认为莎士比亚的伟大之处"全在对照",并且他"倾其力于对偶之中",细腻地表现了整个自然、整个生活中各种矛盾的因素以及各种

---

[1] 杨周翰编选:《莎士比亚评论汇编》上册,第408页。
[2] 同上,第411页。
[3] 同上,第413页。
[4] 同上,第416页。
[5] 同上,第421页。

各样人物的对照,诸如善与恶、欢乐与忧伤、爱情与仇恨、高尚与卑鄙、生与死、冷与热、天使与魔鬼、灵与肉、自我与非我等。[1]他具有从正反两方面去观察一切事物的那种至高无上的才能,致使"每一个字都有形象,每一个字都有对照,每一个字都有白昼和黑夜"[2]。这一评论明显表现出雨果本人强烈的主观色彩,从中我们不难看出他是根据自己的对照原则来理解莎士比亚的,有时甚至把莎士比亚说成是他所宣扬和钟情的对照原则的体现者。第三,他认为,在灵魂探索方面很少有人能超过莎士比亚,"人类灵魂好些最奇特的私衷都被他表现出来了"。"他巧妙地使人广泛地在戏剧事实的复杂性之下感觉到形而上学事实的简单性。人们自己不承认的东西,就是他们最初害怕而最后希求的东西,这便是朱丽叶的灵魂与麦克白的灵魂、一切处女的心与一切凶手的心的衔接点与意外的会合处;纯洁无邪的少女害怕爱情但又渴望爱情,就像恶棍害怕但又渴望野心一样。"[3]

总之,雨果把浪漫派对莎士比亚伟大之处的体验淋漓尽致地表达了出来,与歌德一起被誉为欧洲浪漫派莎评中的双星。

歌德是德国最伟大的诗人和戏剧家,也是继赫尔德之后德国浪漫派中又一位莎士比亚艺术的伟大阐释者。其莎评主要散见于《莎士比亚命名日》(1771)、《说不尽的莎士比亚》(1826)等文章和长篇小说《维廉·麦斯特的学习时代》(1795),以及爱克曼辑录的《歌

---

[1] 杨周翰编选:《莎士比亚评论汇编》上册,第 415 页。
[2] 同上,第 416 页。
[3] 同上,第 412—413 页。

德谈话录》(1823—1832)中。浓郁的诗意与饱满的激情,是歌德莎评的显著风格。

歌德是以这样的语言来表示他对莎士比亚的崇敬之情的:"我初次看了一页他的著作之后,就使我终身折服;当我读完他的第一个剧本时,我好像一个生来盲目的人,由于神手一指而突然获见天光。我认识到,我极其强烈地感到我的生存得到了无限度的扩展;对我说来一切都是新奇的,前所未闻的,不习惯的光辉使我眼睛酸痛。我渐渐学到了怎样去用视力,感谢赐给我智慧的神灵,我现在还亲切地感到,我获得了些什么。"[1] 他强调说:"我们说莎士比亚是最伟大的诗人之一,同时我们也承认,不容易找到一个跟他一样感受着世界的人,不容易找到一个说出他内心的感受、并且比他更高度地引导读者意识到世界的人。"[2] 他在莎士比亚的启发下,深感需要摆脱古典主义"三一律"的束缚,"我觉得地点的统一好像牢狱般的狭隘,行动和时间的统一是我们想象力的讨厌的枷锁",并表示"要是我不向他们宣战,不每日寻思着去攻破他们的牢狱,那我的心要激怒得爆裂了"。[3] 在莎士比亚的影响下,他构思了《葛兹》,并萌发创作《浮士德》的意愿。

在德国,歌德是第一个分析哈姆雷特性格的人。他认为,哈姆雷特临死前意味深长的慨叹:即"时代整个脱节了;啊,真糟,天生我偏要我把它重新整好!"这句话,是理解他"全部行动的关

---

[1] 杨周翰编选:《莎士比亚评论汇编》上册,第289页。
[2] 同上,第298页。
[3] 同上,第289页。

键"。莎士比亚要描写的是"一件伟大的事业担负在一个不能胜任的人的身上"的故事。"一个美丽、纯洁、高贵而道德高尚的人，他没有坚强的精力使他成为英雄，却在一个重担下毁灭了，这重担他既不能捐起，也不能放下；每个责任对他都是神圣的，这个责任却是太沉重了。"[1]在歌德心目中，哈姆雷特不是某种概念的抽象品，而是多种性格特征的有机统一的活的整体。为此，歌德特别推崇莎士比亚，认为他的戏剧"是一个美丽的百像镜，在镜箱里世界的历史挂在一根看不见的时间的线索上从我们眼前掠过"。"他跟普罗米修斯比赛，一点一划地学习他去塑造人类，只是这些人类有着无比巨大的身材；这就是为什么我们认不出自己弟兄的原因了；随后他用自己的精神呵了一口气，使他们都变成活人，从他们的口中可以听到他自己的语言，人们可以认出这些人物的血统渊源来。"[2]歌德认为，莎士比亚的剧本全部围绕着秘密的一个点在旋转，这个点虽然他没有明说，但大概就是人物、人性及其表现出的历史的规律。

歌德与其他浪漫派批评家是有区别的，其根本区别在于，他非常看重莎士比亚戏剧的现实基础。他在《说不尽的莎士比亚》中认为，虽然莎士比亚的作品也出现过像预言、疯癫、梦魇、预感、异兆、仙女、精灵、鬼魂、妖异和魔法师等虚幻的成分，但它们并不是作品中的主要成分，"作为这些著作的伟大基础的是他生活的真实和精悍，因此，来自他手下的一切东西，都显得那么纯真和结实"[3]。

---

[1] 杨周翰编选：《莎士比亚评论汇编》上册，第296页。
[2] 同上，第290—291页。
[3] 同上，第301页。

歌德认为古典纯朴的、现实的作品的基础就是真实，而病态的、伤感的往往流于矫揉造作，缺乏真实性。莎士比亚的作品不属于感伤的、病态的浪漫派范畴，而是属于纯朴的那一类。在古典的和浪漫的作品的历史比较中，他还认为，"古代诗篇中占着统治地位的是天命与完成之间的不协调，近代诗篇中则是愿望与完成之间的不协调"[1]；"由于莎士比亚以一种极妙的方式把古与今结合起来，他在这方面是独一无二的"[2]。在古代作品天命与完成之间的矛盾中，天命（在人物性格中即命运）总是显得太严峻，它决定着一切，因此这些作品只能使我们对它感到惊奇，而不会感到愉悦。"那种或多或少或者完全剥夺一切自由的必然性，是与今天我们的思想意识不相融的；可是莎士比亚通过他的途径接近了这些东西，因为他使必然性具有了道德意义，借此也就把古与今结合起来，使我们感到愉悦惊奇。"[3]可见，歌德的莎评是很重视现实基础的。

不过，歌德并没有排斥浪漫主义因素，相反，他对莎士比亚表现出的现实主义与浪漫主义完美结合的精湛技艺发出了由衷的赞叹："如果有什么东西要向他学习的话，那么就是这一点我们必须在他的学校里去学习。我们也许既不该责备也不该抛弃我们的浪漫主义文学，但把它过分地绝对地颂扬，或片面地迷恋着它，这种做法会使它的坚强、壮实、精干的那一面被误解或受到损害的，我们应该企图把那个巨大的、似乎不能结合的矛盾在我们胸中结合起来，

---

[1] 杨周翰编选：《莎士比亚评论汇编》上册，第302页。
[2] 同上，第303—304页。
[3] 同上，第304页。

尤其因为一个伟大的、独一无二的大师，这位我们极其尊重的、往往说不出理由地推崇得高于一切的大师，已经真正做出了这个奇迹了。"[1] 从歌德对莎士比亚的评论和他自己的创作实践看，他的确是以莎士比亚为榜样，积极探索现实主义与浪漫主义在某种程度上的结合。他的《浮士德》最后描写主人公与古希腊美女海伦的结合，就充分表现出了歌德在艺术实践上的这种探寻。

弗里德里·史雷格尔（1772—1829）和著名诗人亨利希·海涅（1797—1856）对19世纪莎评也作出了重要贡献。史雷格尔是德国浪漫主义运动在思想意识方面的突出代表。他对莎士比亚的评论主要散见于他的《论哈姆莱特》（1795—1796）、《作为北方诗人的莎士比亚》（1812）、《论莎士比亚的浪漫性》（1812）等多篇论文中，曾对英国浪漫派莎评有过重要影响。他认为，莎士比亚是"近代诗歌的顶峰"，"一切艺术家中，正是莎士比亚最完备、最恰当地刻画着近代文学的精神。他结合着浪漫的英雄武士时代的爱情花朵，古代北方的洪濛时代巨人般的宏伟，跟近代社会最文明的风尚，和最深奥丰富的哲理诗情"。就后两点说，他有时好像早已知道并且学会了我们时代的文化。"在永不枯竭的有趣事物的涌现上"，在"各种激情的强烈力量上"，在"性格描绘的望尘莫及的真实性上"，以及"无比的独创性上"，没有人能胜过他。[2] 史雷格尔评价莎士比亚的重要观点集中体现在两大方面。首先，他认为，"莎士比亚的诗完全是浪漫性的"。莎士比亚的意愿和禀赋，使他转向浪漫的方向；这种

---

[1] 杨周翰编选：《莎士比亚评论汇编》上册，第305页。
[2] 同上，第313页。

浪漫"是真正的，不片面的，不只是游戏性的，而且也是深刻、严肃和宏伟的，是最充实、完备的意义上的浪漫"。这种浪漫的特征主要表现在他的田园抒情风格和南欧的浪漫情调上。他认为在这方面，莎士比亚应该成为我们的楷模，通过对他的深入研究和了解，"可以逐渐养成对诗歌的较高的意识"，"成为德国人的任何较好的艺术感的一般基础"。[1] 其次，史雷格尔认为，莎士比亚的悲剧是对人生和命运的哲理探讨，包括表现人类心灵的无法解决的不和谐性，思考生命和存在的目的等。例如，他在分析哈姆雷特这一人物时指出："由于奇异的生活境遇，在高尚的天性中的一切力量都集中在不停思虑的理智上，他行动的能力却完全破坏了。他的心灵好像绑在拷刑板上向不同的方向分裂开来；这个心灵由于无止境地思虑着的理智而陷于覆灭，这种理智使他自己比所有接近他的人遭到更大的痛苦。人类心灵的无法解决的不和谐性——这是哲理悲剧的真正题材——也许比起哈姆莱特性格中思考和行动力量的无限失调来，没有其他东西更能完美地表现这种不和谐性了。这部悲剧的总的印象是：在一个极度败坏的世界中，理智所遇到的无比绝望。"[2]

海涅在莎评史上的地位是由他的名著《莎士比亚笔下的女角》（1839）奠定的。在这部著作中，海涅不仅对莎士比亚在文学史上的伟大贡献及其对后世的深远影响（例如对雨果、大仲马、缪塞等一代法国浪漫主义作家的影响）给予了深刻的概括和全面的评价，而且对莎士比亚悲剧和喜剧中一系列著名的女性形象逐个作了精彩的分析。

---

[1] 杨周翰编选：《莎士比亚评论汇编》上册，第320—321页。
[2] 同上，第312页。

他认为，莎士比亚不仅是诗人，还是历史学家。他的历史剧的任务就是把真实提高为诗。他不仅透彻地了解他本国的历史现象，而且透彻地了解古代世界，并能用诗真实地把它们表达出来。海涅还为莎士比亚违反"三一律"作了生动的辩解，指出莎士比亚的舞台是这个地球，"这便是他的地点的统一；他的剧本演出的时期是永久，这便是他的时间的统一；他的戏剧的英雄符合这两点，他便是剧中有声有色的中心，并且表现了情节的统一……这个英雄便是人类"[1]。

  在书中，海涅对其他不少问题也都有独特而卓越的见解。例如，他认为，"真实永远是莎士比亚的爱情的标志"，无论她化身为什么形象，"她可以叫米兰达，或者叫朱丽叶，或者甚至叫克莉奥佩特拉"。据此他指出，这三个女性"标志着三种非常重要的爱情典型"。米兰达是这样一种爱情的代表，"它能够在历史影响之外，恰似开在只有仙履漫踏的一尘不染的土壤上的花朵，展现出她至高无上的理想美"。朱丽叶的爱情则如她的时代和环境一样，带有中世纪一种更为浪漫的、已经迎着文艺复兴盛开的性格，她"代表一个青春的、还有几分粗野、但却未曾破坏的、健康的时代的爱情"，完全渗透了"这样一个时代的情热和确信"。而克莉奥佩特拉代表的是"一个衰微的文明时代的爱情"，"这种爱情没有信任，没有忠诚，因而反倒更加放荡，更加炽热"；并且"这种爱情永远是一种热昏，或多或少是美丽的"，但它不仅烧毁自己，也使他人不幸。[2] 又如，海涅绝无仅有地把《威尼斯商人》归入悲剧行列，这主要源于他对剧中人

---

[1] 杨周翰编选：《莎士比亚评论汇编》上册，第327页。
[2] 同上，第344—345页。

物夏洛克的独特看法。夏洛克在传统认识中是个凶狠残忍、唯利是图的放高利贷者。海涅却独具慧眼地看到了夏洛克坚持要割取安东尼奥身上一磅肉的内因,看到了民族压迫的罪恶,指出夏洛克的行为只是被压迫者将骄傲的虐待者所加诸他们的屈辱连本带利予以奉还时所发出的极度痛苦的欢呼,是为了给予难堪的诽谤以正义的报复,并满足那颗受尽凌辱的心。但是这个被压迫苦难化身的夏洛克,经过徒然的挣扎后,最终仍然丧失了他的女儿和财产,还受到嘲弄,落得个永劫不复的命运。因此,他认为夏洛克是一个值得尊敬的人物,对他的悲剧命运寄予了无限深切的同情和慨叹。

另外,德国浪漫主义作家威廉·席勒格(1767—1845)也值得一提。席勒格曾多年致力于莎士比亚研究,并花费十余年的心血,翻译了《莎士比亚全集》。勃兰兑斯在其经典巨著《十九世纪文学主潮》中,评价席勒格的翻译可以被视为堪与莎士比亚比肩的德国诗人的作品。他的翻译的出版,使中欧和北欧众多不懂英语的读者,得以发现了莎士比亚的才华,从而使这位伟大的英国诗人在自己的域外国度里大展风采。他认为,莎士比亚是他的民族的骄傲,"在未来的岁月里,他的声名将如阿尔卑斯山的雪崩一样,随着时间向前进展的每一刹那而不断地增大威力。他的声誉日隆,人们对他怀着极大热忱,这种热忱使诗人在德国一被熟悉之后,就被当作本国的诗人那样对待了"[1]。他指出,莎士比亚的思想一般不在辞藻方面,而是在事实方面;他是一个观察自然的好手,他熟悉人类,"他在这

---

[1] 歌德等著、张可等译:《莎剧解读》,上海教育出版社1998年版,第278页。

方面是如此出类拔萃，以至于无愧被公正地称为人类心灵的大师"。"他像一个全人类的代表，在未受到任何指点的各种情况下，用一切个人的身份去行动去说话。他赋予他笔下的想象人物以独立自在的活力，从而使他们在任何场合都按照大自然的一般规律而行动；他在自己的梦中建立了经验世界，这个经验世界被人坚信不疑地认作是根据清醒的目的建筑起来的。他笔下的人物并非仅仅为了观众的缘故去做什么或说什么，这种本领是使人难以设想并且永远学不到的；他只是通过显示的办法而不附加任何补充说明，把暗藏在这些人物内心深处的隐秘传达给观众。"[1]

针对人们反对莎士比亚的最大理由之一，即认为他用使人厌恶的道德败坏来伤害人们的感情，甚至展示最不堪入目最令人反感的景象来折磨人们的意识，席勒格为莎士比亚辩护道："的确，他从来不用悦目的外表去遮盖粗野和血腥的情欲，从来不用虚伪伟大的外表去掩饰罪行和不义；在这一点上，无论从哪方面来说，他都是值得赞赏的。因为要达到伟大的目标，就必须采用同样伟大的手段，我们应该使自己的神经适应于痛苦的感应，以便使自己的思想由此而变得崇高和坚强。经常地去描写一个可怜而渺小的族类，一定会挫败诗人的勇气的。对于莎士比亚的艺术来说，幸运的是他虽然活在一个对崇高和仁慈特别易于感受的世纪，可是这个世纪却从精力饱满的上一代继承了充分的坚强，不致在各种强烈凶猛的景象前而惊慌失措。我们时代的悲剧是以一位迷人公主的昏厥作为结局

---

[1] 歌德等著、张可等译：《莎剧解读》，第301页。

的。如果莎士比亚有时陷入了另一个极端，这也只是由于充沛的巨大的力所形成的光荣的瑕疵。"[1] 总之，席勒格对莎士比亚作了高度的评价，认为他的全部作品都烙有他固有的天才的印记，他的作品"是用一种弥漫一切的风格所完成的，这种风格显示了作者的自由和明智的鉴别力"，我们不得不承认"他无愧于一切正确的诗人的称号"。[2]

二、现实主义莎评

与浪漫主义莎评不同的是，现实主义批评家主要从客观现实出发，力图通过冷静的思索与理智的判断，发掘莎士比亚创作所蕴涵的丰富的社会内容和体现出的时代意义。19世纪中后期现实主义莎评家，在法国主要有丹纳，在德国主要有黑格尔、马克思、恩格斯等，在俄国主要有普希金、别林斯基、赫尔岑、屠格涅夫、车尔尼雪夫斯基、杜勃罗留波夫等。相比较而言，现实主义莎评在德国和俄国表现得最为突出，最为鲜明。

丹纳（1828—1893）是法国著名史学家和批评家。他对莎士比亚的零散评价具有鲜明的特性，也代表了这一时期法国文艺界对莎士比亚的基本态度。

黑格尔曾针对法国古典主义者对莎士比亚的指责说道："法国人最不会了解莎士比亚，当他们修改莎士比亚的作品时，他们所删

---

[1] 歌德等著、张可等译：《莎剧解读》，第309页。
[2] 同上，第322页。

削去的正是我们德国人最爱好的部分。"[1] 丹纳的莎评却是反古典派的。丹纳虽然不是第一个背叛本国传统的批评家，因为此前的司汤达等都以深刻的艺术鉴赏力高度评价过莎士比亚的戏剧创作，但是，在法国，以反古典派的观点较为全面地来论述莎士比亚，他仍属最早。他有关莎士比亚的见解主要散见于《英国文学史》(1863—1869)和《艺术哲学》(1865—1869)这两部名著中。丹纳由于持有文学艺术作品的产生受种族、环境和时代三要素制约的观点，加之其理性与科学的研究方法，自然使他十分看重莎士比亚作品中的现实主义特征。他认为，完美的作品都应该表现一个时代一个种族的主要特征，除此之外，还要表现几乎为人类各个集团所共有的感情与典型。莎士比亚就是"在准确地表现真实生活细节方面，在千变万化地运用幻想方面，在深刻复杂地刻画出类拔萃的激情方面最伟大的创造者"、"全能大师"。[2] 他是"最伟大的心灵创造者"、"最深刻的人类观察者"，他"眼光最敏锐，最了解情欲的作用，最懂得富于幻想的头脑如何暗中酝酿，如何猛烈地爆发，内心如何突然失去平衡，最能体会肉与血的专横，性格的左右一切力量，促成我们疯狂或健全的暧昧的原因"。[3] 他认为，莎士比亚的伟大天才赋予了他的文字以一种非凡的意义。他笔下每个人物所说的每句话，读了除可以使我们体会其中包含的意念、蕴涵的感情之外，还可以使我们体会说这句话的人的全部品质和全部性格——这个人的性情、体态、

---

[1] 歌德等著、张可等译：《莎剧解读》，第 115 页。
[2] 丹纳：《英国文学史》，转引自歌德等《莎剧解读》，第 2 页。
[3] 丹纳著、傅雷译：《艺术哲学》，人民文学出版社 1963 年版，第 364 页。

风度、容貌全都在刹那之间无比清晰地以雷霆之势涌现在我们的眼前。我们读到的字句不及我们从中体会到的内在含义；它们有如时时迸发的火花；我们的眼睛无从捕捉火焰的闪耀；只有我们的心灵才能领会这是一场熊熊烈火即将爆发的信号和征兆。丹纳高度赞赏莎士比亚让读者在同一个剧本中看到"两个不同的方面"："奇异的、痉挛的、压缩的、看得见的方面和和谐的、无限的、看不见的方面。一个方面巧妙地掩蔽了另一个方面，以致我们不知不觉地忘记了眼前的文字：我们听到了轰轰作响的可怕声浪，看到了缩紧的面孔、灼热的眼睛、苍白的脸色、狂热的情绪以及时而热血沸腾，时而浑身战栗的可怕决定。每句话的内涵都展示了一个内心的和形式的世界，因为实际上每句话正是从感情和形象的世界孕育出来的。莎士比亚写作的时候，不仅感受到我们所感受到的一切，而且还感受到许多我们所没有感受到的东西。他具有不可思议的观察力，可以在刹那之间看到一个人的完整的性格、体态、心灵、过去与现在，生活中的所有细节与深度以及剧情所需要的准确的姿态与表情。"[1] 丹纳常常通过对莎士比亚戏剧创作的分析，揭示他与时代的关系，认为莎士比亚通过经验，熟悉了乡村、宫廷和城镇的风土人情，研究了社会的各个阶层各色人等，表现了世俗风习。他的风格完全是伊丽莎白时期的普遍特征，有着暴烈与可怕的人物、凶手和离奇的结局、放纵的情欲、辉煌的文体、田园般的诗意与敏感情深的女性等。

　　丹纳在评论莎士比亚时，还明显存在着一种倾向，即企图通过

---

[1] 丹纳：《英国文学史》，转引自歌德等《莎剧解读》，第 42—43 页。

作品的分析，描绘出一幅作者的肖像，以显示作者的精神面貌。他认为，人们都是按照自己的观念去形成世界的，所以"人们把一切事物都涂上了自己的思想色彩"[1]。既然如此，莎士比亚本人身上的种种性格特点，都必然会在他笔下的人物身上体现出来。例如，他在分析哈姆雷特的形象时说，哈姆雷特迟迟不去杀他的叔父，并不是由于恐惧流血或者由于我们现代人所谓的良心责备，而是"过分活跃的想象由于积累了各种意象和热中于专注的思考以致消耗了一切活力"。"你可以看到他是一个善于幻想而不善于行动的人，他沉醉在自己心造幻影的冥想里面，他把想象的世界看得太清晰了，以至于无法在现实的世界中负担起自己的使命；他是一个艺术家，倒霉的机遇使他成了一个王子，而更坏的机遇使他成了一个向罪恶进行报仇的人，他是天命的英才，可是命运注定他陷入了疯狂和不幸。哈姆莱特就是莎士比亚，纵览整个肖像画廊，每一幅肖像全都有着莎士比亚自己的一些特点，而莎士比亚却在最后这一幅肖像中把自己描绘得最为突出。"因此丹纳下结论说，如果让莎士比亚编写一部心理学，他就会这样说："人是一架神经的机器，被情绪所支配，被幻觉所左右，被放纵的情欲所操纵，他在本质上是没有理性的，是动物和诗人的混合，只有心灵的狂喜，只有道德的敏感，以想象作为动力和向导，漫无目地被最确定最复杂的环境引向痛苦、罪恶、疯狂和死亡。"[2] 丹纳的评论的确别具一格，但不可否认，他在反对古典派的理智主义的极端时，又出现了导向直观主义极端的毛病。

---

[1] 丹纳：《英国文学史》，转引自歌德等《莎剧解读》，第88页。
[2] 同上，第91—92页。

这样一来，他在肯定莎士比亚塑造暴烈而痛苦的心灵最有力量、最完全、最显著的同时，自然也就批评、责备莎士比亚缺少道德、某些人物不得体等，例如他说莎士比亚笔下创造的哈姆雷特、李尔王、麦克白、奥赛罗、罗密欧、朱丽叶、苔丝狄蒙娜等，都是受盲目愤激的幻想、近于疯狂的敏感、想入非非的幻觉等所鼓动的人物。[1] 这种批评和责备，说明他的态度中尚存有新古典主义的偏见和遗风。

德国莎评的代表人物首先是作为著名哲学家和美学家的黑格尔（1770—1831）。他的有关评论散见于其巨著《美学》中。他认为，按照生活本来的样子去加以描绘是莎士比亚创作的原则。基于此，莎士比亚不仅广泛地描绘了纷繁多样的社会生活，而且非常注意把这样的描绘同表现人类的旨趣结合起来。所以莎剧虽然具有民族性的鲜明特点，但其中占据很大优势的却是人类的普遍旨趣。他认为仅仅表现某一民族时代风尚的特殊人物性格和情欲的作品不会永存，因为它的意义难以被其他民族其他时代的读者所理解。他提出了这样一个逆定理：凡是不欢迎、不接受莎士比亚的地方，那里民族艺术的清规戒律总是既狭隘又特殊。在论及戏剧冲突时，黑格尔将它分为三类：第一类冲突是"物理的或自然的情况所产生的冲突，这些情况本身是消极的、邪恶的，因而是有危害性的"，例如自然所导致的疾病、种种灾祸，它们"破坏了原来生活的和谐，结果造成差异对立"，不过，这一类冲突没有什么意义。第二类冲突是"由自然条件产生的心灵冲突，这些自然条件虽然本身是积极的，但是对于

---

[1] 丹纳著、傅雷译：《艺术哲学》，第380页。

心灵，却带有差异对立的可能性"，这些"外在的自然力量，单就它是外在的自然力量来说，在心灵的旨趣和矛盾中既然不是本质的东西，所以在它和心灵的关系紧密结合时，它只是一种基础（或背景），使真正冲突导致破坏和分裂"。例如由自己无法把握的家庭出身、阶级地位、天生性情等所导致的冲突都属于这一类。这两类冲突与自然的因素相联系，即"人不是以心灵的身份所做的事"，包含着不自觉的成分。第三类冲突则是"由心灵性的差异面产生的分裂"，"这种方式的冲突的根源在于精神的力量以及它们之中的差异对立，因为这种矛盾是由人的行动本身引起来的"。在他看来，这类冲突才是真正重要的矛盾冲突。黑格尔指出，第一类冲突在莎剧中几乎不存在；第二类冲突在莎剧中是存在的，例如《麦克白》涉及家庭关系中王位继承权的冲突，《奥赛罗》涉及人的天生性情妒忌与合理原则的冲突，但这些冲突是由于家庭出身、天生性情等自然条件作用于心灵而产生的较为深刻的冲突，或者说，这些冲突是作为精神性冲突的背景，因而与精神性冲突关系密切。而第三类冲突在莎剧中占据突出地位。《哈姆雷特》、《罗密欧与朱丽叶》等都表现了这样的冲突。[1] 黑格尔的这种分析极具理论的深度。

黑格尔认为，莎士比亚在人物性格的塑造方面也是首屈一指的，就描绘直接生活的生动鲜明与伟大心灵这种统一性来说，近代戏剧体诗人之中很难找到另一个人能和莎士比亚相媲美。歌德在早期固然也显出类似的对自然的忠实和描绘特征的细致，但是在情绪的内

---

[1] 黑格尔著、朱光潜译：《美学》第1卷，商务印书馆1979年版，第262—270页。

在魄力和崇高方面终比不上莎士比亚；至于席勒，他更是在狂飙似的奔放洋溢中没有抓住真正的内核。莎士比亚的悲剧人物具有个性的、现实的、生动的、高度多样化的特点。这些特点又赋予莎士比亚的人物以真正的客观性。黑格尔指出："艺术作品应该揭示心灵和意志的较高远的旨趣，本身是人道的有力量的东西，内心的真正的深处；它所应尽的主要功用在于使这种内容透过现象的一切外在因素而显示出来，使这种内容的基调透过一切本来只是机械的无生气的东西中发生声响。所以如果把情致揭示出来，把一种情境的实体性的内容（意蕴）以及心灵的实体性的因素所借以具有生气并且表现为实在事物的那种丰富的强有力的个性揭示出来，那就算达到真正的客观性。"[1] 而这种具有客观性的人物性格，必须同时"保持住生动性与完满性"[2]。黑格尔对哈姆雷特的分析，就着眼于揭示莎士比亚人物性格的丰富性和完满性。他认为哈姆雷特的性格有其软弱的一面，但"他并没有内在的弱点，只是没有强健的生活感，所以他在阴暗的感伤心情中徘徊歧路"，犹豫延宕；又认为哈姆雷特有其坚强的一面，他"固然没有决断，但是他所犹豫的不是应该做什么，而是应该怎样去做"。[3] 换言之，哈姆雷特对于为父复仇的目的是明确的，决心是坚定的，只是对于怎样为父复仇的问题还有犹豫。这种犹豫和哈姆雷特生存于其中的残暴世界密不可分。因此他认为哈姆雷特的性格既丰富复杂，又完整统一。黑格尔还指出，即使莎剧

---

[1] 黑格尔著、朱光潜译：《美学》第1卷，第354页。
[2] 同上，第304页。
[3] 同上，第310—311页。

中的人物的全部情致集中在只有某种单一的情欲上，例如麦克白的政权欲、奥赛罗的妒忌，莎士比亚也不让这种抽象的情致淹没掉人物的丰富的个性，而是在突出某一种情欲时，使人物还不失为一个完整的人。他又以《罗密欧与朱丽叶》为例说，这部作品里"所写的主要情感是爱情"，但我们看到罗密欧"在最变化多端的关系里"，"他都始终一贯地显得尊严高尚，用情深挚"；"朱丽叶也是一样的从许多关系的整体中显出她的性格"。[1] 正是由于莎士比亚描绘真实性格的手法高超绝妙，所以他笔下的罪犯乃至极平庸的傻瓜粗汉也令读者感到津津有味。

在谈到喜剧时，黑格尔把近代喜剧分为讽刺性喜剧、性格和情节性戏剧和幽默喜剧三类。他认为前两类都不具有真正的喜剧性，而只有第三类表现具体性格的豪放气概与深刻、丰满和亲切的幽默精神的喜剧，才具有真正的喜剧性。他说莎士比亚也是这方面的光辉范例。黑格尔虽然没有作详细分析，我们却可以猜出他所说的真正的喜剧性是体现在福斯塔夫这个典型性格身上。另外，黑格尔对莎剧中的对话和语言表达也给予了很高的评价。总之，黑格尔从美学理论上对莎士比亚戏剧艺术的定位，应该说是19世纪莎评中的一个重要成果，它让人们更清楚地看到了莎士比亚在整个文学艺术史上的巅峰地位。

无产阶级革命导师马克思（1818—1883）和恩格斯（1820—1895）有分析地吸收历代莎学研究成果，并在给拉萨尔的信中，明

---

[1] 黑格尔著、朱光潜译：《美学》第1卷，第305页。

确提出了"莎士比亚化"的著名论断和艺术原则,把整个莎学研究提高到了一个新的水平。

马克思在信中指出拉萨尔创作的缺点"就是席勒式地把个人变成时代精神的单纯的传声筒",要求他"更加莎士比亚化"。[1]恩格斯在信中也指出,不应该"为了观念的东西而忘掉现实主义的东西,为了席勒而忘掉莎士比亚"[2]。"莎士比亚化"这一原则,内涵丰富,是对莎评和文学理论的新贡献。第一,"莎士比亚化"要求文学创作真实反映特定时代的社会生活、矛盾斗争与风土人情。恩格斯在《风景》一文中强调莎士比亚与产生他的作品的历史土壤、真实生活的内在联系,认为不论莎剧中的情节发生在什么地方,其实展现在我们眼前的基本上总是欢乐的英国,而且这样的情节只有在英国的天空下才能发生。第二,"莎士比亚化"强调文学创作要塑造典型人物。恩格斯指出,"古代人的性格描绘在今天是不再够用了",莎士比亚吸收并发展了前人的艺术经验,塑造出诸如哈姆雷特、福斯塔夫等许多不朽典型。恩格斯希望拉萨尔在这一点上要"多注意莎士比亚在戏剧发展史上的意义"[3]。典型人物的塑造离不开典型环境的描写。恩格斯精辟地指出:"人物的性格不仅表现在做什么,而且表现在他怎样做;从这方面看来,我相信,如果把各个人物用更加对立的方式彼此区别得更加鲜明些,剧本的思想内容是不会受到损害

---

[1]《马克思恩格斯选集》第 4 卷,人民出版社 1972 年版,第 340 页。
[2] 同上,第 345 页。
[3] 同上,第 344 页。

的。"[1] 也就是说，要把人物放在特定环境中去描写，再现典型环境中的典型人物；典型人物的意义只有放在典型环境下才能显示出来。马克思、恩格斯关于拉萨尔《弗兰茨·冯·济金根》的"背景"的论述也涉及这个问题。他们认为，拉萨尔这个剧本的一大缺陷，就是没有描绘出德国宗教改革时期的典型环境。为此恩格斯论述了莎士比亚戏剧中的"福斯塔夫式的背景"，认为倘若拉萨尔能和莎士比亚一样在其历史剧中给主人公济金根提供一幅与莎剧相似的背景，那么就必然会比在莎士比亚那里有更大的效果。[2] 恩格斯所说的"福斯塔夫式的背景"，就是指莎剧中所真实地描写的封建社会关系解体时期不同等级的各种人物，如君主、教会人士、贵族、骑士、平民、农民的生活，他们之间纷繁多样的"五光十色的平民社会"，也即典型环境。第三，"莎士比亚化"要求文学创作注意情节的生动性和丰富性。恩格斯在批驳贝奈狄克斯对莎士比亚的轻蔑态度时说，单是莎士比亚的《温莎的风流娘们儿》的第一幕，就比全部德国文学包含着更多的生活气息和现实性，单是那个兰斯和他的狗克莱勃就比全部德国喜剧加在一起更具有价值。恩格斯在写给拉萨尔的信中要求把"思想深度"、"意识到的历史内容"同"莎士比亚剧作的情节的生动性和丰富性"完美地融合起来，而且认为"这种融合正是戏剧的未来"。[3] 第四，"莎士比亚化"还要求文学创作注意自然而然地表现其倾向性。马克思和恩格斯有关莎士比亚的精辟论述，是马

---

[1] 《马克思恩格斯选集》第 4 卷。
[2] 同上，第 345—346 页。
[3] 同上，第 343 页。

克思主义文艺理论的重要组成部分，对于我们进一步研究莎士比亚、认识文学的本质及其发展规律，都具有深远的意义。

在19世纪的俄国，现实主义文学取得了举世瞩目的辉煌成就，同时文学批评界也名家辈出，成就卓著。该时期俄国一些著名的文学家、批评家对莎士比亚的评论，突出强调的也正是他的现实主义成就。

"俄国文学之父"普希金（1799—1837）认为，莎士比亚的现实主义创作方法突出表现在对各种各样的典型形象的塑造上。他塑造的人物，不是从抽象的概念出发，而是立足于现实生活，通过情节的展开和环境的描写，显现人物"多方面的多种多样的性格"，使所创造的人物形象不是"某一种热情或某一种恶行的典型"，而是"活生生的、具有多种热情、多种恶行的人物"。[1] 例如，莫里哀的悭吝人阿巴公"只是吝啬而已"，而莎士比亚笔下的吝啬鬼夏洛克"却是悭吝、机灵、复仇心重、热爱子女、而且敏锐多智"。莫里哀的伪善者只有口是心非的单一的特点，而莎士比亚笔下的伪善者"怀着虚假的严厉宣读法庭判决词，然而是公正的；他煞费苦心地借对政府官员的判决来为自己的残酷辩白；他以有力而吸引人的诡辩，而不是以又因循又虔诚的可笑态度装饰成无罪的样子"，身上有多重特性的结合，栩栩如生，呼之欲出。普希金对奥赛罗和福斯塔夫的分析也颇具影响。他认为"奥瑟罗本身并不嫉妒，相反，他很轻信"，因此，他的悲剧是轻信的悲剧。而福斯塔夫，他的恶行"一个连着一

---

[1] 杨周翰编选：《莎士比亚评论汇编》上册，第426页。

个，构成一串滑稽的、畸形的图画"，其主要性格特征是好色、怯懦、爱吹牛、没有常规。普希金认为，在福斯塔夫身上最能体现出莎士比亚多方面的天才。

批评家别林斯基（1811—1848）著有多篇有关莎士比亚的论文，如《文学的幻想》（1834）、《莎士比亚的剧本〈哈姆莱特〉》（1838）、《关于〈暴风雨〉》（1840）、《诗的分类》（1841）等，其见解在莎评史上占有重要位置。别林斯基现实主义美学思想深受莎士比亚创作的影响。他认为，大地、人类、大自然、生活是莎士比亚的四大元素。莎士比亚的天才客观性使他能按照实际情况来理解客观事物。他所创造的世界不是偶然的，也不是特殊的，而是我们在自然中、历史中、我们自身所看到的那同一个世界，不过这世界仿佛是通过自觉精神的自由的独创性作用被再现出来罢了。别林斯基把诗歌分为理想的和现实的两类，而莎士比亚是现实的诗歌的奠基人之一，虽然他也有理想，但当他"上升到永恒的理想的崇高领域时，就把这些理想带到大地上来，从个别的、特定的、孤立自在的现象中间实现出一般东西来"。别林斯基对莎士比亚作品内容与形式结合的问题，也有独到见解。他认为，莎士比亚每部作品都具有性格的独创性和真实性，以及内容与形式在艺术上的相适应、完满性、完整性。要区分他作品中的思想和形式是极为困难的，因为两者是合成一体的。他还认为，莎士比亚笔下的每一个人物都是生动的形象，并常常从内外因产生的必然性入手分析莎剧人物。例如，他说"奥瑟罗的嫉妒有它自己的因果关系，有它自己的必然性，这种必然性包含在他激烈的本性、教养和他的整个生活环境中，所以说他既在嫉妒上有罪,同样也在嫉妒上无罪。这就是为什么这个伟大的天性,这个强有力的性格在我们心目中引起的不是对他的厌恶和憎恨,而是热爱、惊讶和怜悯。人世生活的和谐被他罪行的不协调给破坏了,他又以心甘情愿的死亡恢复了这种和谐,用死亡来抵偿自己沉重的罪行,于是我们怀着和解的感情、怀着对不可捉摸的生活秘密的深切沉思把这个悲剧闭上,两个在灵柩内言归于好的阴影,手挽着手从我们的迷醉的目光下闪过……"[1] 又如,他论述哈姆雷特时说,认识责任后意志软弱,是歌德首先提出来的概念,但"现在已成为大家按照自己的方式不断加以重复的陈腐之谈了"。事实上是,哈姆雷特从斗争中解脱了出来,"他战胜了意志的软弱,因此,意志的软弱并不是基本的概念,却只是另外一个更普遍、更深刻的概念的表现——这就是分裂的概念,分裂是怀疑又是摆脱自然的意识的结果"[2]。在别林斯基看来,"哈姆莱特表现了精神的软弱,这固然是事实,可是必须知道,这软弱是什么意思。它是分裂,是从幼稚的、不自觉的精神和谐与自我享乐走向不和谐与斗争去的过渡,而不和谐与斗争又是走向雄伟的、自觉的精神和谐与自我享乐的过渡的必要条件。在精神生活中,没有任何抵触的东西,因此,不和谐与斗争同时也就是摆脱这种状态的保证;否则的话,人就会是一种太可怜的生物。一个人精神越崇高,他的分裂就越是可怕,他对自己的有限性的胜利也就越是辉煌,他的幸福也就越是深刻和神圣。这便是哈姆莱特的软弱的意义"。因此,哈姆雷特的软弱不是他的天性所

---

[1] 杨周翰编选:《莎士比亚评论汇编》上册,第 445—446 页。
[2] 同上,第 432 页。

造成的，而是"现实与他的生活理想之间的不相适应"所致。在这里，别林斯基提出了与歌德迥然不同的观点。歌德认为，哈姆雷特的意义完全表现在一件伟大的事业担负在一个不能胜任的人的身上，他没有坚强的力量成为英雄，只能在一个重担下毁灭了。别林斯基则认为，哈姆雷特的软弱只是分裂的结果，这种分裂同时又是走向"雄伟的、自觉的精神和谐"的关键。所以"从天性上说，哈姆雷特是一个强有力的人"，"他在软弱时也是伟大而强有力的，因为一个精神强大的人，即使跌倒，也比一个软弱的人奋起的时候高明"。[1]于是，歌德把《哈姆雷特》看作是柔弱的肩膀担负着力不胜任的重担的人的悲剧的著名解释，被别林斯基解构了。

总之，别林斯基极为推崇莎士比亚，对他的评价也达到了登峰造极、前所未有的高度。在《诗的分类》第三部分《戏剧诗》中，他这样赞誉莎士比亚："在近代民族中，没有一个民族的戏剧像英国人的戏剧那样达到了充分和巨大的发展。莎士比亚是戏剧方面的荷马；他的戏剧是基督教戏剧的最高的原型。在莎士比亚的戏剧中，生活和诗的一切因素融合成一个生动的统一体，在内容上广阔无垠，在艺术形式上宏伟壮丽。在这些戏剧中，是整个现在的人类，它的整个过去和未来；这些戏剧是一切时代和一切民族的艺术发展的茂盛的花朵和丰饶的果实。在这些戏剧中既有优美多姿和轮廓鲜明的艺术形式，也有纯洁天真的灵感，又有再三反省的沉思，客观世界和主观世界互相渗透着，融合成不可分割的统一体。要谈谈最高全

---

[1] 杨周翰编选：《莎士比亚评论汇编》上册，第434页。

世界诗人之王的深谙人心的观察力、他的对自然和现实的忠实态度、他的永无止境和崇高的创作思想,那将重复千万人说过许多次的话。要确定他每个剧本的价值,那将写一本大部头的书而仍旧不能说出您想说的百分之一,仍旧不能说出这些剧本所包含的百分之一。"[1]

批评家赫尔岑(1812—1870)认为,莎士比亚对人物内在精神世界的揭示,体现了他对生活的深刻理解。对莎士比亚来说,"人的内心世界就是宇宙,他用天才而有力的画笔描绘了这个宇宙",而且在深度和广度上都有独到之处。赫尔岑还以文学变革的观点,从文学艺术历史发展的角度,评价了莎士比亚的巨大贡献,认为莎士比亚是"两个世界的人",他超越了古典主义和中世纪的浪漫主义时代,开辟了现实主义的新时代。他"天才地揭示了人的主观因素的全部深度、全部丰富内容、全部热情及其无穷性;大胆地探索生活直至它的最隐秘的禁区,并揭露业已发展的东西,这已经不是浪漫主义,而是超越了浪漫主义"。[2] 赫尔岑还激情洋溢地歌颂了莎剧对人的教育作用,说它像镜子一样,从中可以清楚地判断自己的成长、变好、变坏和发展趋向,他的戏剧世界等于整整一所大学。[3]

著名作家屠格涅夫(1818—1883)以其1860年发表的对哈姆雷特与堂吉诃德两个人物形象的比较研究的论文而著称于莎评界。遗憾的是,他的比较加入了过多的主观因素,把自己对俄国革命的某些观点套在这两个人物身上,因此削弱了研究价值。例如,他认为,

---

[1] 杨周翰编选:《莎士比亚评论汇编》上册,第449—450页。
[2] 同上,第460页。
[3] 同上,第462页。

堂吉诃德表现了信仰,他"全身浸透着对理想的忠诚,为了理想他准备承受种种艰难困苦,准备牺牲自己的生命","因而他闪耀着思想的光辉"。而哈姆雷特,屠格涅夫则把他理解为俄国贵族中的"多余人"形象,说他"缺乏信仰","整个是为自己而生存",是一个"永远为自己忙忙碌碌"的自私者,一个怀疑主义者,"他在整个世界中找不到他的灵魂可以依附的东西",对群众毫无用处。[1]这就完全歪曲了哈姆雷特这个悲剧人物的真正内涵。不过,屠格涅夫毕竟是一个伟大的现实主义作家,因此在对莎士比亚和塞万提斯进行比较时,也不能不承认:"莎士比亚以他丰富有力的幻想,以他崇高的诗意的光芒,以他巨大深广的智慧是胜过塞万提斯的——而且还不止塞万提斯一人。"[2]

著名批评家车尔尼雪夫斯基(1828—1889)虽未发表过有关莎士比亚的专论,但在论述美的问题以及解释悲剧、崇高、滑稽、幽默等美学中的重要问题时,常常引用莎士比亚的作品为例子,并对作品中的许多人物有精辟的分析和独到的见解。在《论崇高与滑稽》(1854)一文中,车尔尼雪夫斯基以莎士比亚的人物为例,分析和说明悲剧的冲突。他在解释悲剧的原因时说:"一个人所以遭受毁灭或者痛苦是因为他犯了罪,或者犯了错误,最后,或者仅仅暴露了他的坚强而深刻的天性中的弱点,这样就和主宰着人类命运的律令发生矛盾。"他认为苔丝狄蒙娜就由于自己的轻信、缺乏经验、天真,扰乱了丈夫的平静,从而遭到毁灭。同样,奥菲莉娅的

---

[1] 杨周翰编选:《莎士比亚评论汇编》上册,第467—468页。
[2] 同上,第479页。

毁灭也是由于她轻信对哈姆雷特的爱情，这种爱情促使她什么事都听信哈姆雷特，完全受他摆布。尽管她们的过失是这样小，但还是因此而招来了一种反对她们的力量，她们就在这种力量的重压下毁灭了，其罪咎无非在于错误。而对奥赛罗和麦克白来说，他们的毁灭就是他们本身的罪恶的不可避免的、必然的悲剧，这种悲剧属于过错或罪行的悲剧。[1] 不过，车尔尼雪夫斯基认为道德冲突的悲剧才是悲剧的最高形式。在这方面他举出了《裘力斯·恺撒》加以说明。他指出，以恺撒及其反对者勃鲁托斯为代表的两种倾向，"都有它的公正的一面，而由于它的片面性，也有不公正的一面，于是互相矛盾的倾向就终于得到和解，这种片面性逐步因为这些倾向中的每一种毁灭或受苦而磨平，统一和新的生活就在这斗争和毁灭中产生"[2]。在《艺术与现实的美学关系》（1855）中，车尔尼雪夫斯基进一步拓展了造成悲剧冲突的"过失论"，提出了"伟大人物的死亡，常常不是由于自己的罪过"的观点。[3] 他认为，人们在悲剧中也可以看到不少无辜的死亡，如伊阿古的卑鄙的奸恶行为杀死了苔丝狄蒙娜。如果认为每个人的死亡都是由于犯了什么罪过，那么，苔丝狄蒙娜的罪过是"太天真"，罗密欧与朱丽叶的罪过是他们"彼此相爱"。因此，他认为每个死者都有罪的思想，"是一种残酷而不近人情的思想"。这实际上是对古希腊命运观念的反叛。另外，在《果戈里时期俄国文学概观》（1855）中，车尔尼雪夫斯基

---

[1] 杨周翰编选：《莎士比亚评论汇编》上册，第488—489页。
[2] 同上，第491页。
[3] 同上，第493页。

对莎士比亚在艺术上的贡献和影响也作了充分的肯定。他指出，莎士比亚在"艺术完善上"、"心理分析的深刻上"，不仅在英国，而且在德国、法国、俄国，以至整个人类的发展上，都"有着巨大而良好的影响"。[1] 当然，他也指出了莎士比亚的不足，例如过于华丽和夸张等。

著名文学批评家杜勃罗留波夫（1836—1861）在其名篇《黑暗的王国》（1859）和《黑暗王国的一线光明》（1860）中，也高度评价了莎士比亚对社会历史本质的揭示，把他看作是他所生活时代人类认识最高阶段的最充分的代表，在这方面甚至超过了科学家和哲学家。在谈到衡量作家作品的价值时，杜勃罗留波夫指出，必须看他们"究竟把某一时代、某一民族的（自然）追求表现到什么程度"，"哲学家还只是在理论中预料到的真理，那些天才作家却能够从生活中把它把握住，动手把它描写出来"。在他看来，莎士比亚的伟大，就是因为"他的剧本中有许多东西，可以叫作人类心灵方面的新发现；他的文学活动把共同的认识推进了好几个阶段"，"但丁、歌德、拜伦的名字常常和他的名字结合在一起，可是很难说，他们每个人都是像莎士比亚似的这样充分地标示全人类发展的新阶段"，"这就是莎士比亚所以拥有全世界意义的原因"。[2]

从上面的介绍，我们不难看到，19世纪莎评的功绩在于最终确

---

[1] 杨周翰编选：《莎士比亚评论汇编》上册，第496页。
[2] 同上，第497—498页。

立了莎士比亚在世界文学史上的大师地位，从此人们不再去争论他是伟大还是渺小的问题，而是继续潜心探讨、深入挖掘他所创造的这个伟大的戏剧艺术世界的丰富内涵，为20世纪新角度、新方法的莎士比亚研究奠定了坚实的基础。19世纪的浪漫主义和现实主义两大流派，分别从不同的角度揭示了莎士比亚创作的价值与特色，并在两个方面取得了突破性进展。"一是对莎士比亚所代表的伊丽莎白时代美学理想给予了理论上的论证，这项贡献是由黑格尔做出的。他把莎剧作为浪漫型艺术的完美典范加以赞扬。由于他的理论来自对整个艺术史演化过程的辩证概括，因而具有较强的说服力。二是开始了对莎士比亚创作思想的整体性研究。这项研究对于人们从发展变化的角度来考察莎剧的内在联系及其与时代、作者生平的关系都是极为有益的。"[1]

概而言之，18、19世纪西方莎评呈现出一个突出的鲜明的特征，那就是立足学理层面对莎士比亚的价值和意义予以开放的、多角度全方位的不断阐释、探究与追问，不断丰富、拓展莎士比亚研究的内涵与空间。

如果说，莎士比亚在欧洲的批评是在同一文明体系内进行的，那么在跨越异质文明疆域后，莎士比亚在近现代中国的接受与批评又将会呈现出怎样一种状况呢？这正是我们下一章要探讨的问题。

---

[1] 张泗洋等：《莎士比亚引论》下册，第434页。

第二章　近现代中国对莎士比亚的接受

莎士比亚历经西方几个世纪的批评，特别是18和19世纪的批评洗礼后，成为举世公认的炙手可热、享有盛誉的经典作家，不少国家都先后用自己的语言翻译了他的全集，他的作品成为名副其实的"世界的文学"。然而，正是这位西方文学史上的经典作家，从19世纪传入中国至新中国成立前夕的100余年里，他却从未在我们这个古老的大国产生过大红大紫、惊天动地的影响，而是经历了从传奇作家、精神斗士、争议人物到现实主义剧作家的楷模的命运沉浮和转折。这种一波三折的不平凡历程构成了近现代中国莎士比亚接受史。莎士比亚在中国的接受主要由翻译、演出和评论三个方面构成。有关莎士比亚的作品在中国翻译和演出的历史早已有不少学者做过梳理和专论，对新中国成立后莎士比亚的评论状况，也有学者关注并研究。不过，新中国成立前莎士比亚的评论情况，尚缺乏专论，尤其是在一些相关重要问题上迄今没有进行深入细致的探讨，也没有给予足够的价值评估。这主要是因为，将莎士比亚置于以启蒙教化为鲜明特征的中国近现代社会接受语境下来考察，他的重要性似乎并不突出，更不具有代表性，加之当时一些文化名人对他的态度又表现出前后不一、观点矛盾的复杂情况，研究者或因其典型性不够而忽略之，或因自身专业视野所限而遗漏之。事实上，莎士比亚虽然不像有些外来作家那样一经被翻译过来便产生了强烈的影响，成为家喻户晓、妇孺皆知的人物，但也绝非昙花一现、寿命短暂的作家，他属于那种渐渐地产生影响并能保持持久生命力的作家。笔者把新中国成立前近现代中国对莎士比亚的接受与批评大致分为两个时期：一、19 世纪 30 年代至 20 世纪 30 年代前，是最初莎士比亚的接受时期，出现了四种莎士比亚的接受视角；二、20 世纪 30 年代至新中国成立前夕，是莎士比亚在中国命运大转折时期。本章将以几个重要代表人物为中心线索，探讨莎士比亚在近现代中国的接受境遇。

第一节　20 世纪 30 年代前的莎士比亚接受

据记载，莎士比亚的名字第一次被引进中国是在 19 世纪 30 年代，并且与近代历史上著名的民族英雄林则徐有关。[1]1838 年，林则徐被道光皇帝任命为钦差大臣前往广州查禁鸦片。林则徐为了了解西方国情，于 1839 年派人将英国人慕瑞所著《世界地理大全》(*The Encyclopaedia of Geography*，1834 年初版于伦敦) 编译成《四洲志》。《四洲志》中记载了世界五大洲中 30 多个国家的地理和历史，是近代中国第一部较有系统的外国地理志。其中第 28 节谈到英国文

---

[1] 柳无忌：《西洋文学研究》，中国友谊出版公司 1985 年版，第 3 页。

学情况时提到"沙士比阿、弥尔顿、士达萨、特弥顿"等四人，说他们"工诗文，富著述"。[1]这里的"沙士比阿"即为莎士比亚。可见，莎士比亚的名字最初是随着《四洲志》的问世而被偶然地引入中国的。但这种引入，从一开始就表现了中国人渴望了解世界、励精图治、振兴华夏的强烈愿望。林则徐也因此被史学家称为近代中国开眼看世界的第一人。

此后，莎士比亚的名字伴随着船坚炮利的外来势力通过传教士再一次被介绍到中国。1856 年，上海墨海书院刻印了英国学者托马斯·米尔纳著、慕维廉译的《大英国志》，其中谈到伊丽莎白女王时代"所著诗文，美善俱尽，至今无以过之也。儒林中如锡德尼、斯本色、拉勒、舌克斯毕、倍根、呼格等，皆知名之士"，此处所说"舌克斯毕"即莎士比亚。19 世纪末 20 世纪初，一些英美传教士在他们的著述译作中曾以"沙斯皮耳"（美国牧师谢卫楼著《万国通鉴》，1882 年北通州公理会刻印）、"筛斯比尔"（英国传教士艾约瑟编译《西学启蒙 16 种》中的《西学略述》，1896 年上海著易堂书局翻印）、"沙基斯庇尔"（英国传教士李提摩太主编《广学类编》第一卷《泰西历代名人传》，1903 年上海广学会刊印）、"夏克斯芘尔"（英国传教士李思·伦白·约翰辑译《万国通史》中的《英吉利志》，1904 年上海广学会出版）等多种不同的译名介绍了莎士比亚。例如《万国通鉴》介绍："英国骚客沙斯皮耳，善作戏文，哀乐罔不尽致，自侯美尔（即荷马）之后，无人几及也。"《西学略述》一书的《近

---

[1] 林则徐：《四洲志》，华夏出版社 2002 年版，第 117 页。

世词曲考》说:"英国一最著声称之词人,名曰篩斯比尔,凡所作词曲,于其人之喜怒哀乐,无一不口吻逼肖,加以阅历功深,遇分谱诸善恶尊卑,尤能各尽其态,辞不费而情形毕露。"《泰西历代名人传》介绍说:"沙基斯庇尔……世称之为诗中王,亦为戏文中之大名家。"《英吉利志》中说:"其中最著名之诗人,夏克斯芘尔,瑰词异藻,声振金石,其集传诵至今,英人中鲜能出其右者。"[1]

第一个介绍莎士比亚的中国人是清末外交官郭嵩焘(1818—1891)。他在1877至1879年任英法公使时,曾在日记中三次谈到莎士比亚。[2] 最早的一次是1877年8月11日,他在日记中说,他在参观英国印刷机器展览会时见到了莎士比亚剧作的刻本以及莎士比亚购地的契约等文物,他认为莎士比亚"为英国二百年前善谱剧者,与希腊人何满(Homer,即荷马)得齐名"。这一评论被认为是"中国莎学的发端"[3]。1879年1月18日,他观看了英国演员演出的莎剧后在日记中说,莎士比亚的戏剧"专主装点情节,不尚炫耀"。清末外交官曾纪泽(1839—1890)在1879年3月29日的日记中,也记载过他在英国观看莎剧《哈姆雷特》的情况:"所演为丹麦某王,弑兄、妻嫂,兄子报仇之事。"[4] 这是中国人最早谈论《哈姆雷特》的情节。

20世纪初,崇尚西学和提倡译书之风大盛,中国一些学人也开

---

[1] 此处参用孟宪强:《中国莎学简史》,东北师范大学出版社1994年版,第4—5页。
[2] 《郭嵩焘日记》第3卷,湖南人民出版社1982年版,第267—268、641、743页。
[3] 孟宪强:《中国莎学简史》,第224页。
[4] 曾纪泽:《使西日记》,湖南人民出版社1981年版,第66页。

始以各种不同的译名介绍莎士比亚。例如1903年，上海出了两本石印本的《东西洋尚友录》和《历代海国尚友录》，前者介绍"索士比尔，英国第一诗人"；后者称"索士比亚，英吉利国优人"。1904年10月出版的《大陆》杂志中印有《希哀苦皮啊传》，1907年世界社出版的《近世界60名人画传》中有《叶斯璧传》，1908年山西大学堂译书院出版的《世界名人传略》中有《沙克皮尔传》等。这个时期还出现了对莎士比亚戏剧的诗评。1905年，汪笑侬（1858—1918）在《大陆》杂志第3卷第1期上发表《题〈英国诗人吟边燕语〉20首》，对1904年林纾和魏易合译的《英国诗人吟边燕语》的20个莎剧故事以七言绝句的形式逐一品评。这种"以旧体诗的形式写成的莎评虽然囿于诗体以及所评并非莎翁原著，很难揭示出莎剧底蕴，但在中国莎评发展的早期，汪笑侬的诗体莎评很有价值，它是中国第一篇对莎士比亚的评论"[1]，有学者称其为"中国莎学史上最早的也是罕见的用旧体诗写成的莎评"[2]。

此后，清末思想界的几位著名人物如严复、梁启超等也都较早地谈论过莎士比亚。严复（1853—1921）在其译作《天演论》(1894)的《进微篇》中说："词人狭斯丕尔之所写生，方今之人，不仅声音笑貌同也，凡相攻相感不相得之情，又无以异。"[3]在《天演论》卷下《论五·天刑》篇中引入了哈姆雷特的故事："罕木勒特，孝子也。乃以父仇之故，不得不杀其季文，辱其母亲，而自制刃于

---

[1] 孟宪强：《中国莎学简史》，第5页。
[2] 阮坤：《中国最早的莎评》，《武汉大学学报》1990年第2期。
[3] 赫胥黎著、严复译：《天演论》，商务印书馆1981年版，第39—40页。

胸，此皆历人生之至痛极苦，而非其罪也。"[1] 这是继曾纪泽之后，哈姆雷特的故事被更为具体地介绍给中国读者。1908年，严复在其译著《名学浅说》第11章第93节中再次谈到莎士比亚："又有例案并举，而判所含蓄，令人百思，尤有余味，索思比亚作凯撒被刺一曲，当莺吞尼以尸告众，为布鲁达所禁，不得代鸣其怨，层层皆用此术，听者裂眦冲发，举国若狂。名学之能事如此。"[2] 他以《裘力斯·恺撒》中安东尼的著名演讲为例，说安东尼的演讲"层层皆用"名学之术，既充分发挥逻辑的力量，结果激发起国人为恺撒复仇的高昂情绪，达到了自己的政治目的，又使这次演讲成为"名学"的著名"例案"。

1902年，梁启超（1873—1929）在其《饮冰室诗话》中，对莎士比亚等作家的作品所具有的恢弘气势给予了高度称赞。他说："希腊诗人荷马，古代第一文豪也。其诗篇为今日考据希腊史者独一无二之秘本，每篇率万数千言。近代诗家，如莎士比亚、弥尔顿、田尼逊等，其诗动亦数万言。伟哉！勿论文藻，即其气魄，固已夺人矣。"[3] 值得一提的是，我们通用至今的"莎士比亚"的译名就是梁启超的翻译。

1903年，上海达文社用文言文翻译出版了题名为英国"索士比亚"著的《澥外奇谭》，译者未署名。《澥外奇谭》并非莎士比亚的作品，而是改译英国散文家查理士·兰姆和他的姐姐玛丽·兰姆《莎

---

[1] 赫胥黎著、严复译：《天演论》，第60页。
[2] 耶方斯著、严复译：《名学浅说》，商务印书馆1981年版，第56页。
[3] 梁启超：《饮冰室诗话》，人民文学出版社1998年版，第4页。

士比亚故事集》中的10个故事,其意义在于第一次把莎士比亚的戏剧故事介绍给了中国读者。1904年,商务印书馆又出版了林纾和魏易用文言文合译的同一著作的全译本,题名为《英国诗人吟边燕语》(简称《吟边燕语》)。时隔17年后的1921年,田汉在《少年中国》杂志第2卷12期上发表译作《哈孟雷特》,这标志着中国第一次有了以完整的戏剧形式并用白话文翻译的莎士比亚作品。田汉在译序中说,翻译莎士比亚是为了扩大中国人的视野,认为"某莎翁学者拿莎士比亚所描写的人物和易卜生所描写的相比,谓'莎翁的人物远观则风貌宛然,近视之则是笔痕狼藉',好像油画一样;易氏的人物则鬼斧神工毫发逼肖,然使人疑其不类生人,至少也仅是人类某一时期中的姿态,好像大理石的雕像。现在中国的美术馆里大理石雕像可搬来不少了。那么再陈列一些油画不更丰富些吗?所以引起了我选译莎翁杰作集的志愿"。他认为:"《哈孟雷特》一剧尤沉痛悲怆为莎翁四大悲剧之冠。读 Hamlet 的独白,to be or not to be, that is a question,不啻读屈子离骚。现代多'哈孟雷特'型的青年,读此将作何感想?"[1]显然,田汉之所以翻译《哈孟雷特》,是因为"现代多'哈孟雷特'型的青年",无疑是有感而译。

总的来说,莎士比亚从最初被引入后的近90年里,中国对他的接受显得格外迟缓,进展不大。并且,莎士比亚不但没有获得好运,还明显受到排斥。晚年的鲁迅就曾指出过:"严复提起过'狭斯丕尔',一提便完;梁启超说过'莎士比亚',也不见得有人注意;田汉

---

[1] 莎士比亚著、田汉译:《哈孟雷特》,上海中华书局印行,民国十一年(1922),第1—2页。

译了这人的一点作品,现在似乎不大流行了。"[1] 不过,根据现有的史料,我们还是可以大致客观地梳理出几种对莎士比亚的接受情况。

一、莎士比亚是一位传奇作家

梁启超首次提到了莎士比亚进入中国之初作为传奇作家被国人接受的事实。1902 年,梁启超在《中国惟一之文学报〈新小说〉》中开宗明义:"本报宗旨,专在借小说家言,以发起国民政治思想,激励其爱国精神。"[2] 在他列举的能"发起国民政治思想,激励其爱国精神"的小说类型中就有"传奇体小说"。他指出:"本社员有深通此道、酷嗜此业一二人,欲继索士比亚、福禄特尔之风,为中国剧坛起革命军。"[3] 这里透露了三个信息:第一,明确告诉我们已经有人认为莎士比亚是传奇作家;第二,作为传奇作家的莎士比亚能够发挥"为中国剧坛起革命军"的作用;第三,作为主持《新小说》报的梁启超,同样认为莎士比亚能够起到激发国民政治思想和爱国精神的作用,这与其莎士比亚作品气魄夺人的观点相一致。从时间上看,梁启超的这篇文章是启发《澥外奇谭》和《吟边燕语》的译者翻译莎士比亚戏剧故事的重要原因之一。

《澥外奇谭》和《吟边燕语》两本书的书名及其中的篇名都明

---

[1] 鲁迅:《莎士比亚》,《鲁迅全集》第 5 卷,人民文学出版社 1981 年版,第 559 页。
[2] 陈平原等编:《二十世纪中国小说理论资料》第 1 卷,北京大学出版社 1997 年版,第 59 页。
[3] 同上,第 63 页。

显具有渲染奇异、神怪的倾向,深刻地加强了读者对莎士比亚传奇作家身份的认同。《澥外奇谭》的译者在叙例中这样评价莎士比亚:"是书为英国索士比亚(Shakespeare,千五百六十四年生,千六百一十六年卒)所著。氏乃绝世名优,长于诗词。其所编戏本小说,风靡一世,推为英国空前大家。译者遍法、德、俄、意,几乎无人不读。而吾国近今学界,言诗词小说者,亦辄啧啧称索氏。然其书向未得读,仆窃恨之,因亟译述是编,冀为小说界上,增一异彩。"[1] 在译者看来,莎士比亚是海外一位擅长构思奇谭故事的作家,不仅编写剧本,而且创作小说。但国人从未读过他的作品,所以他要译介莎士比亚,给中国作家的创作"增一异彩",提供借鉴。当然,莎士比亚不曾创作过小说,这是译者的误解。林纾在《吟边燕语》译序中也认为,莎士比亚"立意遣词,往往托象于神怪",是一个深受西方人喜爱的"好言神怪"的传奇作家,他的作品"直抗吾国之杜甫"。[2] 这是林纾对莎士比亚的基本看法。这种并不准确的译介为莎士比亚罩上了一层神秘、离奇、怪诞的色彩,虽然严复、梁启超等人也介绍莎士比亚是一个在国外广有影响、深受欢迎的大作家,但毕竟太空泛抽象,远不及《澥外奇谭》、《吟边燕语》的具体译介来得生动形象,易于接受。

尤其是《吟边燕语》,让当时不少接受者认为莎士比亚就是一个传奇作家,产生了深刻影响。例如,顾燮光看了《吟边燕语》后,在《小说经眼录》中写道:"书凡二十则,记泰西曩时各佚

[1] 葛桂录:《中英文学关系编年史》,上海三联书店2004年版,第127—128页。
[2] 林纾译:《吟边燕语·序言》,商务印书馆1981年版,第1页。

事，如吾华《聊斋志异》、《阅微草堂》之类。作者莎氏，为英之大诗家，故多瑰奇陆离之谭。译笔复雅驯隽畅，遂觉豁人心目。然则此书殆海外《搜神》，欧西述异之作也夫。"[1] 郭沫若在《我的童年》（1928）里说："Lamb 的 *Tales from Shakespeare*，林琴南译为《英国诗人吟边燕语》，也使我感受着无上的兴趣。它无形之间给了我很大的影响。后来我虽然也读过 *Tempest*、*Hamlet*、*Romeo and Juliet* 等莎氏的原作，但总觉得没有小时候所读的那种童话式的译述来得更亲切了。"[2] 周作人认为："我们几乎都因了林译才知道外国有小说，引起一点对于外国文学的兴味。"[3] 钱钟书在《林纾的翻译》中也回忆说："商务印书馆发行的那两箱'林译小说丛书'是我十一二岁时的大发现，带领我进了一个新天地，一个在《水浒》、《西游记》、《聊斋志异》以外另辟的世界。……接触了林译，我才知道西洋小说会是那么迷人。"[4] 周作人、钱钟书所谓的林译，自然包括《吟边燕语》。

二、莎士比亚是凝聚国家民族力量的精神斗士

这一看法的代表人物是鲁迅。鲁迅早在 1907 年完成的《科学史教篇》、《文化偏至论》和《摩罗诗力说》三篇长文中都提到了莎士比亚。其中，他在《科学史教篇》中指出："盖使举世惟知识之崇，

---

[1] 阿英编：《晚清文学丛钞·小说戏曲研究卷》，中华书局 1960 年版，第 539 页。
[2] 郭沫若：《少年时代》，人民文学出版社 1979 年版，第 114 页。
[3] 周作人：《林琴南与罗振玉》，《语丝》1924 年 12 月 1 日第 3 期。
[4] 钱钟书：《七缀集》，上海古籍出版社 1985 年版，第 170 页。

人生必大归于枯寂，如是既久，则美上之感情漓，明敏之思想失，所谓科学，亦同趣于无有矣。"所以他呼吁"人群所当希冀要求者，不惟奈端（即牛顿）已也，亦希诗人如狭斯丕尔（Shakespeare）……凡此者，皆所以致人性于全，不使之偏倚，因以见今日之文明者也"[1]，强调科学技术是当时举国之共识，但敏锐的鲁迅却又看到了问题的另一面，认为科学并不万能。他把莎士比亚视为文学界的泰斗，与科学界的巨擘牛顿相提并论，表明他对发展健全人格的重视。鲁迅在这里所表达的推崇科学技术的同时不应偏废人文社会科学的思想，不仅在当时而且于当下也有发人深省的意义。在《摩罗诗力说》中，他又引用英国历史学家、作家卡莱尔《论英雄和英雄崇拜》中的话，称赞但丁、莎士比亚是诗人中的英雄，因为他们的作品可以"得昭昭之声，洋洋乎歌心意而生者，为国民之首义"，最终能使民族团结、国家统一，"自振其精神而绍介其伟美于世界"。[2] 因此，鲁迅是把莎士比亚作为凝聚国家民族力量的精神斗士来看待的，期盼中国能出现像莎士比亚那样伟大的作家来提升民族的自信心和国际威望。鲁迅接受莎士比亚完全是出于社会政治的需要，是借用莎士比亚而表达自己的社会政治主张。不过，该观点在当时并没有真正产生影响。

---

[1] 鲁迅：《科学史教篇》，《鲁迅全集》第1卷，第35页。
[2] 鲁迅：《摩罗诗力说》，《鲁迅全集》第1卷，第64—65页。

三、莎士比亚是有争议、遭排斥的作家

"五四"前后，中国学者之间曾引发过一场翻译什么作品有益于社会政治变革的争论。这场争论虽然不是直接针对莎士比亚的，却涉及他。知非1919年在发表于《新青年》上的《近代文学上戏剧之位置》中认为，莎士比亚创作的戏剧例如《哈姆雷特》"绝非人类社会中所可有之事"，除了让人受到"极强的刺激"外，别无他用。[1] 1921年，文学研究会成员、著名学者郑振铎发表文章《盲目的翻译家》，明确表达外国文学作品的翻译应该基于现实需要的看法，指出现在翻译但丁的《神曲》、莎士比亚的《哈姆雷特》、歌德的《浮士德》有些不经济，因此呼吁翻译家先睁开眼睛来看看原书，看看当下中国的现实，然后再从事翻译。[2] 一年后，他再次强调："现在的介绍，最好是能有两层的作用：（一）能改变中国传说（传统）的文学观念；（二）能引导中国人到现代的人生问题，与现代的思想相接触。而古典主义的作品，则恐不能当此任。所以我主张这种作品，如没有介绍时，不妨稍为晚些介绍过来。"[3]

当然也有人持不同观点。例如，署名万良浚的读者投书《小说月报》反驳说："有人谓时至今日，再翻译歌德之《浮士德》、但丁之《神曲》、莎士比亚之《哈孟雷德》未免太不经济，鄙人认为此种论调，亦有不尽然者。盖以上数种文学（作品），虽产生较早，而有

---

[1]《新青年》1919年1月15日第6卷第1号。
[2]《文学旬刊》1921年6月30日第6号。
[3]《文学旬刊》1922年8月11日第46号。

永久之价值者，正不妨介绍于国人。"[1] 然而，《小说月报》编者在给这位读者的答复信中却明显支持郑振铎的看法："翻译《浮士德》等书，在我看来，也不是现在切要的事；因为个人研究固能惟真理是求，而介绍给群众，则应该审时度势，分个缓急。"这个编者不是别人，正是署名"雁冰"的茅盾。身为《浮士德》译者的郭沫若，在《论文学的研究与介绍》一文中，对郑振铎的观点同样不以为然。他认为凡是文学杰作都有超时代的影响，有着永恒的生命，都值得介绍。"文学的好坏，不能说是他古不古，只能说是他醇不醇，只能说是他真不真。不能说是十九世纪以后的文学通是好文学，通有可以介绍的价值，不能说是十九世纪以前的文学通是死文学，通莫有介绍的价值。""为什么说到别人要翻译神曲、哈孟雷德、浮士德等书，便能预断其不经济，不切要，并且会盲了什么目呢？"[2] 茅盾不甘示弱，又发表《介绍外国文学作品的目的——兼答郭沫若君》一文与郭论辩，指出翻译作品"除主观的强烈爱好心而外"，还要有"适合一般人需要"、"足救时弊"等观念作动机。"我觉得翻译家若果深恶自身所居的社会的腐败，人心的死寂，而想借外国文学作品来抗议，来刺激将死的人心，也是极应该而有益的事。"[3] 显然，茅盾强调以社会的实际需要为译介外国文学作品的指向，注重外国文学作品的现实意义和价值；也并非有价值的作品就可译介，"应该审时度势，分个缓急"。周作人致"雁冰"的信也表达了同样的意思，认为莎士

---

[1] 《小说月报》1922 年 7 月 10 日 13 卷 7 号。
[2] 《时事新报》副刊《学灯》1922 年 7 月 27 日。
[3] 《文学旬刊》1922 年 8 月 1 日第 45 期。

比亚剧的一二种"似乎也在可译之列",但译者若放下"现在所做最适合的事业","那实在是中国文学界的大损失"。[1]

有意思的是,就连留学美国、30年代拟积极组织力量翻译《莎士比亚全集》的胡适,这时也表现出了对莎士比亚的不喜欢甚至贬抑的态度。他在1921年6月3日的日记中谈论"三百年来——自萧士比亚到萧伯讷——的戏剧的进步"的话题时认为:"萧士比亚在当日与伊里沙白女王一朝的戏曲家比起来,自然是一代的圣手了;但在今日平心而论,萧士比亚实多不能满人意的地方,实远不如近代的戏剧家。现代的人若虚心细读萧士比亚的戏剧,至多不过能赏识某折某幕某段的文辞绝妙——正如我们赏识元明戏曲中的某段曲文——决不觉得这人可与近代的戏剧大家相比。他那几本'最大'的哀剧,其实只当得近世的平常'刺激剧'(Melodrama)。如 Othello (《奥赛罗》)一本,近代的大家决不做这样的丑戏!又如那举世钦仰的 Hamlet (《哈姆莱特》),我实在看不出什么好处来!Hamlet(哈姆莱特)真是一个大傻子!"[2]

四、莎士比亚是杰出的现实主义戏剧家

王国维和朱东润是这个观点的代表人物。1907年10月,王国维在其主编的《教育世界》杂志第159号上发表《莎士比传》(《莎士

---

[1] 《小说月报》1921年2月10日12卷2号。
[2] 胡适:《胡适全集》第29卷,安徽教育出版社2003年版,第282—283页。

比亚传》)。[1] 该传对莎士比亚的生活经历、每个创作分期的特点及其成因都一一作了详细介绍，并且列有莎士比亚的创作年表，每一戏剧后面都注明了林纾的译名。尤其难能可贵的是，王国维相当准确、深刻地把握和揭示了莎士比亚现实主义与浪漫主义相互交融的总的创作特色，认为莎士比亚的创作"一面与世相接，一面超然世外，即自理想之光明，知世间哀欢之无别，又立于理想界之绝顶，以静观人海之荣辱波澜"。不仅如此，他进一步指出莎士比亚的作品博大浩瀚，"愈咀嚼，则其味愈深，愈觉其幽微玄妙"，任何人想"据一己之见以解释其著作"都会以失败告终，因为"莎氏与彼主观的诗人不同，其所著作，皆描写客观之自然与客观之人间，以超绝之思，无我之笔，而写世界之一切事物者也。所作虽仅三十余篇，然而世界中所有之离合悲欢，恐怖烦恼，以及种种性格等，殆无不包诸其中"。王国维高度赞扬莎士比亚的作品是"第二之自然"、"第二之造物"。这就在看到莎士比亚浪漫主义色彩的同时，又明确确立、突显了莎士比亚创作不同于"主观的诗人"的鲜明的现实主义特性。王国维在当时能如此较为全面、精辟地阐释莎士比亚，可见其睿智和敏锐。这篇《莎士比传》，名为传，实则评，这是笔者所看到的最早的中国人作出的最有价值的莎士比亚评论。

朱东润连续发表在《太平洋》杂志1917年第1卷第5号、第6号、第8号和1918年第9号上4篇《莎氏乐府谈》，是现在所能看到的篇幅最长、最早独立成章的完整的莎士比亚评论。综观这篇洋

---

[1] 王国维：《莎士比传》，《王国维文集》第3卷，中国文史出版社1997年版，第392—397页。

洋两万余言的长篇论文，至少有两大方面值得关注。第一，高度评价了莎士比亚的文学地位和艺术成就："莎氏乐府为世所艳称久矣，非特英人崇视莎士比亚，恍如天神；即若法若德诸国人士，莫不倾倒于其文名之下，以为非国人所能及。"莎士比亚戏剧在人物塑造方面，"人人具一面目，三十五种剧本之中，即不啻有几百几十人之小照。在其行墨之间，而此几百几十人者，又无一重复，无一模糊，斯真可谓大观也已"。对莎士比亚戏剧的语言艺术同样赞不绝口，认为其"言词变化入神，文笔亦如天来游龙，夭矫屈伸，诚文学之大观。读莎氏原文者，于此不可不留意也"。第二，从比较文学视野自觉地将莎士比亚与中国文学加以比较认识。例如，他认为李白和莎士比亚"皆天才磅礴，此其所同也"；其不同之处乃在于"李氏诗歌全为自己写照，莎氏剧本则为剧中人物写照"。他还将《铸情记》（即《罗密欧与朱丽叶》）和《孔雀东南飞》相互映照，认为"果以文境论之，则吾读《凯撒传》时，恍惚如读史公诸传；至于铸情记者，乃如读《孔雀东南飞》之篇。觉其文境绵邈幽咽，不得不为焦仲卿夫妇与罗密欧与朱丽叶等放声一叹也"。[1]

王国维的《莎士比传》和朱东润的《莎氏乐府谈》在中国近现代莎士比亚接受史上具有开拓性意义，标志着中国学界从学术学理层面接受和探讨莎士比亚的开始。

---

[1] 孟宪强：《中国莎学简史》，第 227 页。

第二节　20世纪30年代至新中国成立前夕的莎士比亚接受

　　20世纪30年代是莎士比亚在中国命运的一次大转折，其标志是，翻译、评论莎士比亚渐次形成一个引人瞩目的热潮。不少翻译者例如顾仲彝、曹未风、梁实秋、朱生豪、曹禺、孙大雨、杨晦等都加入到译莎的队伍中来，莎士比亚的重要作品都被翻译进来。其中，梁实秋翻译出版莎剧8部，曹未风翻译出版11部，朱生豪翻译出版27部。莎评文章明显增多，有学者统计，这个时期发表的莎评文章约有130篇，其中仅梁实秋一人就发表莎评文章20余篇，是这个时期国内撰写莎评文章最多的学者。莎士比亚还是这个时期中国文艺期刊上辟有个人专号最多的西方作家。[1] 美国著名比较文学学者韦斯坦因说过，接受中一个特别的问题就是作品的"声誉"问题，它是"衡量作品受欢迎程度的尺码"。[2] 莎士比亚及其作品在这个时期所受欢迎程度已与前期不可同日而语，这表明莎士比亚作为伟大的现实主义戏剧家已成为共识，他的现实主义价值和意义开始得到普遍重视和积极发掘，标志着莎士比亚在中国的真正崛起。

　　尤其值得注意的是，前期一些对莎士比亚颇有微词的学者和作家也开始认同并大力推介莎士比亚，例如郑振铎、胡适和茅盾等。关于茅盾，我们后面有详论，这里不赘。郑振铎对莎士比亚态度的转变

---

[1] 王建开：《五四以来我国英美文学作品译介史（1919—1949）》，上海外语教育出版社2003年版，第155页。
[2] 韦斯坦因著、刘象愚译：《比较文学与文学理论》，辽宁人民出版社1987年版，第47页。

比茅盾、胡适稍早一些。他在1927年上海商务印书馆出版的《文学大纲》中就开始认为:"莎士比亚是所有伊丽莎白时代作家中的最伟大者,也是文艺复兴时期的三大作家之一。莎士比亚在英国文学史上的地位,较之中国的伟大诗人杜甫在中国文学史上的尤为重要,而且影响更大。他所遗留于世界文库里的宝藏是任何作家所不能企及的。"[1] 在谈到人物形象的塑造时,他认为莎士比亚"剧本里的人物极为复杂,有的是日常遇到的人,有的是历史上的人物,有的是人间的英雄,有的是超人间的神仙。而他写来都各栩栩欲活,各个时代的生活,各种社会的里面,也都极真切地表现于读者之前。很少作家写作的范围有他这样广漠而且复杂。他的作品里所具有的是最飘逸的幻想,最静美的仙境,最广阔的滑稽,最深入的机警,最深挚的怜悯心,最强烈的热情,以及最真切的哲学"[2],"他的超绝的艺术手腕诚然是无有可与并肩的!"[3] 他说《哈姆雷特》"是世界最伟大的悲剧之一",它"感动了无量数读者的心,使之凄然欲泣"。[4] 这些看法与他1921年翻译莎士比亚《哈姆雷特》"有些不经济"的观点已判若两人。

胡适1930年就任由庚子赔款建立的中华教育文化基金董事会翻译委员会主任委员一职后,也改变了以往对莎士比亚不屑一顾的偏激看法。根据之一就是他把莎士比亚戏剧翻译赫然列入其庞大的翻译计划中,并在1931年的日记中多次提及与梁实秋、闻一多、叶

---

[1] 郑振铎:《文学大纲》第2卷,《郑振铎全集》第11卷,花山文艺出版社1998年版,第208页。
[2] 同上,第209页。
[3] 同上,第215页。
[4] 同上,第212—213页。

公超等人讨论莎士比亚的翻译事宜。梁实秋公开过胡适曾写给他的谈论翻译莎士比亚全集的几封信，说明胡适对这个工作的积极倡导与热心扶持。其中一封信中说："实秋兄：两信都收到了。编译事，我现已正式任事了。公超的单子已大致拟就，因须补注版本，故尚未交来。顷与 Richards 谈过，在上海时也与志摩谈过，拟请一多与你，与通伯，志摩，公超五人商酌翻译 Shakespeare 全集的事，期以五年十年，要成一部莎氏集定本。此意请与一多一商。最要的是决定用何种文体翻译莎翁。我主张先由一多志摩试译韵文体，另由你和通伯试译散文体。试验之后，我们才可以决定，或决定全用散文，或决定用两种文体。报酬的事当用最高报酬。此项书销路当不坏，也许还可以将来的版权保留。"[1] 可见胡适考虑周到细致，用心良苦。梁实秋后来不无感慨地说："若没有胡先生的热心倡导，我根本不会走上翻译莎翁的路。胡先生自己对于莎士比亚并无深入的研究，但是他知道翻译莎翁之重要，并且他肯负责的细心的考虑这一个问题。"[2] 他还说："幸而胡适之先生提议翻译莎氏全集，使我有了翻译的方向。"[3] 显然，从实际效果看，胡适较前期对莎士比亚不仅有了态度上的变化，而且以言行深刻地影响了梁实秋对莎士比亚的译介。

在这个时期，明显地出现了两种不同倾向的莎士比亚批评，即

---

[1] 梁实秋：《关于莎士比亚的翻译》，梁实秋主编：《莎士比亚诞辰四百周年纪念集》，台北"国立编译馆"1966 年版，第 562 页。
[2] 同上，第 567 页。
[3] 梁实秋：《"岂有文章惊海内"——答丘彦明女士问》，《梁实秋文集》第 5 卷，鹭江出版社 2002 年版，第 537 页。

学术学理层面的批评和现实政治层面的批评，它们从各自的角度揭示了莎士比亚的价值与意义，显示出接受者不同的接受心态。需要说明的是，第一个阶段的批评形态里，其实同样包含有政治和学术两个层面的批评，但这两个层面的批评在第二个阶段的批评形态里表现得更为充分，所以分开论述。

一、学术学理层面的批评

中国第一部比较全面系统地介绍莎士比亚的著作是1929年10月商务印书馆"万有文库"出版的周越然著的《莎士比亚》。全书分七章："莎士比亚略传"、"莎氏剧本述要"、"莎氏诗篇述要"、"莎氏文法"、"莎氏诗律"、"小泉八云对于莎氏的评论"、"研究莎氏的书籍"。一至六章均是知识性的介绍，其中"莎氏剧本述要"一章分四个时期对莎士比亚的20个剧本作了剧情简介，并将未介绍的《奥赛罗》、《雅典的泰门》等14个剧本的剧名列于该章末尾。"研究莎氏的书籍"一章其实就是一个书目，其中列出4部西方学者的莎氏传记书名，列出"单印成册的莎氏作品"10种和"多册印成的莎氏作品"23种，书名、作者、出版社均详细列标出，这对于进一步了解和研究莎士比亚是一本必要的入门书。这部只有76页的小书另一个最值得关注的，是作者对日本学者小泉八云评论莎士比亚的翻译和介绍的部分。小泉八云认为在三个方面莎剧显然不同于别人："第一便是生命。他那剧曲中的人物，比别人剧曲中的人物都是生气勃勃的生活着。我们看见他们，觉着他们，听得他们，喜爱或是憎恶他们，或是讥笑他们，或是同他们一起哭着，仿佛他们就是真人。是，他们确是真人，这是不容疑惑的。真人是血和肉做成的。""第二便是个性。这些人物非但是生活着；并且他们是各个的生活着，各人和各人不同的生活着。""第三便是他不曾将真正同样的人物用过两次。他的人物，无论哪一个都是特别的创造"，"莎氏往往用两种不同的环境，去表演一种同样的情感，在这种手段里我们很可以看出他的多才善变"。[1]小泉八云认为真正让莎士比亚戏剧万世不朽的"是那些代表人生的事实和言语里面的心理的启示"。[2]在当时，小泉八云的观点对于人们深入认识莎士比亚显然是有意义的。

1934年10月，陈铨在《清华学报》第9卷4期上发表长篇文章《19世纪德国文学批评家对哈姆雷特的解释》。该文全面转述了德国学者的"哈姆雷特论"，其中首先提到莱辛和歌德，然后转述了伯尔勒（即伯尔纳）把哈姆雷特当成贪生怕死的懦夫、施莱格尔把哈姆雷特当成梦想家、叔本华把哈姆雷特当成哲学家的"三种解释"。此外还介绍了韦尔德（即韦尔特）的"三点论"："主点"——哈姆雷特所处地位；"转点"——哈姆雷特的误杀波洛涅斯；"结点"——比剑。该文最后认为"哈姆雷特是一个谜团"，"世界一天不消灭，我们相信哈姆雷特的解释问题，也一定不会停止"。陈铨的这篇文章首次让中国人了解了德国学者对莎士比亚的看法。

1935年，袁昌英（1894—1973）在武汉大学《文哲季刊》上发表重要莎评文章《莎士比亚的幽默》。袁昌英1916年自费留学英

---

[1] 周越然：《莎士比亚》，商务印书馆1929年版，第61—63页。
[2] 同上，第66页。

国爱丁堡大学，1921年以论莎士比亚名剧《哈姆雷特》的论文获得文学硕士学位。由于她是中国女性在英国获得文学硕士学位的第一人，伦敦《泰晤士报》和国内一些大报都作了报道。1928年回国后先后在上海中国公学、武汉大学讲授莎士比亚等课程。她的这篇文章以丰富的实例对莎士比亚创作的幽默特色作了细致的展示。她认为莎士比亚的幽默可以分为"机敏的幽默"、"情形的幽默"和"性格的幽默"三类。这些幽默散布在他的全部著作内，尤其第一类的机敏，就是在最凄怆悲惨的悲剧内，也会如闪电一般，冲破厚密的云堆来"给人一点光明，虽然这光明也许更增加人的寒慄"。她特别指出，莎士比亚的幽默特色在福斯塔夫身上获得了淋漓尽致、超群绝伦的发挥，无论"言语的机警也好，情状的好笑也好，性格的幽默也好，头头是路，处处好笑，简直是神出鬼没的笔姿！"她认为莎士比亚以其天才的想象构造出了一个"光辉与金烟笼罩下的世界的繁荣富丽"的景象。"这虽然是个幻想的虚无缥缈的世界，而里面所逗留的却又都是脉管内热血循环着，皮肤底下筋肉紧衬着摸得着捻得稳的具体的人物。""在真实的世界里，人生本来太是寡欢无味"，莎士比亚"特意造此光荣世界来给我们排忧解愁，这是多可敬戴的高德"，"我们不能不感激莎翁的慈悲"。[1]袁昌英的这篇文章显然是从学术的审美的角度来品评莎士比亚的。这样的文章在当时的确是值得珍惜的。

1944年，杨晦为其译作《雅典人台满》所写的长达万余言的序

---

[1] 孟宪强编：《中国莎士比亚评论》，吉林教育出版社1991年版，第64—74页。

言,被认为是"中国第一篇企图用马列主义的观点来分析莎士比亚及其作品的重要论文"[1]。杨晦在序言中针对一些学者认为《雅典人台满》成就不高的观点,指出《雅典人台满》的价值需要重新估定。他认为"假使我们承认艺术发展的历史性",就不能不承认"《李耳王》有《李耳王》的价值,《雅典人台满》有《雅典人台满》的价值,不必一定要放在一个天平上称量它们的轻重。这并不是说,艺术品没有好坏的品价可说,而是说,艺术的发展或是转变的时候,要换个尺度量才为合理罢了"。据此杨晦认为"这部作品是莎士比亚最重要的一篇东西","要了解莎士比亚,要通过莎士比亚了解他的时代、他的社会,都有研究《雅典人台满》的必要。假使你细心地研究过《雅典人台满》,假使你并不为一般批评家的偏见所误,你可以了解当时社会的正在变革,当时社会的发展法则。你会承认莎士比亚不但是伟大的诗人,同时是个伟大的思想家"。他认为作品所揭示的台满的悲剧,既不是性格的悲剧,也不是命运的悲剧,而是"黄金的悲剧","不但台满的悲剧是黄金造成的,人世间的种种悲剧都是黄金造成的",因为黄金毁灭了人类本身的价值和情义。在分析台满悲剧的时代原因及社会根源的基础上,杨晦深刻地批判了"世人结交须黄金"的资产阶级处世哲学。从学术研究的角度讲,杨晦通过对《雅典人台满》的分析,提出了一个重要观点,即他反对所谓命运的悲剧和性格的悲剧的说法,认为这种说法"结果是替社会,替造成悲剧的原因,轻轻地卸下责任来"。只要"我们细心一读

---

[1] 曹未风:《莎士比亚在中国》,《文艺月报》1954年第4期。

莎士比亚的作品",就会发现,"无论悲剧也好,喜剧也好,并不是剧中主人翁的性格在支配着他演成悲剧或是喜剧的,实际是另有原因,而且是必然的与偶然的原因,远因与近因,社会的与政治的原因,种种原因构成了人间的悲剧与喜剧。自然,中间也不能遗漏掉个人的原因。但是这种个人的原因,必定要跟一般的原因结合起来。就以莎士比亚的初期多写喜剧,后来多写悲剧的道理,已经不难证明这并不是个人性格的问题而已"。[1]

同年,朱生豪为其所译的《莎士比亚戏剧全集》写的《译者自序》及第一、二、三辑提要也值得一提。朱生豪从世界文学史的角度评价了莎士比亚戏剧的伟大成就及其重要地位,认为"莎士比亚为世界之诗人,固非一国所可独占"。在世界文学史中,荷马、但丁、莎士比亚和歌德"足以笼罩一世、凌越千古。""此四子者,各于其不同之时代及环境中,发为不朽之歌声。然荷马史诗中之英雄,既与吾人之现实生活相去过远;但丁之天堂地狱,复与近代思想诸多抵牾;歌德去吾人较近,彼实为近代精神之卓越的代表。然以超脱时空限制一点而论,则莎士比亚之成就,实远在三子之上。"因为他"所发掘者,实为古今中外贵贱贫富人所具之人性",尤其是他的悲剧"直抉人性的幽微,探照出人生多方面的形象,开拓了一个自希腊悲剧以来所未有的境界","故虽经三百余年以后,不仅其书为全世界文学之士所耽读,其剧本且在各国舞台与银幕上历久搬演而弗衰,

---

[1] 杨晦:《杨晦文学论集》,北京大学出版社 1985 年版,第 86—92 页。又见孟宪强编:《中国莎士比亚评论》,第 89—94 页。

盖由其作品中具有永久性与普遍性,故能深入人心如此耳"。[1] 显然,朱生豪已经深刻意识到,莎士比亚的作品所以能够"深入人心",并"具有永久性与普遍性",实乃其"直抉人性的幽微",淋漓尽致地揭示出了"古今中外贵贱贫富人所具之人性"。在这一点上,他与梁实秋人性论莎评的基点是不谋而合的。

二、现实政治层面的批评

我们这里所说的政治层面的批评,指作者主要是从政治和现实的角度来接受和评论莎士比亚,以便让莎士比亚的作品能够直接服务于现实政治。相比较而言,在当时特定的现实语境里,对莎士比亚的接受与批评,政治层面的考虑远远多于学术层面的探寻,因此政治层面的批评也就居于绝对的主导与支配地位。例如,1942年1月,张天翼在《文艺杂志》创刊号上发表长篇论文《谈哈姆雷特》中认为,"哈姆雷特"所体现出来的精神就是"现代精神",其核心是"怀疑和否定",现代中国需要用这种"怀疑和否定"精神去反对独断主义。同年12月,导演《哈姆雷特》的焦菊隐从不同角度阐释"哈姆雷特"的现实政治意义,认为"哈姆雷特"是一个"犹疑不决,始终不把所看清的表现在行动上"的人,这"对于生活在抗战中的我们,是一面镜子,一个教训",他的悲剧告诉我们:"抗战的胜利系于全国人们的和谐的行动,更系于毫不犹豫地马上去行动。"[2]

---

[1] 孟宪强编:《中国莎士比亚评论》,第102—106页。
[2] 孟宪强:《中国莎学简史》,东北师范大学出版社1994年版,第242页。

显然，无论前者赞扬"哈姆雷特"的"怀疑和否定"精神，还是后者批判"哈姆雷特"的"犹疑不决"的性格，都是基于反蒋和抗战的现实政治的目的。

为了更清楚地说明这个问题，我们现以鲁迅和茅盾的莎评为例，因为他们的莎评从现实政治层面上说更具代表性。

（一）鲁迅莎评

鲁迅在创作与翻译上所持有的态度是众所周知的，"必须是'为人生'"，"而且要改良这人生"，"改良社会"，"揭出病苦，引起疗救的注意"。[1] 他在《我怎么做起小说来》一文中说，他的介绍、翻译注重在"被压迫的民族中的作者的作品"，"因为所求的作品是叫喊和反抗"。因此他在介绍、翻译前，首先强调"知道作者的为人和思想，以便决定应否绍介给中国"。这种介绍"和学问之类，是绝不相干的"。[2] 这种和学问不相干的创作、翻译、介绍的倾向，在当时显然不是鲁迅自己的倾向，而是居于支配地位的主流倾向。这种倾向的出现与特定的历史语境有关。国难当头，民族自救，振兴国家的现状，使得对学问的要求居于次要。当然，这并非说鲁迅排斥学问。

鲁迅认为，19世纪以后的文艺和18世纪以前的文艺大不相同，因为它"完全变成和人生问题发生密切关系。我们看了，总觉得十二分的不舒服，可是我们还得气也不透地看下去。这因为以前的文艺，好象写别一个社会，我们只要鉴赏；现在的文艺，就在写

---

[1] 鲁迅：《我怎么做起小说来》，《鲁迅全集》第4卷，第511页。
[2] 同上。

我们自己的社会,连我们自己也写进去;在小说里可以发现社会,也可以发现我们自己,以前的文艺,如隔岸观火,没有什么切身关系;现在的文艺,连自己也烧在这里面,自己一定深深感觉到,一到自己感觉到,一定要参加到社会去!"[1] 我们关注鲁迅对莎士比亚的评论,既是基于他的"为人生"、"改良社会"的鲜明倾向性,也是因为他熟悉莎士比亚,而且了解莎士比亚最初在中国传播和接受的情况。前面我们已经谈到,鲁迅的《科学史教篇》、《摩罗诗力说》中对莎士比亚的评论,完全是出于社会政治的需要,是借用莎士比亚来表达自己的社会政治主张。在《文化偏至论》中,鲁迅又引用莎士比亚历史悲剧《裘力斯·恺撒》中安东尼讲演的重要场面论述其哲学观点:"布鲁多既杀该撒,昭告市人,其词秩然有条,名分大义,炳如观火;而众之受感,乃不如安多尼指血衣之数言。于是方群推为爱国之伟人,忽见逐于域外。夫誉之者众数也,逐之者又众数也,一瞬息中,变易反复,其无特操不俟言……"[2] 这使他被认为是中国最早引述莎士比亚戏剧情节服务于文章观点的学者之一。

后来,鲁迅在不少文章中都提及过莎士比亚,例如《华盖集·题记》、《马上日记之二》、《文学和出汗》、《"莎士比亚"》、《又是"莎士比亚"》、《"以眼还眼"》等。"五四"之后,鲁迅较少谈莎士比亚。有学者认为"五四"之后鲁迅表面上冷淡莎士比亚的原因,是因为当时从英美留学归来的一些人大谈莎士比亚,并且趾高气扬,自以

---

[1] 鲁迅:《文艺与政治的歧途》,《鲁迅全集》第7卷,第118页。
[2] 鲁迅:《文化偏至论》,《鲁迅全集》第1卷,第52页。

为高人一等,因此激怒了鲁迅,使鲁迅有意讽刺一下莎士比亚,或者绝口不谈莎士比亚。[1] 的确如此。例如,当时徐志摩就说:"我们是去过大英国的,莎士比亚是英国人,他写英文的,我们懂英文的,在大学堂里研究过他的戏……英国留学生难得高兴时讲他的莎士比亚,多体面多够根儿的事情,你们没有到过外国,看不完全原文的,当然不配插嘴,你们就配扁着耳朵悉心地听……没有我们是不成的,信不信?"[2] 陈西滢也说:"不爱莎士比亚你就是傻子。"[3] 鲁迅与这些英美派留学生及其"莎士比亚"常常反其道而行之,他说:"我以为如果艺术之宫里有这么麻烦的禁令,倒不如不进去;还是站在沙漠上,看看飞沙走石,乐则大笑,悲则大叫,愤则大骂,即使被沙砾打得遍身粗糙,头破血流,而时时抚摩自己的凝血,觉得若有花纹,也未必不及跟着中国的文士们去陪莎士比亚吃黄油面包之有趣。"[4] 他还说:"凡物总是以稀为贵。假如在欧美留学,毕业论文最好是讲李太白,杨朱,张三;研究萧伯纳,威尔士就不大妥当……待到回了中国,可就可以讲讲萧伯纳,威尔士,甚而莎士比亚了。"[5] 鲁迅鄙视某些人对待外国文化和文学的那种崇洋媚外的态度,所以他在多篇文章中都以犀利的笔调予以冷嘲热讽。自然,莎士比亚也就跟着那些到过英国并以莎士比亚自恃的人倒了霉。

《"以眼还眼"》值得一提。这篇文章是鲁迅专门针对杜衡关于莎

---

[1] 高旭东:《鲁迅与英国文学》,陕西人民教育出版社1996年版,第122页。
[2] 徐志摩:《汉姆雷德与留学生》,《晨报副刊》1926年10月26日。
[3] 陈西滢:《听琴》,《晨报副刊》1926年10月21日。
[4] 鲁迅:《华盖集·题记》,《鲁迅全集》第3卷,第4页。
[5] 鲁迅:《马上日记之二》,《鲁迅全集》第3卷,第345页。

士比亚《裘力斯·恺撒》的错误观点而发的。杜衡认为莎士比亚把群众表现为只是一种盲目的暴力,在他笔下,群众"没有理性","没有明确的利害观念",其感情"完全被几个煽动家所控制着,所操纵着"。他下结论说:"我们不能贸然地肯定这是群众底本质,但是我们倘若说,这位伟大的剧作者是把群众这样看法的,大概不会有什么错误吧。"鲁迅借用因"痛恨十月革命"逃入法国的俄国文艺批评家显斯妥夫的文章批驳了杜衡的论点,对杜衡评论莎剧时把群众"只是一种盲目的暴力"的观点强加给莎士比亚的做法深为不满。在鲁迅看来,剧中人物的话不能随便被认为是作者的立场。这个道理连显斯妥夫都清楚,杜衡会不明白?鲁迅指出这显然是杜衡借用莎剧的名义在兜售他自己贬低群众力量和作用的唯心史观。而且,鲁迅在这篇文章里认为"莎剧的确是伟大的",谈到莎士比亚《裘力斯·恺撒》时,他知道该剧"是从布鲁特奇(即普鲁塔克)的《英雄传》(即《希腊罗马名人传》)里取来的,而且是莎士比亚从作喜剧转入悲剧的第一部"。[1] 显然他是相当熟悉莎士比亚的,这也是他一再鼓励林语堂翻译莎士比亚的原因。值得注意的是,在反对将作品中人物的话视为作者的立场这一点上,他与梁实秋是一致的。还需要特别指出的是,在关于群众的观点上,这篇写于1934年的文章与他发表于1908年的《文化偏至论》已有了根本的不同。其实,鲁迅早期的思想观点正是杜衡观点的重复。早期的鲁迅深受尼采超人思想的影响,所以在《文化偏至论》中认为"惟超人出,世乃太平",

---

[1] 鲁迅:《"以眼还眼"》,《鲁迅全集》第6卷,第120—122页。

并且以莎剧情节表明"是非不可以公于众,公之则果不成;政事不可以公于众,公之则治不郅"以及群众"一瞬息中,变易反复,其无特操不俟言"的唯心史观。[1] 从鲁迅与杜衡的论战及其前后期对《裘力斯·恺撒》的不同评价,我们看到鲁迅已经扬弃了自己早年的唯心史观,从中感受到了鲁迅思想的巨大变化。他对杜衡的批驳也是对过去自我观点的否定。

总的看来,鲁迅屡屡提及莎士比亚或者是用来表达自己的观点,或者是基于论战的需要,尚缺乏真正批评意义上的莎士比亚论。不过,我们从他一系列片断性的论述中,可以清楚地看到他的基本观点。在陈西滢等人大谈莎士比亚的时候,鲁迅认为现在最重要的事情是应该有一套莎士比亚全集的译本;他嘲笑描写以精通英国文学自居的人在莎士比亚戏剧翻译介绍方面竟逊色于"只知汉文"、"不专攻英文"的田汉。在论战中,鲁迅坚持文学阶级性的观点,坚持"为人生"、"改良社会"的立场,主张积极借鉴、吸收外国文学中于我们有益的成分。

(二)茅盾的莎评

茅盾是这个时期从现实政治层面接受和批评莎士比亚的典型代表。从这个角度说,在中国莎士比亚批评史上,茅盾的莎评是不可低估的。他的莎评直接服务于当时的中国现实与文学创作,具有指导性和倾向性的意义,对当时和以后中国莎士比亚批评以及文学创

---

[1] 鲁迅:《文化偏至论》,《鲁迅全集》第1卷,第52页。

作的价值取向都产生了极为重要的影响,是中国初期莎评的一块重要界碑。

从现有的文献资料看,茅盾最早谈到莎士比亚是在1919年写作的《托尔斯泰与今日之俄罗斯》一文中。文中有两处谈到莎士比亚。第一处是在谈及托尔斯泰的地位时出现的。他说"托尔斯泰之为俄之第一个文学家","与英之莎士比亚之地位不同",原因是"莎士比亚为英文学界泰斗,然其地位为孤立的。与莎氏并肩者无一人,继莎氏遗响者亦无一人。托尔斯泰则不然,其同时及略后诸文豪皆足与之相埒。譬犹群峰竞秀,托尔斯泰其最高峰也。而其他文豪,则环峙而与之相对之诸峰也"。[1] 第二处是在谈到陀思妥耶夫斯基的创作特点时与莎士比亚作了比较,他认为陀氏最突出的创作特点在于"言罪"。"然其言罪也,非如时行侦探小说,必以警察署为归宿也。亦非如伊利沙伯时代之剧曲(按:此指莎士比亚之剧曲,如 Macbeth,即其例也),谓人之犯罪纯出于一时之凶心,或为一时之失性,而其结果则为灵魂之堕落。"莎士比亚的作品虽也"言罪","而文学仍极美","读者不觉其为罪,而徒叹赏其文字之精工"。陀思妥耶夫斯基的"言罪小说则不然,使人读之,若幽然处于狴犴而亲领铁索银铛之风味也"。[2] 从上述两处不难看到,茅盾对莎士比亚在英国的文学地位及其个别创作特征是清楚的。他视莎士比亚为英国文学界空前绝后的"泰斗",无人与之比肩,擅长

---

[1] 茅盾:《托尔斯泰与今日之俄罗斯》,《茅盾全集》第32卷,人民文学出版社2001年版,第18页。
[2] 同上,第19页。

揭示"灵魂之堕落"。不过,在这里他突出强调的是莎剧的审美效果。在他看来,读者在看到莎剧中的人物的犯罪时,并不觉为罪,而是被莎士比亚的极美的文字所吸引。所以,这时的茅盾虽然谈到了莎士比亚,但往往是在谈论其他重要作家时作为一种比照才顺便提及了他,且主要是基于审美的视角,还未触及莎剧思想的精髓。可惜的是,茅盾文中出现的这一可贵的审美端倪,在此后他的莎评中再也不见踪影。当然,审美在当时的文学接受与批评语境中不被重视,处于边缘地位。

总的来说,茅盾在 30 年代以前对莎士比亚并不感兴趣。我们从他 1921 年 12 月发表在《新文学》上的《近代文学体系的研究》中,可以清楚地看出这一点。他在该文中谈到英国伊丽莎白女王时代的文学时认为,这个时代"文学家盛极一时,莎士比亚的剧本人人视同拱璧,然而彻底讲来,莎老先生若不是得着女士的喜欢,贵族的趋奉,能到这个地位么?当时的大文家差不多全是内廷供奉的人,和汉朝正像极了"[1]。在茅盾看来,"供奉时代"文学的最大特点是"已不复为社会的工具",只能"变成贵族阶级的玩好"。既然这样,莎士比亚作为一个"内廷供奉"作家,若不迎合当时贵族的趣味,"得着女士的喜欢",自然不能获得成功。言外之意,莎士比亚的作品媚俗成分多,本身并没有多少深刻内在的东西,不过是"贵族阶级的玩好"罢了。惟其如此,茅盾更为看重近代文学,"因为近代文学不是贵族的玩具,不是供奉的文学","不是空想的虚无的文学",

---

[1] 茅盾:《托尔斯泰与今日之俄罗斯》,《茅盾全集》第 32 卷,第 450 页。

而是"科学的真实的"文学,"是社会的工具,是平民的文学","是大多数平民要求人道正义的呼声","是向前的猛求真理的文学"。[1] 应该说,茅盾深通西方文学的历史,对在西方享有崇高地位的莎士比亚自然不会陌生。虽然他知道"莎士比亚为英文学界泰斗",但此时他对莎士比亚的认识还不曾与现实主义相联系,换言之,他还没有从现实主义角度发现莎士比亚的价值,甚至在某些方面对莎士比亚还存有偏见。

但到20世纪30年代,随着国内学者、作家对苏联莎评的译介使马克思主义莎评传入中国,茅盾对莎士比亚的态度有了根本性的改变,其间的变化显示了他对莎士比亚由感性至理性、由表层到本质的认知过程。其证据主要见于《西洋文学通论》(1930)、《莎士比亚与现实主义》(1934)、《莎士比亚的〈哈姆雷特〉》(1935)、《莎士比亚出生三七五周年纪念》(1939)等论著中。茅盾这个时期将莎士比亚定位为现实主义作家,所以积极倡导对莎士比亚的传播与研究,对莎士比亚现实主义价值的看重成为他批评莎士比亚最引人注目之处。从茅盾的批评文本看,他主要从三个层面论及了莎士比亚:第一是浪漫主义层面,第二是人性层面,第三是现实主义层面。需要说明的是,这几个层面并不是泾渭分明地出现在他不同的文章中,事实上这些内容在一篇文章中也常常是交融在一起的,只不过侧重点有所不同而已。

我们先看浪漫主义层面。茅盾在《西洋文学通论》的第六章

---

[1] 茅盾:《托尔斯泰与今日之俄罗斯》,《茅盾全集》第32卷,第452页。

"古典主义"中说道,在欧洲皈依希腊罗马的"古典"作品的时候,英国自然也不例外,一大群的诗人起来了,其中最大的名字是莎士比亚和弥尔顿。他认为从各方面看,弥尔顿的《失乐园》与《复乐园》两篇叙事诗不能不说是"古典主义"作品。但是莎士比亚的作品"又是从各方面看来不能被纳入'古典主义'的范围内,而宁是下一代的'浪漫主义'文学的先锋。他是超时代的!"[1]这里需要弄清楚两个问题,这两个问题又是相互联系的。第一,茅盾没有把莎士比亚放在"文艺复兴"一章中介绍,而是放在"古典主义"中来介绍。为什么?在茅盾看来,这主要是莎士比亚的作品"大多数取材于古来的传说"的缘故,"又从来悲剧的主人公不能不用历史的人物"。但是他又意识到莎士比亚不能被归入"古典主义",因为"他很勇敢地打破了古来的'三一律'",[2]在古典主义的氛围里显示了别样的特色。第二,既然莎士比亚不能被归入"古典主义",他的那种别样的特色自然也就使他成为"下一代的'浪漫主义'文学的先锋"。因此茅盾在这里明确指出了莎士比亚的创作属于浪漫主义文学范畴。遗憾的是,他并没有对作为浪漫主义文学先锋的莎士比亚的创作特征作深一步的具体阐释,只是点到为止。而且行文中他强调的是莎士比亚笔下的悲剧主人公虽然是"历史的人物",但作者却"给这些历史人物都安上一颗现代的心,所以如《哈姆雷特》到现在还是有生气"[3]。我们从他的表述里分明既感受到他对

---

[1] 茅盾:《西洋文学通论》,《茅盾全集》第29卷,第254—255页。
[2] 同上,第255页。
[3] 同上。

莎士比亚浪漫主义气质的自觉意识，又流露出他对这一气质的某种倾向性的遮蔽。由此推断，茅盾真正看重莎士比亚的并不是他"'浪漫主义'文学的先锋"的特征，而是这个浪漫主义作家具有的强烈的现实倾向性。

第二个层面是人性批评。茅盾在 1930 年上海世界书局出版的《西洋文学通论》中认为莎士比亚是一个"伟大的天才"，"是超时代的"，他笔下的"哈姆雷特是人性的一种典型的描写。他永久厌倦这世界，但又永久恋着不舍得死；他以个人为本位，但是他对自己也是怀疑的；他永久想履行应尽的本分，却又永久没有勇气，于是又在永久的自己谴责"。[1] 在茅盾看来，作为"伟大的天才"的莎士比亚所以"他是超时代的"，与其对"人性"的典型描写与深刻揭示密不可分。这是茅盾首次从人性的角度谈论莎士比亚及其著名悲剧形象哈姆雷特，虽然他没有展开论述，但显然他注意到了这个问题的重要。接着，茅盾在 1935 年上海亚西亚书局出版的《汉译西洋文学名著》中《莎士比亚的〈哈姆雷特〉》一文里又认为，莎士比亚之所以享有不朽的盛名，"皮相者每夸其诗句之美妙，及戏曲的技术之高妙，而其实则因他广泛地而且深刻地研究了这社会转型期的人的性格；嫉妒，名誉心，似是而非的信仰，忧悒性的优柔寡断，傲慢，不同年龄的恋爱，一切他都描写了。他的作品里有各种的生活，各色的人等，其丰富复杂是罕见的"。[2] 如果说他在前一篇文章中没有对人性作具体解释的话，应该说，在这里，矛盾就涉及了莎士比亚

---

[1] 茅盾：《西洋文学通论》，《茅盾全集》第 29 卷，第 255 页。
[2] 茅盾：《莎士比亚的〈哈姆雷特〉》，《茅盾全集》第 30 卷，第 308—309 页。

描写人性的一些基本内容，例如"嫉妒"、"名誉心"、"忧悒性的优柔寡断"、"傲慢"等，而且是"一切他都描写了"。他在另一篇文章《莎士比亚出生三七五周年纪念》中进一步认为，莎士比亚的作品暴露和抨击了"虚伪，偏见，嫉妒，迷信，残酷等人性的污点"，对于"创造优善健康的新人性"具有不可低估的意义，这也是人们对其"起了莫大的爱好与热心"的重要原因，由此也"才真正估定了莎士比亚的价值，把他的伟大和优点发扬了出来"。[1]

我们从茅盾文章中摘引出上述有关人性的观点，是有意义的，因为我们没有从这个角度解读过茅盾的莎评。以我们过去的看法，茅盾不大可能认同人性话题。鲁迅曾痛批梁实秋的人性论观点，主要是因为人性论观点与其改造国民性的思想相冲突，如果人性真如梁实秋所说是永久不变的，那么对国民性的改造也就成了一句空话。所以，鲁迅对梁实秋人性论的批判使得人性的话题无论在当时还是后来相当长一段时间里都臭名远扬，没有市场，成为一个颇为敏感并不断遭到质疑的话题。众所周知，茅盾在30年代与鲁迅关系极为密切，他们之间的友谊和配合达到了相当默契的程度，在对诸多问题的看法上都保持着高度一致，加之他本人的特殊身份和对大局的维护，所以在人性问题上，茅盾不会公开与鲁迅唱反调。然而，作为一个现实主义作家，茅盾不可能不为莎士比亚对人性触目惊心的描写和揭示所触动，他不仅看到了莎士比亚的作品反映了旧的贵族文化和新的商业资产者文化的冲突，表现了他那个时代的时代精神和社会环境，而且看到了

---

[1] 茅盾：《莎士比亚出生三七五周年纪念》，《茅盾全集》第33卷，第468—469页。

莎士比亚因对人性的描写所具有的跨越作者时代的普遍性与永恒性。但人性问题的敏感性，使他或多或少地显示了一种内心矛盾：既想表达莎士比亚人性描写的价值和意义，又极为谨慎地试图调和人性与现实性两者的关系，于是出现其文中人性的"犹抱琵琶半遮面"的情况，即人性与现实性交融在一起的微妙表述。最终，茅盾的现实政治需要抑制了文学的内在学理探究与考量，现实主义的接受自然取代了审美的、浪漫主义的和人性层面的接受。

第三个层面是现实主义批评。1934年，茅盾以味茗为署名发表在8月20日《文史》第1卷第3号上的《莎士比亚与现实主义》一文，成段转述了苏联专家狄纳莫夫1933年的论文《再多些莎士比亚主义》的主要观点。狄纳莫夫说马克思和恩格斯认为"莎士比亚是伟大的现实主义者"，他们评论莎士比亚的时候"并不着眼于莎士比亚现实主义的外形"，而是"以为在作剧的主意上，在剧本的内容上，以及剧本的真正的性质上，莎士比亚是现实主义者"。"莎士比亚利用了最歧义的文学的戏曲的形式和风格，从喜剧到悲剧，从悲剧到轻松的趣剧，他永不曾把客观的现实弄成'精神'的单纯的反映；莎士比亚的基础是周围的世界，是现实的世界而不是空想出来的世界。"[1] 注意，"莎士比亚是伟大的现实主义者"，"莎士比亚的基础是周围的世界，是现实的世界而不是空想出来的世界"，这种通过当时社会主义红都苏联、来自马克思和恩格斯的声音，自然成为茅盾的坚信。在这里，茅盾较早地向中国读者介绍了马克思、恩格

---

[1] 茅盾：《莎士比亚与现实主义》，《茅盾全集》第33卷，第316页。

斯对莎士比亚的评价,第一次借马克思、恩格斯的评价将莎士比亚与现实主义联系起来,为当时和后来莎士比亚在中国的接受定下了基调。值得注意的是,正是在这篇文章里,茅盾第一次向中国读者介绍了"莎士比亚化"这一重要术语及其内涵。他说:"所谓苏维埃作家的'莎士比亚化',就是要能够找出活的真实的意象,以表现那正在进行中的发展和运动","就是要升到现代思想的顶点,彻底了解什么是科学,什么是知识,文化,以及马克司(马克思),恩格尔(恩格斯),列宁,斯太林(斯大林)的学说,然后思想不会枯窘,然后作品的内容将同时既清楚而又繁复,就像活的语言那样同时明快而又繁复","就是做自己阶级的勇烈的战士,以艺术为武器","就是站在人生的头阵,战斗着,创造着,工作着,挣扎着","就是找寻新的更有力的艺术创作的形式,抛弃那'炫奇斗巧'的空虚的装饰主义,创造出思想与形式两俱完善的艺术品"。[1] 其实,"莎士比亚化"是一个内涵丰富的词汇,现实主义只是其中一个重要的方面。茅盾当时将"莎士比亚化"趋同于现实主义化的接受倾向,充分表现了他对来自红色社会主义国家的声音的坚信,尽管这种坚信后来证明具有一定的历史局限性。

上述倾向在他1939年10月发表在《文艺月刊》第2卷第2期的《莎士比亚出生三七五周年纪念》一文中表现得尤为突出。这是一篇重要的莎士比亚研究论文。首先,他介绍了莎士比亚在苏联的接受情况。他指出:莎士比亚"已经红了三百多年,凡是文明国家,

---

[1] 茅盾:《莎士比亚与现实主义》,《茅盾全集》第33卷,第317—318页。

都有他的著作的译本,都有过,而且现在还有大群的'莎士比亚学者';最近五六年来,社会主义国家苏联的人民对于莎士比亚的爱好和热心,比之他祖国的大不列颠的人民,只有过之,决无不及。'要莎士比亚的写作',成为苏联戏剧作家的一句口号了。莎士比亚的重要作品,常在苏联各地的大戏院上演,而且用了苏联各民族的语文上演。好些个苏联的'荣誉艺术家'自白他们在莎士比亚的作品中得了益,由于上演他的作品,他们的技巧的内容丰富了,也复杂了。苏联的文艺作家、批评家、导演、演员,在这几年来所写的莎士比亚研究的文章,已经够一个'莎士比亚学生'用功一年"。[1]字里行间流露着对自己国家重视莎士比亚研究的期盼,为莎士比亚在中国成规模地传播与研究鼓与呼。

接着他指出,19世纪中叶以来西方学者对莎士比亚的重视和评论往往不在"他那些作品的思想内容",而是大部分"属于'考订'、'注释'这些方面",并且"老是在'考订'、'注释'上面用功夫,以至虽复蔚然自成一图书馆,不客气说一句,只是钉铰的大全罢了"。这一缺憾"直到了苏联人民开始注意莎士比亚,研究莎士比亚,方始弥补起来"。他高度肯定了苏联学者对莎士比亚研究的立足点和重大贡献,认为苏联学者是"从今日的现实的各大课题及明日的目的等观点上"去研究莎士比亚的,"苏联人民正在创造优善健康的新人性,而要连根拔除那旧世界沿袭下来的虚伪,偏见,嫉妒,迷信,残酷等人性的污点,他们又是在这样的立场上,故对于莎士

---

[1] 茅盾:《莎士比亚出生三七五周年纪念》,《茅盾全集》第33卷,第467页。

比亚的暴露和抨击人性诸污点的作品，起了莫大的爱好与热心"，并且"真正估定了莎士比亚的价值，把他的伟大和优点发扬了出来"。[1]

因此，他遵循着苏联莎评家"从今日的现实的各大课题及明日的目的"的思路，从三个方面阐述了莎士比亚作为一个伟大的现实主义作家的现实意义。第一，莎士比亚"毫无顾忌地暴露了他那时代的矛盾；他的不朽的'人物'是针对着人类的残暴、伪善和奸诈的而奋斗而挣扎（虽然大部分是失败的）'造像'。他们唤起了对于更光明的未来的要求，他们主张着个性的更充分自由的发展。这就是莎士比亚的作品虽然是三世纪前的人生写照，但至今仍保有活力而且为我们所爱好的原因了"。他深刻地揭示了莎士比亚作为一个现实主义作家对于"现实主义艺术的高度的完成"。他既表现了他那时代的时代精神和社会环境（时代性与特殊性），又具有跨越他那个特定时代的永恒性与普遍性。他对人类的愚昧、残暴、偏见、虚伪、嫉妒、奸诈等"从来不抱冷淡的旁观者的态度"及其所表现出来的"为求真理的胜利而不惜牺牲个人的精神"，"正是各时代的求进步的人们所亲切而宝爱的德行"。第二，"莎士比亚这位心理学家，用他深刻的观察和犀利的笔尖，剥落了他那时代的一切虚伪者的面具"，而"剥落这一切的面具，还是现代的文艺战士的任务，这又是莎士比亚的作品为什么对于我们是亲切的原因了"。第三，"在今日，法西斯的群魔比起莎士比亚所写的那些'恶棍'，更其野蛮，更其没有人性。现在也是一个'黑暗时代'，一切的虚伪，残

---

[1] 茅盾：《莎士比亚出生三七五周年纪念》，《茅盾全集》第 33 卷，第 468—469 页。

暴，愚昧，偏见，在到处横行，然而同时，莎士比亚'理想'的那些为了光明而斗争的英雄们，在今日已是现实的人，而且在世界各处，这斗争的火花已经预示着最后胜利的必然性。在今日纪念莎士比亚的三百七十五周年的生平，学习莎士比亚以加强我们的反法西斯的文化斗争的力量，是我们的主要课题"。[1]茅盾把莎士比亚的现实价值和意义发挥到了淋漓尽致的程度，尤其是表明，在莎士比亚三百七十五周年的时候纪念他，就是为了"学习莎士比亚以加强我们的反法西斯的文化斗争的力量"，让人们对"最后胜利的必然性"充满信心。

茅盾从社会政治层面接受莎士比亚充分表现了他关注现实的救世情怀。正因为这样，包含着太多的社会政治诉求的茅盾莎评，在中国莎评史上具有了一种不可替代的重要历史意义。第一，通过译介的方式将莎士比亚定位为伟大的现实主义作家。他主要不是具体评价莎士比亚的作品，而是试图从宏观角度为中国接受与传播莎士比亚找到一个最佳的最具诱惑力的理由。第二，揭示莎士比亚作为现实主义剧作家的不朽价值和现实意义。通过介绍苏联观点，尤其是通过马克思、恩格斯对莎士比亚观点的介绍，来扩大莎士比亚在中国的影响，提升他的伟大地位，从而为当时中国作家的文学创作提供一个学习的光辉榜样，以促使文学更有益于中国社会历史的变革。当然，我们透过茅盾前后不同的莎评基调，也可以看到莎士比亚在现代中国命运的变化与转折。

---

[1] 茅盾：《莎士比亚出生三七五周年纪念》，《茅盾全集》第33卷，第469—471页。

第三节 近现代中国接受莎士比亚的价值取向

从上面扼要的梳理中，我们可以看出近现代中国接受莎士比亚的两种不同倾向，即社会政治诉求层面的接受与学术学理探究层面的接受。但从实际接受情况看，社会政治诉求层面的莎士比亚接受倾向明显居于主导地位。莎士比亚命运的每一次变化，可以说都是这种社会政治诉求左右的结果。

被誉为中国 20 世纪初思想启蒙运动主将和文学界革命首倡者的梁启超，一生以文学新民、救亡图存为使命，"企望在输入欧洲之精神思想的前提下，推动二十世纪中国知识学术体系的转型，在民族精神的改造与重建工程中，促进中国政治的渐进和社会的文明之化"[1]。他之所以在《中国惟一之文学报〈新小说〉》中推重莎士比亚，正是因为莎士比亚契合了他一贯的精神追求和政治使命感。他敏锐地感到莎士比亚的作品能够发挥"为中国剧坛起革命军"的作用，可以激励国民的政治思想和爱国精神。[2]他感兴趣的不是莎士比亚的传奇作家身份，而是借对莎士比亚的解读抒发其文学新民、救亡图存的政治情怀。林纾翻译《吟边燕语》，也有其现实政治动机的一面。他在译序中认为，"欧人之倾我国也，必曰识见局，思想旧，泥古骇今，好言神怪；因之日就沦弱，渐即颓运，而吾国少年强济之士，遂一力求新，丑诋其故老，放弃其前载，维新之从"。照此推理，文明的西方人应该将"思想之旧，神怪之托"的莎士比亚"焚

---

[1] 关爱和：《中国近代文学论集》，中华书局 2006 年版，第 222 页。
[2] 陈平原等编：《二十世纪中国小说理论资料》第 1 卷，第 63 页。

弃禁绝，不令淆世知识"，然而他们对莎士比亚"坦然不以为病也"。相反，"彼中名辈，耽莎氏之诗者，家弦户诵，而又不已；则付之梨园，用为院本；士女联襼而听，唏嘘感涕，竟无一斥为思想之旧，而怒其好言神怪者"。他感叹道，"英人固以新为政者也，而不废莎氏之诗。余今译莎诗记事，或不为吾国新学家之所屏乎？"[1] 言外之意就是，西方国家并没有因为崇尚莎士比亚而与先进、发达无缘。既然西方人都这样喜欢莎士比亚，我们有什么理由拒斥他呢？这里隐含了国家发展无须丢弃传统的道理，显示了林纾维护传统的立场。在这里，他借莎士比亚显然是要表达对当时一些维新之士只言维新而鄙薄自身传统的不满。仅此一点，无可厚非，引人深思。

  莎士比亚被边缘、遭排斥同样与政治功用性有关。众所周知，后来顽固守旧的林纾遭到了众多"五四"新文学家们的批判，他译介的莎士比亚自然也跟着倒了霉。这除了因为林纾采用的是胡适所说的"半死的文字"文言文译介外来文学外，更重要的是其翻译倾向及其所秉承的译介理念与"五四"时期所追求的文学理念格格不入。例如他把《威尼斯商人》译为《肉券》、《哈姆雷特》译为《鬼诏》等，"表面看这不过是标题的变化，细看却带有中国旧式小说（如鸳鸯蝴蝶小说及谴责小说）的痕迹，是取悦市民心理、供其消闲的旧文学观的延伸，把外国文学作为娱乐品对待"[2]。发挥文学救世功能是"五四"新文化运动的显著特征之一，也可以看作是那个特定时代的时代特征。而林纾秉承的文学译介理念被斥为消遣与怡情，

---

[1] 林纾译：《吟边燕语·序言》，第 1 页。
[2] 王建开：《五四以来我国英美文学作品译介史（1919—1949）》，第 31 页。

不能发挥文学改造社会政治的功用。我们从林纾等人的翻译由最初的受欢迎到后来遭批判的经历，不难感受到"五四"前后时期中国社会在价值理念、道德理想、现实需要等方面的变化。因此，在破旧立新、反对传统、张扬文学革命思想的环境下，莎士比亚作为一个以古代传奇作家身份被林纾等人错位的译介，自然也就成了远离现实需要、渲染神怪刺激、旨在消遣娱乐的旧文学传统的代表而受到后来不少人的轻看。

胡适贬抑莎士比亚，我们也可以从他1921年6月3日这一天日记中的两处话中找到原因。第一处是："戏剧所以进步，最大的原因是由于19世纪中欧文学受了写实主义的洗礼。到了今日，虽有神秘的象征戏如梅特林（Meterlinck）的名剧，也不能不带写实主义的色彩，也不能不用写实主义做底子。现在的妄人以为写实主义已成过去，以为今日的新文学应谈'新浪漫主义'了！这种懒人真不可救药！"[1] 第二处是："卓克说，易卜生的《娜拉》一剧颇不近人情，太头脑简单了。此说有理，但天下古今多少社会改革家大概多有头脑简单的特性；头脑太细密的人，顾前顾后，顾此顾彼，决不配做革命家。娜拉因为头脑简单，故能决然跑了。"所以胡适虽然以为"易卜生的《娜拉》，以戏本论，缺点甚多，远不如《国民之敌》、《海妲》等戏"[2]，但还是从社会改革的角度肯定《娜拉》的价值，因为它是写实主义的。这两处表明，胡适不以为莎士比亚的创作是写实主义（即现实主义）的，故否定莎士比亚。

---

[1] 胡适：《胡适全集》第29卷，第283页。
[2] 同上，第282页。

第二章　近现代中国对莎士比亚的接受

20世纪30年代，莎士比亚在中国开始受到重视，更与鲜明的政治功用性有密切关系。促成重视的主要原因是：第一，马克思主义莎评传入中国。中国学人通过对马克思莎评的翻译和对苏联莎评的译介知道了马克思对莎士比亚的态度。例如，梁实秋根据马克思《1844年经济学—哲学手稿》中《货币》一节翻译的译文《莎士比亚论金钱》（1934），第一次明确指出了"马克思是很崇拜莎士比亚的"[1]。接着茅盾也发表文章《莎士比亚与现实主义》，介绍马克思和恩格斯对莎士比亚的评价。《译文》杂志从1934年至1936年也发表6篇莎评译文，其中4篇为苏联著名莎学专家的文章，均涉及马克思、恩格斯对莎士比亚的评论内容，并从不同角度阐释了莎士比亚戏剧的现实意义。第二，译介莎士比亚"被提到关系国家荣辱的高度，成为民族能力的标志"。[2] 戏剧家余上沅从报载获悉日本文学家坪内逍遥译毕莎士比亚全集的消息后，在《翻译莎士比亚》一文中感喟说"这件努力是极可钦佩，极可叫我们中国人惭愧的"，因之"切望国内有心人物一致主张，促进翻译莎士比亚的实现"，并且希望"中国新诗的成功，新戏剧成功，新文学成功，大可拿翻译莎士比亚做一个起点"。[3] 朱生豪也把翻译莎士比亚看作是与强烈的民族自尊心紧密相关的事业。1936年他曾写信给宋清如说："你崇拜不崇拜民族英雄？舍弟说我将成为一个民族英雄，如果把Shakespeare译成功以后。因为某国人曾经说中国是无文化的国家，连老莎的译本

---

[1] 《文学》1934年5月第1卷第2期。
[2] 王建开：《五四以来我国英美文学作品译介史（1919—1949）》，第94页。
[3] 《新月》1931年4月10日3卷5、6号合刊。

都没有。"[1] 因此，1944年他在为自己的莎士比亚戏剧集所写《译者自序》中说："莎士比亚为世界的诗人，固非一国所可独占；倘因此集之出版，使此大诗人之作品，得以普及中国读者之间，则译者之劳力，庶几不为虚掷矣。"[2] 可见，从政治信念与政治功用上说，马克思、恩格斯的言论和倾向决定了我们对莎士比亚的选择与态度；而现实需要与民族自尊心又促使一些民族精英痛感，翻译不翻译莎士比亚已经不再是一个简单的是否愿意接受和喜欢外来作家的问题，而是已经变成一个极为敏感的是否愿意与日本相抗衡、显示民族自信心和精神能力的政治问题。这两个原因合在一起，遂引发了这个时期翻译、评论莎士比亚的一次热潮，莎士比亚成为毫无争议的极具价值的伟大现实主义戏剧家。

我们从前已述及的茅盾的莎士比亚评论，更能感受到他对莎士比亚现实主义接受的偏重。茅盾对莎士比亚前后判然有别的两种态度以及接受中的价值取向，都鲜明地烙上了社会政治功用性的印记。作为"文学研究会"、"左联"的重要成员和"为人生而艺术"的文坛领袖之一，茅盾对人生、社会、政治有一种自觉的强烈的责任感与使命感。早在1919年，茅盾在《我们为什么读书》一文中宣称："我们读书是欲求学问，求学问是欲尽'人'的责分去谋人类的共同幸福。"[3] 1920年他在《现在文学家的责任是什么？》一文中更明确指出："文学是为表现人生而作的。文学家所欲表现的人生，决不是

---

[1] 吴洁敏等：《朱生豪传》，上海外语教育出版社1990年版，第108页。
[2] 孟宪强编：《中国莎士比亚评论》，第103—104页。
[3] 茅盾：《茅盾全集》第14卷，第52页。

一人一家的人生，乃是一社会一民族的人生。"[1]因此茅盾认为，文学家的责任就是让"文学成为社会化"。[2]有学者指出，这样的表述从艺术哲学的高度看，是将所谓的"人"与"人生"作了相对狭隘的理解，实际上是有问题的，不过，这在特定时代又往往有正当的理由，那就是民族本位的启蒙，亦即爱国前提下的人的解放。[3]

综上所述，鲜明的社会政治诉求已然成为近现代中国接受莎士比亚的一个决定性的价值标准和主流倾向。这一价值标准和主流倾向的产生，归根结底，源于近代以来中国特定的社会历史境遇，给饱经忧患且久受"文以载道"思想传统影响的中国知识分子，更是赋予了文学以改造社会、革新政治的不可推卸的神圣使命。"五四"前后，特别是20世纪30年代以后，受救亡图存、变革社会的历史语境的影响，现实主义文学思潮在译介过来的众多文学思潮中独领风骚，当时的文学创作、译介、研究等领域表现出了强烈的社会政治功用性倾向，中国知识精英们对现实主义文学的接受和推崇，无疑多自觉地与社会政治使命紧密相连。梁启超的《论小说与群治之关系》一文或许可以看成是那个时代呼吁文学对世道人心和群治的影响力量与载道功能的最强音。他在文中宣称："欲新一国之民，不可不先新一国之小说。故欲新道德，必新小说；欲新宗教，必新小说；欲新政治，必新小说；欲新风俗，必新小说；欲新学艺，必新

---

[1] 茅盾：《现在文学家的责任是什么？》，《茅盾选集》第5卷，四川文艺出版社1985年版，第3—4页。

[2] 同上，第5页。

[3] 李继凯：《全人视境中的观照：鲁迅与茅盾比较论》，中国社会科学出版社2003年版，第149页。

小说；乃至欲新人心，必新小说。何以故？小说有不可思议之力支配人道故。"[1] 弃医从文的鲁迅同样是引领时代主流倾向的典型代表。他曾说："我们在日本留学时候，有一种茫漠的希望：以为文艺是可以转移性情，改造社会的。因为这意见，便自然而然的想到介绍外国新文学这一件事。"[2] 于是他"当然要推文艺"成为"我们的第一要著"，以便完成改变国民精神的任务。[3] 这也是他将自己的短篇小说集命名为《呐喊》的原因。

正是基于此，鲜明的社会政治诉求这一价值标准和主流倾向不仅左右了近现代中国对莎士比亚的接受，而且成为近现代中国接受其他主要外来作家的共同规律。易卜生、雨果、托尔斯泰等大作家在20世纪初能被迅速接受，广为人知，无一不是这个规律作用的结果。这些作家作品中强烈的批判精神、旨在疗救的人道主义情怀等思想内涵，都契合了当时中国社会的需要，提供了引以为用的政治资源，大助于国民的思想启蒙和社会改造的开展。例如，针对易卜生，胡适就说："我们注意的易卜生不是艺术家的易卜生，乃是社会改革家的易卜生。"[4] 茅盾也说："易卜生和我国近年来震动全国的'新文化运动'是有一种非同等闲的关系，六七年前，《新青年》出'易卜生专号'，曾把这位北欧大文学家作为文学革命、妇女解放、反抗传统思想等等新运动的象征。那时候易卜生，这个名儿萦

---

[1] 梁启超：《论小说与群治的关系》，转引自黄霖、韩同文选注：《中国历代小说论著选》（修订本）下册，江西人民出版社2000年版，第41页。
[2] 鲁迅：《域外小说集·序》，《鲁迅全集》第10卷，人民文学出版社1981年版，第161页。
[3] 鲁迅：《呐喊·自序》，《鲁迅全集》第1卷，人民文学出版社1981年版，第417页。
[4] 胡适：《通信·论译戏剧》，《新青年》1919年3月15日第6卷第3号。

绕于青年的胸中，传述于青年的口头，不亚于今日之下的马克思和列宁。"[1] 梁启超、鲁迅、胡适和茅盾等人的主张，都充分显示了那个时代以迫切的社会政治需求作为首要需求对外来文学的接受所起到的指引作用。

　　历史地看，这种指引无疑是正确的，无可厚非。赋予文学以鲜明的社会政治诉求使命是任何国家、任何时代都客观存在的一种事实，特别是当社会处在特定历史语境下的时候，这种政治诉求就显得更为强烈，更为直接。这种情况并不独独发生在中国。众所周知，处于历史重要转折关头的 18 世纪欧洲启蒙文学就具有鲜明的政治倾向性，要求文学为现实服务，强调文学的教育作用，以唤起民众推翻封建专制。它不仅是启蒙运动的重要组成部分，而且是启蒙运动直接影响的结果。伏尔泰、狄德罗、卢梭等既是启蒙运动的领袖人物，又是启蒙文学的杰出代表，他们从创作到批评都引领了那个伟大的启蒙时代。这是任何人任何时候都无法否认的历史事实，充分体现出了文学对社会变革发展与政治文明建设进程积极干预和推动的存在价值。

　　当然，辩证地看，过于使文学服从现实，完全服务于现实需要，文学自身的独立性价值与艺术魅力自然会受到损伤，势必造成对文学认识上的某种偏差，从而限制、妨碍人们对文学本质的全面认知，不利于开放与多元研究空间的自由拓展。在一定程度上说，这是"削"文学丰富性之"足"，来"适"现实需要之"履"，局限之处显而易见。受特定历史环境制约，过去我们多是从政治和现实角度来

---

[1] 沈雁冰：《谭谭〈玩偶之家〉》，《文学周报》1925 年 6 月 7 日第 176 期。

接受莎士比亚，使莎士比亚的现实主义价值和意义被发挥得淋漓尽致，而学术学理探究层面的莎士比亚研究则显得比较薄弱，在传播与影响方面远不及社会政治诉求层面的莎士比亚研究，致使莎士比亚现实主义以外其他方面的许多重要信息受到遮蔽。

第四节　借鉴价值和启示意义

检视近现代中国莎士比亚接受史，对于提升我们文学批评的价值坚守意识，培养我们跨文化接受的成熟心态，具有重要的借鉴价值和启示意义。

首先，"价值与意义一样，都不内在于事物本身。只有靠我们的信念的强度，靠在通过行动征服或维护这些事物时所投注的热切程度，这些事物才获得价值与意义"[1]。任何接受者在接受外来文化与文学时总是根据现实需要和自我需要而去挖掘那些被认为最有价值的东西为我所用。这是我们接受一切外来文化和文学的基本原则。近现代中国对莎士比亚的接受始终坚持这一原则。莎士比亚由传奇作家到争议人物再到现实主义大师，可以说，在一次又一次的阐释与争鸣中，莎士比亚由表面走向内在，由疑问走向神圣，由通俗走向经典，他不仅给中国新文化的建设和作家的创作带来了积极影响，而且也间接地对中国革命历史发展进程发挥了积极作用。我们在此重申吸收外

---

[1] 韦伯著、钱永祥等译：《学术与政治》，广西师范大学出版社2004年版，第94页。

来文化、文学为我所用的原则,也是针对弥漫在当下缺乏严肃思想和价值引导的接受倾向而发的。在消费文化盛行、喧嚣炒作普遍、价值迷失、思想缺席的语境里,学界对外来文学批评理论和作家作品的接受中缺乏必要的碰撞和争鸣,显得沉闷拘谨,没有活力。多元开放的时代不仅需要百花齐放,更需要百家争鸣。争鸣是观点的对峙,碰撞是思想的交锋。价值和意蕴总是在接受者不断地碰撞与争鸣中逐渐得以敞开和确立的。任何共识和真理的达成,都是碰撞争鸣的结果。我们从莎士比亚在中国的接受史实看,接受中充满了激烈的碰撞和争鸣,这种接受的曲折性和争鸣碰撞的激烈性,为当时其他众多外来作家难以相比,也构成莎士比亚在近现代中国接受的独特性。这种曲折的突出性与碰撞的激烈程度,充分彰显了接受者对所关注对象价值与意蕴的诉求,说明接受者绝不盲从的积极主动立场。因此,强调价值坚守,增强学术研究的问题意识、责任意识,对健康的当代文化建设和跨文化接受具有十分重要的意义。

同时,莎士比亚这一典型接受个案说明,一切不同文化背景下的文学交流与接受普遍存在着一个共同规律,即变异现象。这种变异现象与本土传统文化、社会历史、现实语境、接受者的文化心理结构等因素密不可分。因为异质文学之间的交流和接受从来都不是在一对一的完全吻合状态下进行的,而是接受者基于内在需求的驱动,并在本土文化、现实语境与自身审美趣味等导引下对异质作家作品进行的主动选择、改造、移植和扬弃。在这一过程中,外来作家作品就常常会在异质文化中出现与其原质原貌错位或者有所不同的现象。这就是文化过滤。"接受本身就是批评。每一次接受,接受者都有意无意地作了选择,而文化框架在文学接受中默默起着过滤作用。"[1] 因此,导致变异现象发生的文化过滤是异质文学之间接受与交流过程中的必然规律。莎士比亚在近现代中国的曲折接受历程,正是这一必然规律的生动反映。

其次,莎士比亚是一位从不在某种理念的规定下进行创作的杰出作家,他以博大的胸襟、天才的想象展示了一系列生动鲜活、性格复杂的人物形象,这些人物形象渗透了他对人生和人性的思考,从而使他成为一个极富张力的作家。一千个读者心中的一千个哈姆雷特造就了莎士比亚的说不尽,他作品中包括思想性、现实性、宗教性、艺术性等方面内涵的丰富性,更是决定了接受者对他的接受不可能一步到位,也不可能一次穷尽,而是需要反复地、持续地、多元化视角地去发掘。这就是为什么他在西方世界历经近四百年的批评和接受后依然具有无穷魅力的原因。正如德国狂飙突进运动的领袖人物赫尔德所说,莎士比亚是一个自然与人生的伟大创造者,他的戏剧里激荡着自然与历史的汹涌澎湃的大海,"这里不是诗人!是造物主!是世界历史!"[2] 雨果也盛赞莎士比亚具有丰富、有力、繁茂、博大的特点:"莎士比亚丰富、有力、繁茂,是丰满的乳房、泡沫满溢的酒杯、盛满了的酒桶、充沛的汁液、汹涌的岩浆、成簇的萌芽、普赐生命的甘露,他的一切都以千计、以百万计,毫不吞吞吐吐,毫不牵强凑合,毫不吝啬,像创造主那样坦然自若而又挥霍无度。"[3] 他"好像原始

---

[1] 金丝燕:《文学接受与文化过滤》,中国人民大学出版社 1994 年版,第 2 页。
[2] 赫尔德:《莎士比亚》,杨周翰编选:《莎士比亚评论汇编》上册,第 276 页。
[3] 雨果:《莎士比亚论》,杨周翰编选:《莎士比亚评论汇编》上册,第 416 页。

森林",又"好像滔滔的大海"。[1] 莎士比亚在近现代中国的接受经历显示,不同的接受者对莎士比亚的态度见仁见智,同一个接受者,在不同时期对莎士比亚的看法也可能会出现较大差异。这让我们看到,对作家作品的理解不是一次就能完成的,需要接受者反复地咀嚼和体会。如果将一个接受者在不同时期对同一接受对象的批评观点放在贯通的整体视野下去审视,就有可能发现某些前后不一致的矛盾性。接受主体在不同的具体语境下的意图选择所显示出的价值倾向,必然使理解具有某种鲜明的针对性,这种针对性天然地带着有限性特征。这是接受本身体现出来的客观规律。因此,我们明白了接受中客观存在的阶段性与有限性认知特点,就会冷静对待接受外来作家作品过程中产生的曲折性与矛盾性,并采取实事求是的客观理性态度,表现出应有的长远开放的眼光和宽容豁达的胸怀。

第三,梳理莎士比亚在近现代中国的接受,有助于我们进一步反思并恰当地处理好现实政治功用与学术学理探究的关系问题。"从功利和道德的观点看待文学,对文学作品的意义和价值就总是提出惟一的解释和惟一的标准。承认阐释自由使我们能够摆脱这种狭隘观念,充分认识到鉴赏和批评是一个百花盛开的园地,那儿艳丽缤纷的色彩都各有价值和理由。"[2] 文学研究探讨文学之所以为文学的那些质的规定性,探讨那些能引起历代读者共鸣和吸引力的具有超时空普遍意义的因素,更多的是审美范畴的研究。但学术研究者毕

---

[1] 雨果:《莎士比亚论》,杨周翰编选:《莎士比亚评论汇编》上册,第421页。
[2] 张隆溪:《诗无达诂》,北京师范大学中文系比较文学研究组编选:《比较文学研究资料》,北京师范大学出版社1986年版,第479页。

竟生活在一个具体的社会生活环境中,现实的责任和文明的理想使他们希望通过对作品思想的揭示,发挥作品的政治思想教育功能,影响读者的价值观和人生选择,从而间接推动社会进步。我们需要文学的政治意义的研究,也需要文学的艺术魅力的探究。我们倡导学术研究,并不否定文学的政治功用,政治功用与学术探究是一种既不能相互取代又彼此渗透互补的关系。政治追求现实,坚持方向,原则性强;学术研究注重学理探究,倡导精神独立自由,视野广阔没有禁区,但两者都实事求是,追求价值。"让学术与政治之间的沟通能够建设性地进行,从而达到'价值探讨'的典型意义",[1] 是我们从事研究的理想目标。过去,我们的文学批评总是在两个极端上徘徊,试图在寻找合适定位而又飘忽不定。我们曾经使社会历史批评定于一尊,其极端做法致使文学批评变成了庸俗的阶级分析和政治批评,文学自身的主体性受到了藐视和损害。前面我们已引述过的茅盾对"莎士比亚化"的介绍,从一个侧面看,就有过于现实政治化解读的倾向,他认为"莎士比亚化"就是"要升到现代思想的顶点,彻底了解什么是科学,什么是知识、文化,以及马克司(马克思),恩格尔(恩格斯),列宁,斯太林(斯大林)的学说",就是"以艺术为武器","做自己阶级的勇烈的战士"等等。这种解读因过于受苏联影响而导致政治化的认识倾向,事实上遮蔽了"莎士比亚化"丰富的学术内涵,给本来是学术的莎士比亚研究涂上了浓厚的政治色彩。我们更应该铭记 20 世纪五六十年代把反"右派"政治斗

---

[1] 韦伯著、钱永祥等译:《学术与政治》,第 147 页。

争和莎士比亚研究联系起来给中国莎学专家带来巨大灾难的那段惨痛历史。新时期以来,随着西方各种形式主义文学理论的引入和运用,我们的文学接受又出现了用张扬文学独立价值来消解社会历史批评的倾向,颠覆其原有的合理价值,在某种程度上造成了文学批评中精神与道德的缺失,使得原本合理需要的审美性变成了失根的片面追求。这是文学批评不成熟的表现。可见,学术学理探究与现实政治功用的关系问题,是每一个研究者永远都要面对并需要不断探讨加以解决的重要问题。

综上所述,我们对近现代中国对莎士比亚的接受与批评做这样一个匆匆的概览,其目的主要就是想为即将展开的梁实秋莎评研究提供一个历史语境,以便更好地说明梁实秋莎评出现的价值和意义。通过这样一个概览,我们发现,如果就批评者批评文本的数量与持续时间而言,有的学者对莎士比亚的介绍和评论呈现出偶然为之的特点,以后便再无相关批评文章的接连问世,而是转向了其他的研究领域;有的学者则从批评的角度对莎士比亚一直保持着介绍与研究的兴趣,成果显著。其中,梁实秋无疑是最突出、最引人注目的一位学者,是中国当之无愧的莎评专家。

第三章　梁实秋核心文艺思想片论

了解梁实秋的核心文艺思想，是我们认识梁实秋文学批评活动的基础，自然也是我们认识梁实秋莎评的基础。因此，在这里有必要对梁实秋主要的文艺思想做一梳理。

第一节　梁实秋对古典主义的坚守

梁实秋在《关于白璧德先生及其思想》一文中自述，他1924—1925年选修了白璧德的"十六世纪以后之文艺批评"课程后，文学思想发生很大变化，"从极端的浪漫主义，我转到了多少近于古典主义的立场"[1]。1926年，梁实秋在为熊佛西《长城之神》作序时更明确地宣称："熊先生是一个'现代主义者'（Modernist），我是个守旧者；熊先生似是有浪漫的倾向，我是明明白白尊重古典主义。"[2]直到20世纪70年代，晚年的梁实秋仍坚持说，从1924年以来，自

---

[1]　梁实秋：《关于白璧德先生及其思想》，《梁实秋文集》第1卷，第548页。
[2]　梁实秋：《长城之神·前序》，《晨报副刊》1926年3月22日。

己的观点没有改变。因此，在20世纪中国文学中，梁实秋被认为是一个古典主义理论家。

为便于把握，笔者将梁实秋的古典主义文学观大致归拢为本质论、价值论、创作论、批评论四个方面。

梁实秋宣称，古典主义是健康的，而"模仿说"则为"古典主义之中心，希腊主义之精髓"[1]，因此，他把文学的本质判定为"模仿"。借阐释亚里士多德的《诗学》，梁实秋反复阐明：文学是"真"和"理想"的模仿，"超于现象界的羁绊而直接为最后的真实之写照。歌德的解释最为精当，他说模仿者乃'较高的真实之幻象也'"。在梁实秋看来，文学模仿的对象不是芜杂、琐碎、变幻的实然状态，而是普遍永久的元素，它"超过耳目感官的现象界"，潜藏于森罗万象、川流不息的现实人生的深层，"乃理想而非现实，乃普遍之真理而非特殊之事迹"。因而，梁实秋反对写实主义那种"忠实的描写"，把随便什么事物都引做文学的内容，美善与丑恶、重要的与繁冗的一视同仁。他认为写实主义文学"拖泥带水"，忽略了剪裁、选择的步骤，绝非完善的艺术品。

梁实秋所理解的模仿不是原样复制、机械写实，而是"创造的想象"，即把文学的材料经过作者自己灵魂的一番渗滤。他解释说，艺术的创造总是由经验而来，而此种经验更须经过分析与综合的步骤，把此种制炼后的经验表现出来，这便是所谓"创造的想象"了。但是，"想象"并不意味着浪漫主义，"想象乃重理智的而非情感的，乃

---

[1] 梁实秋：《亚里士多德的〈诗学〉》，《梁实秋文集》第1卷，第88页。

有约束的而非扩展的"。在梁实秋看来，想象固是重要，而想象的质地则尤为重要，"叫嚣杂乱，无节制的扩展自我，无纪律的舒发感情，沉溺于纵乐，陷沦于乖奇，如陶醉，如痴狂"[1]，这虽然也是想象，但其质地却不纯正，纯正的想象是以人性为根基，以理性为中心的。所以在想象里，也隐隐然有一个纪律，其质地必须是伦理的常态的普遍的。想象是由平凡走到深奥的一条桥梁，不是由常态走到变态的一个栈道。基于这样的认识，梁实秋抨击浪漫的想象一味搜异猎奇、"无目的的荡游"，放任"热狂与幻想"，未得理性与想象之正确的平衡的观念，流于病态，属于"文艺的无政府"。他认为，人性的常态究竟是相同的，而浪漫主义者专要寻出个人不同处，势必将自己的怪癖的变态极力扩展，以为光荣，实则脱离了人性的中心。

在文学的价值论上，梁实秋具有道德化的倾向。在《文学与道德》、《文学的美》等文中，他明确表示自己对待文学的态度是"道德"的，坚信文学与道德有密切关系，并进一步论述道：因为文学是以人生为题材而以表现人性为目的的，所以文学不能脱离人生而存在；"人生是有道德目的的，所以文学的价值也不能不受道德的衡量"。梁实秋不但反对"唯美主义"，把"为艺术而艺术"的主张斥为堕落派的颓废文人的谬说，甚至认为"美在文学里面只占一个次要的地位"，美感给人的满足很有限，主张把道德上的"善"置于首位，"如果以真善美为艺术的最高境界，文学当是最注重'善'"。他声称，文学作品"所表现出来的是什么东西，比表现得好不好，是一个更重

---

[1] 梁实秋：《文艺的无政府》，《梁实秋文集》第1卷，第174页。

要的问题";读文学作品,若仅停留在美感经验的阶段,而不去探讨其道德的意义,虽然像是很"雅",其实是"探龙颔而遗骊珠"!

秉承古典主义的理念,梁实秋看重文学的道德价值,但他并没有陷入"文以载道"的狭隘工具论,也没有否定文学自身的价值。梁实秋说:"文学是道德的,但不注重宣传道德",文学与道德有密切的关系,"但那关系是内在的,不是目的与手段之间的主从关系";可以利用文学劝忠说孝、从事社会教育,"但是我们必须注意,这只是借用性质,借用就是借用,不是本来用途",人在情急的时候,可以揭竿而起,抄起切菜刀去杀人,去抗敌,去造反,"只要目标正大,有何不可。但是我们不可以因此就说切菜刀即是斗争的武器,其正当的用途仍应是切菜"。梁实秋之所以极力反对革命文学和"普罗文学"理论,就因为这种理论"以文学为革命的工具,以文学为政治的宣传"[1]而丧失了文学的立场,其"错误在把文学当做阶级争斗的工具而否认其本身的价值"[2]。

梁实秋既强调文学的道德作用又力避说教,重视道德而又不惟道德。这种文学价值观,他在解释亚里士多德的"排泄涤净"说时,曾做过较为充分的表达。关于亚里士多德论悲剧效用的"排泄涤净"说,后世学者有两种不同的解释:伦理的解释和艺术的解释。梁实秋认为,亚里士多德"文学观念根本的"既非伦理的"教训主义",亦非愉乐的"艺术主义",乃是介于二者之间:其"真义乃谓悲剧之任务在于使人愉快,但其愉快必有伦理的判裁"。他还进一步指出,

---

[1] 梁实秋:《现代文学论》,《梁实秋文集》第 1 卷,第 400 页。
[2] 梁实秋:《文学是有阶级性的吗?》,《梁实秋文集》第 1 卷,第 322 页。

"这不独亚里士多德是如此,希腊精神便是如此";如果专从伦理方面解释,显然过于"褊狭",而专从艺术享乐方面解释,"那便错了,因为'排泄涤净'乃超于艺术的享乐,而实含有伦理的意义"。[1] 在这里,"褊狭"和"错了"是值得注意的用语,虽同为贬语,却有程度上的差别。显然,梁实秋对上述两种解释均表不满,而对"艺术主义"的不满则更甚。由此也可见出梁实秋强调文学的道德价值和重善轻美的取向。

梁实秋的创作论集中于《文学的纪律》一文。在文学创作上,他主张理性的节制,把理性视为文学创作的总枢纽和最高的节制机关,要求"以理性驾驭情感,以理性节制想象",情感想象都要向理性低首。他解释说,文学创作不能缺少情感和想象的成分,但"在抒泄情感之际也自有一个相当的分寸,须不悖乎常态的人性,须不反乎理性的节制"。文学表现的是高于历史的"真"和"理想",作家要"于森罗万象的宇宙人生中体会到这个普遍的精髓,这就有赖于想象。并且这想象还必须是纪律的、有标准的、有节制的,然后才能作为文学创造的正当工具……节制想象者,厥为理性"[2]。

立足于理性的节制精神,梁实秋倡导"严重"的创作态度。他指出,"在艺术里,态度是最要紧的",而凡从事文学事业的人,无论是创作者或批评者甚而至于欣赏者,"其态度必须是严重的"。[3] 梁实秋认为,有这种态度作支撑,即使写最可怕最反常的罪恶,也能

---

[1] 梁实秋:《亚里士多德的〈诗学〉》,《梁实秋文集》第 1 卷,第 88—89 页。
[2] 梁实秋:《文学的纪律》,《梁实秋文集》第 1 卷,第 143 页。
[3] 同上,第 135 页。

保证"艺术的健康",莎士比亚戏剧中有变态的人物,希腊悲剧里面有母子媾婚、父被子弑种种骇人听闻的勾当,"其所以能发生文学价值者",正是因为作者创作态度之"严重"。对于这一问题,梁实秋在谈到"普罗文学"时也有所涉及。梁实秋一向是反对、批判"普罗文学"的,但有一点却得到了他的肯定、称赞,即普罗文学家创作态度的"严重","'普罗文学家'凡有所作,必是聚精会神的、剑拔弩张的,其精神是十分的严重"。[1]

梁实秋的"创作论"还包括对文学形式的看法。他认为,"形式是一个限制,惟以其能限制,所以在限制之内才有自由可言"。这种重视形式,要求在限制中创造的观点,仍是理性精神的体现。梁实秋注重的不是"末节"的形式,而是"整体"的形式:"形式的意义,不在于一首诗要写做多少行、每行若干字、平仄韵律等等,这全是末节,可以遵守也可以不遵守;其真正之意义乃在于使文学的思想,挟着强烈的情感丰富的想象,使其注入一个严谨的模型,使成为一有生机的整体。"梁实秋还特意说明,他所谓形式不是指"词"或物质方面的形式,而是指"意"或精神方面的形式,以为词的形式方面要求尽量的自由,而在意的方面却仍须严守纪律。因而,梁实秋反对把一切形式都看成创作的桎梏而一齐打破,认为形式不妨加以变换,但不能不要形式。他相信:即使是"词的形式",就大体而言,也并不能害意,绝不会有束缚天才的能力,而且它也未必就是镣铐,"文学的物质方面的形式像是一只新鞋,初穿上去难免有

---

[1] 梁实秋:《文学的严重性》,《梁实秋文集》第1卷,第344页。

一点拘束，日久也就舒适"[1]。可以看出，梁实秋对形式问题有相当深入的思考，而这番思考中所流露出来的则是倚重形式的倾向。

归纳《文学批评辩》、《文艺批评论》中的相关表述，可把梁实秋的批评论概括为：以人性的标准判断文学作品的价值。梁实秋指出，"批评"一词，源于希腊文，原有"判断"之意，中文"批评"二字，也是有"评衡"的意思，因而可以说，文学批评即是文学判断。"判断有两层步骤——判与断。判者乃分辨选择的功夫，断者乃等级价值之确定。"[2] 他认为，文学批评既非艺术更非科学：将批评与艺术混为一谈，便否认批评家判断力的重要性，把批评家限于鉴赏者的地位，"但徒有鉴赏亦不能成为批评"；将科学用于文学批评，有绝大之缺憾，因为"文学批评根本不是事实的归纳，而是伦理的选择，不是统计的研究，而是价值的估定。凡是价值问题以内的事务，科学便不能过问"[3]。

文学批评既是判断作品的价值，那么，进行判断的标准又是什么呢？梁实秋认为，文学既是人性的产物，文学批评即以人性为标准。在梁实秋那里，人性是固定的普遍的，因而，以人性为标准的文学批评的标准当然也是固定的普遍的，"凡主张判断批评者必先承认文学有一客观的固定的普遍的标准，然后根据这个标准而衡量一切"[4]。

---

[1] 梁实秋：《文学的纪律》，《梁实秋文集》第 1 卷，第 145—147 页。
[2] 梁实秋：《文学批评辩》，《梁实秋文集》第 1 卷，第 121 页。
[3] 同上，第 123 页。
[4] 梁实秋：《现代中国文学之浪漫的趋势》，《梁实秋文集》第 1 卷，第 48 页。

判断的批评是正统的、古典的，其势运日渐衰落，批评的大势乃趋于脱离正统、反叛古典。对此，梁实秋十分清楚："在西洋文学批评史上，判断的批评只是批评里的一派，并且几乎已成历史上的遗迹。"但是，他"平心考查各家各派的学说，似乎只有这一派在原则上最近情理"，并认定，包括"判断的批评"在内，古典主义学说是"健康的"。在梁实秋看来，判断的批评既然是最近情理的、健康的，当然应该坚持，而面对其日渐衰落的趋势，也更有必要坚持。因此，梁实秋主张"批评即判断"的古典主义批评观是不难理解的。

与其他现代中国文艺思想一样，梁实秋的古典主义文学观也大体上符合"冲击——回应"的思想模式，其理论直接来源于白璧德的新人文主义。30年代就有人指出："要了解梁实秋的文学理论，首先便须知道白璧德的人文主义学说。"[1] 梁实秋本人也一再声称自己古典主义立场的形成，乃是白璧德影响的结果：

> 白璧德先生的学识之渊博，当然是很少有的，他讲演起来真可说是头头是道，左右逢源，由亚里士多德到圣白甫，纵横比较，反复爬梳，务期斟酌于至当。我初步的反应是震骇。我开始自觉浅陋，我开始认识学问思想的领域之博大精深。继而我渐渐领悟他的思想体系，我逐渐明白其人文思想在现代的重要性。[2]

---

[1] 主集丛：《梁实秋论》，《现代》1935年第6卷第2号。
[2] 梁实秋：《关于白璧德先生及其思想》，《梁实秋文集》第1卷，第547页。

此类推崇白璧德、表白自己深受其影响的话，在梁实秋的文章中经常出现。

赴美前，梁实秋在清华念书时即开始文学活动。那时他的文学观念还比较模糊、驳杂，尚未真正定型。受社会解放、个性自由的"五四"思想潮流影响，梁实秋也加入了浪漫主义的时代大合唱中，并与创造社成员打得火热，交游频繁，论文学则推崇情感，反对理性、道德的约束，表现出明显的唯美主义、艺术至上倾向。其《〈草儿〉评论》中就有"以艺术的美为极，而不是什么判定善恶的道德所能上下左右"、"诗的成就，即是以情感为中心"之类的看法[1]；在《〈繁星〉与〈春水〉》中，他批评冰心的小诗缺乏情感，只是一味"冰冷"，误入歧途，甚至说"没有情感的不是诗，不富情感的不是好诗，没有情感的不是人，不富情感的不是诗人"[2]；在《拜伦与浪漫主义》中，他抨击古典主义"固立模型，强人同己"，称赞浪漫主义"广开禁忌，发展自由"。[3] 后来，梁实秋求学哈佛师从白璧德，却一改这种浪漫主义的论调，由青春的浪漫转到严肃的古典，从而确立了明晰坚定的古典主义人生观和文学观。

当然，从总体上看，这其实并不完全是一种质的变化。认真说来，没有任何一种思想影响是纯粹的单向灌输，往往是接受者与影响者之间存在着某种内在精神的契合。当年，林语堂也曾与吴宓等"同坐一条长凳子"听白璧德讲过课，但林语堂却"不肯

---

[1] 梁实秋：《〈草儿〉评论》，《梁实秋文集》第 1 卷，第 11 页。
[2] 梁实秋：《〈繁星〉与〈春水〉》，《梁实秋文集》第 6 卷，第 276 页。
[3] 梁实秋：《拜伦与浪漫主义》，《梁实秋文集》第 6 卷，第 296 页。

接受白璧德教授的标准说"，[1]而认同与之对立的克罗齐的表现说。而梁实秋则不同，他开始是抱着挑战的心理去听白璧德的课程，结果却"衷心赞仰"而拜倒在新人文主义的旗帜下，这和林语堂倒是一个有趣的对比。究其原因，是梁实秋的先在结构中存在着与新人文主义应合、共鸣之处，为其接受白氏学说事先埋下了伏笔。如果我们仔细分析一下梁实秋清华时期的文学见解，当不难发现这一点。

梁实秋清华时期发表的《评一多的诗六首》和《诗的音韵》颇能说明问题。在这里，传统、典雅成了他判断文学的一个重要价值维度。有人指责闻一多痴迷东方文化，以至于旧诗气息太浓，对此，梁实秋不以为然。他说，"诗料只有美丑可辨，并无新旧可分。用滥了的辞句故是名家所不取，然古雅的典丽的辞句未始不可借艺术的手段缀在新诗里面"。梁实秋很欣赏闻一多的诗作并把它奉为新诗的模范，一个重要的理由就是，闻一多宁愿作只有自己能懂的诗，也不愿降格以求所谓"平民的风格"。这与梁实秋转向古典主义立场以后，抨击"五四"文学的《现代中国文学之浪漫的趋势》一文中所说的"文学并无新旧可分，只有中外可辨"，以及他所主张的文学的贵族性和"天才论"，几乎完全一致。在《诗的音韵》一文中，梁实秋发现："读中国的旧诗，无论内容是怎样浅薄陈腐，但声调自是铿锵悦耳。新诗则不然，内容颇有新颖温雅者，但读起来不能使我们感到音乐的美。"他认为缺乏音乐美是新诗的一个"毛病"，而要加

---

[1] 《林语堂自传》，河北人民出版社1991年版，第75页。

以纠正则应该借鉴旧诗的优长,从"韵脚、平仄、双声叠韵、行的长短"四个方面着手,创造新诗的新音韵。新诗的形式可以自由多变,但不能脱离传统,如律诗的整齐美和词的参差美原理"在艺术上永远是有不可磨灭的价值"[1]。即使浪漫气息浓郁的《〈草儿〉评论》也已经表现出比较传统的审美观念,梁实秋在贬低康白情、胡适时,时常拿杜甫、白居易作标尺,以旧诗的韵味隽永来反衬新诗的直白浅薄。有了这样的底子和基础,经由白璧德的引导,梁实秋皈依古典主义可谓水到渠成、顺理成章。

梁实秋曾不止一次地说过,新人文主义的文艺观其实是古典主义的一种新解释,白璧德会通了亚里士多德、贺拉斯、布瓦洛、约翰孙等人正统的古典思想。梁实秋本人也是这样,他从西方文学史上不同时期的古典主义理论家那里也吸收了不少观念。亚里士多德说非常小的东西不美,史诗和悲剧应有相当的规模和长度,梁实秋引为同调,写有《论诗的大小长短》一文,举《浮士德》、《哈姆雷特》、《失乐园》、《神曲》为例,认定"伟大的作品都是有相当的长度"。以此为据,梁实秋在《现代中国文学之浪漫的趋势》和《现代文学论》中鄙薄印象式的小诗和抒情短章,在新文学中提倡长诗和长篇小说的创作。从贺拉斯那里,梁实秋接受了人物"型类"说,他在《古典的批评——罗马时代》中深有体会地说:

>　　剧中人物若不有型类之范围,则各个人物之品格必将单独

---

[1] 梁实秋:《诗的音韵》,《梁实秋文集》第 6 卷,第 199—201 页。

的各自发展,其结果是光怪陆离,叛异中心。在这种景况之下,人性之普遍的原素必遭破坏,戏剧之真挚性亦无自而生,所以何瑞思简洁了当的告他的友人:"恪守型类的范围。"[1]

梁实秋对布瓦洛将标准"规律化"而造成束缚文学的"外在的权威"、将"三一律"绝对化为僵硬的规范甚为不满,但对其中的某些观念也并不一概排斥,认为布瓦洛"反对一切不合人的常情的诡怪奇异的文学。他主张常态的真实,一切均以自然为依归",这是颠扑不破的真理,"他的严谨的态度和健全的主张应该是后人所不能一笔勾销的",[2] 有其积极意义,值得肯定。梁实秋还专门研究过英国新古典主义批评家约翰孙,并于1934年出版了名为《约翰孙》的小册子。约翰孙要求文学表现普遍永恒的人性与理性,反对描写特殊性、局部性、瞬间性的东西,认为美经不起理性的检验,在文学中是次要的,只限于语言和诗法的美、语音的洪亮、韵律的规则复现。梁实秋人性固定不变的观点和轻视文学中的美,明显地受到了约翰孙的影响。由于接受、运用了这些理论资源,梁实秋文学观的古典主义色彩更加突出,其理论建构也日益丰富和系统。就此而言,梁实秋被有的学者冠以"古典主义的中国传人",当是名副其实的。

在现代中国文学中,西方古典主义文论经历了由外至内、从浅到深的转化过程,梁实秋在这一转化过程中具有重要意义。新人文主义和古典主义早在"五四"时期就由学衡派介绍到了中国,然而

---

[1] 梁实秋:《文艺批评论》,《梁实秋文集》第1卷,第249页。
[2] 同上,第263—265页。

真正使它有效地介入文学实践并产生深刻影响，还有赖于后来的梁实秋。王集丛的论述是有道理的：

> 远在梁实秋教授到美国之前，吴宓先生主编之杂志《学衡》已将白璧德教授底学说介绍给我们了……但结果似乎没有发生好大的影响，白璧德教授底人文主义仍然少人赞许，更是少人将之应用到文学与一般学术上来。及至梁实秋教授从海外归来之后，白璧德教授底人文主义文学批评才算到了中国。[1]

学衡派对新人文主义和古典主义的译介、宣扬之所以"没有发生好大的影响"，与当时中国的社会现实、文化环境有关，也与学衡派生硬古板的译介方式有关。由于新人文主义的保守性和理论上的某些盲点与弱点，它在美国本土已遭到严厉的批判而呈衰落颓败之势，学衡派对此却视而不见，而试图将其抽离美国语境，简单地移植到长期封闭僵化、亟须变革转型的中国。这显然不合时宜，有悖国情世势，因而被国人冷淡，收效甚微。

相比之下，继学衡派而力主古典主义的梁实秋就动静大了。作为新月派的理论发言人，梁实秋在二三十年代的文坛上非常活跃，他的文学观不仅影响了新月派，而且影响了与之关系密切的京派。同时，梁实秋还参与了现代中国文学史上一系列重要的文学论争，尤其是他与鲁迅剑拔弩张、尖锐对立的论战，声势大，波及面广，引起了整个

---

[1] 王集丛：《梁实秋论》，《现代》1935 年 6 卷 2 号。

文学界的关注。由此，梁实秋的文学思想也广为人知，"其激荡之广，反应之烈，凡我国新文学史家皆难忽视"[1]。在我们看来，促成梁实秋及其文学观产生广泛反响的因素，以下两者堪可注意：

首先，注重了西方文学理论的本土转化。梁实秋借用了古典主义的理论资源，但也有自己的独到理解，并未失却主体性，甚至心存这样的志向：把外来理论与本土文化传统衔接起来，整合为一体，实现闻一多所向往的"中西艺术结婚后产生的宁馨儿"的目标。梁实秋曾把古典主义定义为"人本主义"，用意即在于此（也是为了避免同狭隘的新古典主义混淆）。他解释说：

> 人本主义者，一方面注重现实的生活，不涉玄渺神奇的境界；一方面又注重人性的修养，推崇理性与"伦理的想象"，反对过度的自然主义。中国的儒家思想极接近西洋的人本主义，孔子的哲学与亚里士多德的论理学颇多暗合之处，我们现在若采取人本主义的文学观，既可补中国晚近文学之弊，且不悖于数千年来儒家传统思想的背景。[2]

基于这种想法，梁实秋没有像《学衡》那样大张旗鼓地宣扬白璧德的思想，而是把新人文主义的精神义理不动声色地化入自己的理论建构中，使之成为切合中国本土文化环境的成分。梁实秋对自己老

---

[1] 余光中：《金灿灿的秋收（代序）》，《梁实秋批评文集》，珠海出版社1998年版，第4页。
[2] 梁实秋：《现代文学论》，《梁实秋文集》第1卷，第399页。

师的学说也不是一味叫好、照单全收，而能以较为客观、理性的态度看待，他冷静地指出了新人文主义"在文字上太嫌含混笼统"、"不应该与近代科学处在敌对的地位"这样"两点缺憾",[1] 并尽力在自己的文学观中加以克服和调整。这样一来，梁实秋的古典主义文学思想便显得更为丰富、严谨一些，提出了某些有价值的理论观念。

其次，梁实秋在学理上认同古典主义，固然与现代中国文学的主导取向有距离和冲突，但他也并非固守"古典"教条、全盘否定"五四"以来的新文学所追求的"现代"标准。在《白璧德及其人文主义》一文中，梁实秋就曾公平的指出："浪漫主义偏重不羁的想象和放纵的情感，固然不合人文主义，但是激起浪漫主义的假古典主义，其偏重死板的规律与冷酷的理智也是同样的过犹不及。"梁实秋对"五四"新文学运动虽然抱有一定的成见和抵触情绪，称之为"浪漫的混乱"，但他毕竟没有自外于时代大潮，"也是被所谓'新思潮'挟以俱去的一个",[2] 是在"五四"新文学的熏陶和直接引领下开始文学活动的。据梁实秋在《忆〈新月〉》中自述："五四"时期，他曾热中于《新潮》、《新青年》等杂志，几乎每期必读，还仔细阅读过"胡适的实验主义，尝试集，短篇小说集，中国哲学史，周作人的欧洲文学史，域外小说集，王星拱的科学方法论，潘家洵译的易卜生戏剧，少年中国的丛书，共学社的丛书晨报丛书"等书刊，对"进化论与互助论，资本论与安那其主义，托尔斯泰与萧伯纳，罗素与柏格森，太戈耳与王尔德"等也兼收并蓄，急不暇择地吸收

---

[1] 梁实秋：《白璧德及其人文主义》，《梁实秋文集》第 7 卷，第 296—297 页。
[2] 梁实秋：《关于白璧德先生及其思想》，《梁实秋文集》第 1 卷，第 547 页。

新知,并且接受了"五四运动的革新的主张"。可见,梁实秋是吸吮着"五四"新文化的乳汁而成长的,这种人生经历和精神洗礼,深刻地影响着他的思想并在其文学理论中反映出来。

同时,梁实秋还是一个坚持自由主义立场的知识分子,在思想上崇尚自由多元,反对专制独裁。他曾与胡适、罗隆基等人发起著名的"人权与约法"运动,并于1934年创办《自由评论》杂志,猛烈抨击时政,积极争取人权、自由、民主、法治。在发表于《新月》第2卷第3期上的《论思想统一》中,梁实秋对所谓政治、军事要统一,必先要思想统一的论调表示强烈不满,他说:"近年来在一般的宣言、演说、报章里,时常的看见'思想统一'的字样,好像要求中国的统一必须先要思想统一的样子,这实在是我们所大感不解的一件事。思想这件东西,我以为是不能统一的,也是不必统一的。"[1] 他旗帜鲜明地表示:"我们反对思想统一!我们要求思想自由!"[2] 为争取思想自由,他以少有的激情文字写道:"别种自由可以被恶势力所剥夺净尽,惟有思想的自由是永远光芒万丈的。一个暴君可以用武力和金钱使得有思想的人不能发表他的思想,封书铺,封报馆,检查信件,甚而至于加以'反动'的罪名,枪毙,杀头,夷九族!但是他的思想本身是无法可以扑灭的,并且愈遭阻碍将来流传得愈快愈远。"[3] 在20世纪20年代末30年代初中国政治最黑暗的时期,梁实秋的这些言论在批判国民党的文化专制统治方面,其激烈深刻程度似不逊于

---

[1] 梁实秋:《论思想统一》,《梁实秋文集》第6卷,第429页。
[2] 同上,第435页。
[3] 同上,第429—430页。

左联，同时也充分说明梁实秋与"五四"精神并不隔膜。有学者论析道："'思想统一'的口号，曾由蒋介石、汪精卫等人倡导过，敢于公开否定这一点，追求的正是人的自由品格。这与五四精神有着血脉相通的地方。甚至就是当梁实秋摆出一副贵族的派头，声言文学就不是大多数的，大多数就没有文学，把文学看作天才的产物，我们可以说梁实秋的命题错了，但梁实秋又未尝没有通过这种错误的命题，多少传达出了个性可贵的思想，肯定了知识分子作为思想启蒙者的地位与价值。这同样与五四精神有着一定程度的联系。"[1]

为了捍卫文学的自由与尊严，防止其沦为个别党派或集团的工具，梁实秋曾写过两篇关于"文艺政策"的文章。一篇是1931年发表的《所谓"文艺政策"者》，针对鲁迅翻译的、内容为俄共文件和决议的《文艺政策》一书进行批评。文章指出，"文艺"而可以有"政策"，这本身就是一个名词上的矛盾，"俄国共产党颁布的文艺政策，里面并没有理论依据。只是几种卑下的心理之显明的表现而已：一种是暴虐，以政治的手段来剥夺作者的思想自由；一种是愚蠢，以政治的手段来求文艺的清一色"。另一篇是1942年发表的《有关"文艺政策"》，对国民党文化官员张道藩的文章《我们所需要的文艺政策》予以抨击，文中说英美国家"由着文艺自由发展"是"民主政治之最值得令人称羡的一端"，而国民党所谓"文艺政策"是"站在文艺范围之外而谋如何利用管理文艺的一种企图"，是用"鲜明的政策统制"文艺。可见，只要事关对文学独立自由的干涉、

---

[1] 刘锋杰：《中国现代六大批评家》，安徽文艺出版社1995年版，第165页。

限制，不论是来自论敌还是来自朋友，梁实秋均一概反对，对事不对人，可谓始终如一，坚守自己的原则和立场。

美国久负盛名的社会学家丹尼尔·贝尔在《资本主义文化矛盾》1978年再版前言中宣称，他自己在政治上是自由主义者，而在文化领域里是保守主义者。[1]这种"组合型"思想结构，被当作一种典型的"现代思想模式"已得到承认和重视。对梁实秋的古典主义文学观，我们也应作如是观。

第二节　梁实秋人性论再认识

从20年代后期开始，梁实秋作为新月派的主要理论家参与了中国现代文学史上一系列重大的文学论争，在这些论争中，梁实秋的文艺思想作为资产阶级的人性论的代表受到批判，后来一直沿用这种提法。仔细考察梁实秋的文艺观，我们发现，梁实秋的思想观点，用我们通常所理解的资产阶级人性论即自然人性论来解释，有许多矛盾之处。比如，他一再宣扬人性论，但对以资产阶级人性论为基础的近代人道主义却极力抨击，认为人道主义不合乎人性，声称"吾人反对人道主义"[2]。他主张文学应诉诸普遍的人性，而又把文学的表现对象和欣赏对象限制在少数人的范围内。事实上，梁实秋的人性论与资产阶级自然人性论有本质的区别，要解释以上矛

---

[1]　丹尼尔·贝尔：《资本主义文化矛盾》，北京三联书店1989年版，第23—24页。
[2]　梁实秋：《现代中国文学之浪漫的趋势》，《梁实秋文集》第1卷，第45页。

盾，以准确地把握梁实秋的文艺思想，必须弄清梁实秋的"人性"概念。

梁实秋的人性概念有其特定涵义。在《文学的纪律》中，梁实秋指出："人性是复杂的（谁能说清人性所包括的是几样成分？），惟因其复杂所以才有条理可说，情感想象都要向理性低首。在理性指导下的人生是健康的、常态的、普遍的，在这种标准之下创作出来的文学才是有永久价值的文学。"[1] 这段话简单地概括了他的人性观。首先，他认为人性是二元的，一方以感情想象为代表，另一方以理性为代表。在这两者之间，梁实秋强调以理性控制情欲，声称"以理性与情感比较而言，就是以健康与病态比较而言"，认为以理性节制情欲的人性才是理想的人性。其次，梁实秋认为理性是人性的中心，"人性之所以是固定的普遍的，正以其有理性的纪律为基础"。孤立地看，梁实秋同资产阶级自然人性论者一样也注重人的普遍的自然感情和自然权力："在资产上论，人有贫富之别，而在人性上论，根本就没有多大分别。'性相近，习相远'，这话是不错的，勤苦诚实，是劳动者的美德，资产阶级亦视为美德，欺诈取巧，是买办的劣点，工人也不是绝对没有，喜怒哀乐的常情，并不限于阶级"[2]；"一个资本家和一个劳动者，他们的不同的地方是有的，遗传不同，教育不同，但是他们还有同的地方。他们的人性并没有两样，他们都感到生老病死的无常，他们都有爱的要求，他们都有怜

---

[1] 梁实秋：《文学的纪律》，《梁实秋文集》第1卷，第143页。
[2] 梁实秋：《论"第三种人"》，《梁实秋文集》第1卷，第360页。

悯与恐怖的情绪,他们都有伦常的观念,他们都企求身心的愉快"[1]。如果我们摆脱对人性概念的先入为主的惯常理解,联系梁实秋对人性的全面论述,那么,我们就可以得出这样的结论:梁实秋所强调的乃是普遍的理性。他的人性概念是所谓的"标准的人性",普遍的自然感情和自然权力须置于理性的指导下。从实质上说,梁实秋的人性论与18世纪以来欧洲资产阶级启蒙主义者所提出的天赋人权的自然人性论不仅是不同的,而且是对立的。自然人性论强调的是人生来平等的自然感情和自然权力,建立在"人性本善"的基础上,而梁实秋的人性论强调的则是永恒的理性,应该用理性去规范、约束自然情欲,它是建立在人性的善恶二元的基础上的。所以梁实秋极力和以自然人性论为基础的人道主义划清界限,他说:"平等观念的由来,不是理性的,是情感的……吾人反对人道主义的惟一理由,即是因为人道主义不是经过理性的选择"[2],他认为人道主义违反了理性原则,是情感的盲目泛滥。

  仅仅了解理性节制情欲是梁实秋人性论的核心还嫌太泛,容易使人把他误解为清心寡欲的清教徒。其实,在梁实秋那里,"理性"也有它特定的涵义:"实在讲,理性与情感不是对峙的名词……健康是由于各个成分之合理的发展,不使任何成分呈畸形的现象,要做到这个地步,必须要有一个制裁的总枢纽,那便是理性。"[3] 梁实秋把"理性作为最高的节制的机关",协调、制约着人性的各部分向健

---

[1] 梁实秋:《文学是有阶级性的吗?》,《梁实秋文集》第1卷,第322页。
[2] 梁实秋:《现代中国文学之浪漫的趋势》,《梁实秋文集》第1卷,第45页。
[3] 梁实秋:《文学的纪律》,《梁实秋文集》第1卷,第139—140页。

康、常态的方向发展，理性并不是和情欲完全对立的，它负责摒除病态、非常态的感情，而保存健康常态的感情。梁氏解释了人性论之后接着说："在想象里，也隐隐然有一个纪律，其质地必须是伦理的常态的普遍的。"[1] 这就是说，梁氏所谓理性是一种伦理的理性，是一种自我的伦理自觉，"伦理的乃是人性的本质"[2]。到这里，我们才真正找到梁实秋人性论的最深层的内涵。他的人性指的是一个人自觉的人伦天常，自觉向善、向上的天性，也就是人类经过长久的历史刷洗、沉淀而积累下来的做人的伦理准则，它是普遍的、合理的、常态的、健康的。在这里，梁氏的人性观与传统文化中以天理制人欲的观点有某种契合和接续，和古代儒家思想中占主导地位的重协调、重视人际关系的伦理学挂上了钩。

以二元人性论为出发点，梁实秋阐发了他的文艺观。综合起来，主要有三个方面的内容。第一，在文艺的原则和方向上，梁氏主张文艺应"合于理性的束缚"，"我们在文艺上的努力该从开扩的解放的道途，改到集中的深刻的方向"，[3] 讲究节制和纪律，"所谓节制的力量就是以理性驾驭情感，以理性节制想象"[4]。他主张应以理性为文学的标准，既不能像新古典主义那样制定死板严酷的规律，也不能像浪漫主义那样过度的放纵和混乱。第二，在文艺的表现方式上，梁氏重视审慎"选择"。"文学家处于森罗万象的宇宙

---

[1] 梁实秋：《文学的纪律》，《梁实秋文集》第1卷，第143页。
[2] 梁实秋：《何瑞思之〈诗的艺术〉》，《梁实秋文集》第1卷，第156页。
[3] 梁实秋：《"艺术就是选择"说》，《梁实秋文集》第1卷，第177页。
[4] 梁实秋：《文学的纪律》，《梁实秋文集》第1卷，第139页。

中间……要沉静地体会那普遍的固定的人性"[1]。他认为人生和自然都是拖泥带水的，唯有艺术品才是至美无上的完善，想要从人生和自然中产生艺术品，便须有一个严厉的裁剪和选择，选择的标准便是普遍的人性。梁实秋尤其注重艺术家的态度，他要求必须用一种"严重"的态度对待创作，"文学的态度之严重……这全是文学最根本的纪律"[2]，这一点，在谈到他一贯反对的"普罗文学"时也有所涉及，他把"普罗文学"说得一无是处，"但是有一点我以为是'普罗文学家'之可称赞的地方——他们的态度是严重的……'普罗文学家'凡有所作，必是聚精会神的、剑拔弩张的，其精神是十分的严重"[3]。梁实秋考察了莎士比亚等作家的不朽作品得出结论说，"文学里很重要的是作者的态度"。他认为艺术家有了一个冷静、严肃的态度，即使写变态事件和人物也无妨，关键是用常态的态度去处理。第三，在文艺的风格和趣味上，梁实秋推崇纯正、和谐、适当。"文学的效用不在激发读者的热忱，而在引起读者的情绪之后，予以和平的宁静的沉思的一种舒适的感觉。"[4]他主张文学应求"型类之适当"、"表现之合度"，既要有深刻的思想，又要有优美的形式，不能以辞害义，也不能专注于义而不顾辞。他反对标榜"奇巧""新颖"，炫人耳目，要求以高贵的理性和合适的方式表达纯正的人性之永恒，不尚偏激与放纵，而主张合乎"标准"

---

[1] 梁实秋：《"艺术就是选择"说》，《梁实秋文集》第 1 卷，第 176 页。
[2] 梁实秋：《文学的纪律》，《梁实秋文集》第 1 卷，第 145 页。
[3] 梁实秋：《文学的严重性》，《梁实秋文集》第 1 卷，第 344 页。
[4] 梁实秋：《文学的纪律》，《梁实秋文集》第 1 卷，第 141 页。

的常格。

梁实秋在评论亚里士多德时说过,"没有一个伟大的批评家而无哲学的根据的"[1],这句话的后半句也适合梁实秋本人。作为一个并不能称为"伟大"的文艺思想家,梁实秋的文艺观也有它的哲学基础和理论根据,这就是以他的美国老师白璧德为代表的新人文主义。新人文主义的产生和发展时期正值第一次世界大战前后,这次浩劫给西方造成巨大的社会危机和精神危机。白璧德从社会历史和哲学的角度观察,认为战后人欲横流道德沦丧的危机是从培根开始的科学主义和从卢梭开始的纵情主义思潮泛滥的结果。前者信任科学之力,以为借此可驱使万物,把人对世界的征服力看得无限之大;后者极力扩张情感欲望,使人对世界的占有欲无限上升,这种毫无管束的趋势使人世间出现许多骚乱不安、争权夺利、攻伐劫掠。对此,白璧德企图复活一种古代人文主义精神来拯救这种危机,希望通过重建"人的法则"来克服现代社会的堕落。他认为善恶之间的斗争不是来自外部的社会,而是存在于个人自身,从而把全部社会的、政治的、精神的问题归于人性的善恶斗争这一伦理学问题。他说,"所谓二元的,就是说他要承认人身上有一种能够施加控制的'自我'和另一种需要被控制的'自我'"[2],这两种自我就是理性与欲望。人性中理性与欲望的冲突斗争即灵与肉、善与恶的交战导致了社会的混乱与苦难。因此重新确立古代人文主义原则就是用自己的理性对个人的冲动和欲望加以"内在的控制"。白璧德一再强调这种

---

[1] 梁实秋:《亚里士多德的〈诗学〉》,《梁实秋文集》第 1 卷,第 98 页。
[2] 转引自罗钢:《梁实秋与新人文主义》,《文学评论》1988 年第 2 期。

自我节制就是新人文主义的核心。

在文艺思想上，白璧德努力的重点在于批判文艺复兴以来的西方文艺思潮，重建古典主义美学原则。他认为科学主义和纵情主义的共同点是肆意放纵而不知收敛节制，从而使文学中出现了所谓不讲艺术形式的写实主义、浪漫主义以及花哨恶伪的现代主义。所以白璧德要求用人的"更高的意志"这种伦理理性加以控制，使文学走上道德性质的纯正，主张用普遍的人性规范文学，他把这种内在控制的人性作为文学的出发点和归宿，强调文学增进社会协调、融洽与维护人类道德的功能。

新人文主义是20世纪初中国掀起"西方热"的同时，西方为拯救资本主义的危机积极向古朴悠久的东方文明寻求灵丹妙药的结果，它吸取了儒家"克己复礼"等精神，与中国传统文化有遥相感应的互通之处，这对于具有稳定心态和保守倾向的中国知识分子具有相当大的诱惑力和吸引力。梁实秋自幼饱受传统文化的熏陶，个性沉稳、平和，留美期间成为白璧德的入室弟子，深受其影响，所以，他接受新人文主义的学说是很自然的事。

从以上分析可以看出，把梁实秋的文艺思想判定为一般的资产阶级人性论并未抓住其实质，他的文艺思想的真正核心应该说是建立在二元人性论基础上的理性与理性制裁，是白璧德的新人文主义在中国的移植和变种，其实质是在新旗帜下以中国传统文化精神为背景的具有保守性质的改良主义。既然梁实秋的文艺思想的内涵如上所述，他对中国文学的观察就必然以它为立足点和出发点。梁氏认为，同西洋文学有古典的和浪漫的两大潮流相似，中国文学也有儒家和道家两大潮流，只是西洋文学以古典主义为正宗，以浪漫主义为一有力的敌对势力，而中国文学则以极端的浪漫道家思想最为活跃，奄无生息的儒家思想只是一个陪衬。道家思想在文学里的反映便是"出世的思想"和"皈依自然的思想"，所以神怪故事及想象中的仙境在文学中大量出现，同时写景文学极为发达。梁实秋举例说明道家思想在中国文学史上占据主导和优越地位后指出，中国文学的主要情调乃是消极的、出世的、极度浪漫的，而这种传统必须打破。梁氏和"五四"新文学运动着重攻击儒家思想不同，他主张"第一件要做的不是攻打'孔家店'，不是反对骈四俪六，而是严正地批评老庄思想，要使这种思想不要全盘占据了中国文学的领域"[1]。显然，梁氏对中国文学的估价是不符合实际的，他是用新人文主义的观点去观照的，目的在于鼓吹其人性论，为他的文艺思想的建立寻找存在合理的依据。改变中国传统文学面貌的任务在梁实秋看来，只有新人文主义的理论才能完成，"欲救中国文学之弊，最好采用西洋的健全的理论，而其最健全的中心思想，可以'人本主义'（白璧德新人文主义的别名）一名词来包括……"[2] 他认识到，儒家的伦理观念仍然具有现实意义，但儒家的文学观念却不成系统甚至是空白。基于这种认识，所以他不能够像白璧德那样从自己的传统中"复活"古代现成的文艺思想，而是移植西方二元人性论的文艺观，并把儒家传统的伦理思想作为背景，使二者融会贯通。梁实秋相信这

---

[1] 梁实秋：《现代文学论》，《梁实秋文集》第1卷，第398页。
[2] 同上，第399页。

样就可以建立起中国的新文学理论。

梁实秋声称在文艺思想上有自己"一贯的主张",这就是理性和纪律,是建立在二元人性论基础上的,它和一般意义上的资产阶级人性论在根本上是对立的。"五四"文学革命者最初所提倡的人的解放、个人主义等才是真正的资产阶级人性论,这种由18世纪欧洲启蒙主义者提出的理论在中国"五四"反封建文学的斗争中立下了一定的功绩,而梁氏的所谓人性论恰恰与之对立。因此,梁实秋为捍卫和维护自己的文艺理论,首先对"五四"新文学运动进行批评,他在《现代中国文学之浪漫的趋势》一文中,把"五四"新文学说成是"趋向于浪漫主义"(梁氏所说的浪漫主义是一个概括的说法,它包括写实主义、自然主义、浪漫主义等一切不合"理性"的文艺思潮和流派),并从四个方面加以具体论述:新文学运动受外国影响;推崇情感,轻视理性;它所采取的对人生的态度是印象的;主张皈依自然并侧重独创。总之,梁实秋认为"五四"新文学失去了纪律和约束,情感盲目泛滥,是狂热的浪漫,表现的态度不是冷静的、理性的,而是一种非常态的"浪漫的混乱"。

到1928年,随着革命文学论争的展开,对梁实秋的文艺思想才开始全面而系统地批判。这里似乎有这样的疑问:既然梁氏主张文学的理性和纪律,革命文学倡导者所提出的"文学的阶级性"和"普罗文学"不也是注重文学的集中和理性的制约吗?二者好像走到一起了,为什么还会有斗争?对于这个问题,过去没有作深入的研究,所以我们一般只好说梁实秋在理论上自相矛盾,逻辑上讲不通,从而得出他"已经顾不得一方面规定文学表现共同的人性,另一方面又将大多数人排斥于文学之外的矛盾和由此露出来的资产阶级的马脚"的结论。[1] 这一结论是把梁氏当作资产阶级自然人性论者得出来的,实际上并不确切,梁氏也不会无知到连起码的逻辑常识都不懂的地步。要解决这一问题,仍需从梁氏的人性论中去找答案。梁氏一贯主张"文学发于人性,基于人性,亦止于人性"[2],"人性是测量文学的惟一标准"[3]。而人性又是普遍的永恒的,没有阶级的差别。这显然和文学的阶级性主张不合拍,这一点好理解。但梁氏为什么又提出"文学是少数人的事,大多数就没有文学"呢?这不是与他所标榜的人性的普遍性有明显的矛盾吗?要知道,正如前文指出的那样,梁氏推崇的是以理性为中心的人性,而理性不是每个人都能获得的,它集中地由少数贤哲所代表,所以"一切的文明,都是极少数的天才的创造",文学的中心也是个人主义的、崇拜英雄的、尊重天才的,"与所谓'大多数'不发生若何关系"。[4] 梁氏的这种天才论是由二元人性论逻辑地推演出来的。虽然梁氏也注重人生和现实生活,但他注重的是潜藏于生活底层的人性和理性,"我所说文学该注重现实生活,我的意思是说文学家对于实际人生应做深刻之观察、具体之描写、优美之表现,并不是说文学家仅以目前之政治经济之情形

---

[1] 唐弢主编:《中国现代文学史》中册,人民文学出版社 1979 年版,第 23 页。
[2] 梁实秋:《文学的纪律》,《梁实秋文集》第 1 卷,第 143 页。
[3] 梁实秋:《文学与革命》,《梁实秋文集》第 1 卷,第 312 页。
[4] 同上,第 309—315 页。

为分析研究之对象。文学的任务是更深一步的探讨，于森罗万象的生活状况中去寻索其潜在的人性的动因"。梁氏认为，"文学不能救国，更不能御侮，惟健全的文学能陶冶健全的性格，使人养成正视生活之态度"[1]，所以，文学的任务不在于配合或描写当前的革命或现实任务，而在于表现人性。二元人性论者认为社会的痛苦纷争源于人本身的恶的天性，因此要避免这种痛苦就需要对人加以内在的控制，从而达到维持社会现有秩序的目的。自然人性论者认为人的本性是善良的，由于社会的外在压迫才引起痛苦，所以必须推翻现有的社会秩序，以革命的手段使压抑的人性得以解放。自然人性论必然会得出革命的结论。这样，坚持二元人性论的梁实秋反对革命和革命文学就不难理解了。

从理论本身看，梁实秋的文艺思想立足于先验的、抽象的人性，并把这种独立于具体个人之外的类似于柏拉图的"理念"的人性规定为衡量文学的标准，脱离了文学本体去讨论文学，这是对文学的一种曲解，根本不能把文学推向前进。不可否认，梁实秋批判了"经国之大业，不朽之盛事"的陈腐文学观念，否定了文学"代圣贤立言"的功能，这是文艺观念上的一大进步。但由于他更多地注重文学的社会功能，仍然落入了"成人伦，敦教化"的传统文艺观的窠臼，使文学变成了抽象人性的附庸。因此，梁实秋的文艺思想既不是现代化的，也不是像某些论者所说的那样是穿着现代新衣的复古主义，而是一种具有保守特征的文学改良主义。

---

[1] 梁实秋：《现代文学论》，《梁实秋文集》第 1 卷，第 401 页。

如果把梁实秋的文艺思想放在 20 世纪初中西文化大碰撞、大交汇的时代背景下审视，将会更能认清它的真面目。中国现代文艺思想家的理论大都接受了西方资产阶级文艺思潮的影响，鲁迅、郭沫若、冯雪峰以至朱光潜等都能在西方文艺思潮中找到他们理论的源头，梁实秋也是这样。所不同的是，鲁迅、郭沫若等人所接受的均是 18、19 世纪资本主义上升、繁荣时期具有反传统、高扬文学主体精神倾向的先进文艺观，梁实秋接受的则是 20 世纪以后资本主义趋于衰落时期的新人文主义。这种文艺思潮是为了消解资本主义文艺充分发展后出现的弊端所作的文学内部的反思和调整，本质上是向后看的。虽然从产生时间上看，它比 18、19 世纪的文艺观要新，但历史时间的先后并不能决定文艺思想的先进与否。20 世纪初西方资产阶级数百年的几乎所有的文艺思想，在中国短时间内匆忙地纷纷出现（其实并未得到充分认识和消化），使梁实秋产生一种中国文学与西方文学同步发展的错觉，他未对中国文学的现状作深入细致的分析，便匆匆举起新人文主义的法宝，这样，他对西方文艺思想的选择和师承就出现了一个历史的错位，用以批评中国新文学实属无的放矢。他虽对新人文主义加以某些变通，却仍然不能避免生搬硬套的弊病，向传统的某些方面认同的做法也缺乏足够的现实依据和社会基础。所以，鲁迅指出，梁实秋的文艺观点"是矛盾而空虚的"。当然，说"空虚"未必恰当，但"矛盾"之处的确存在。

第四章　梁实秋与莎士比亚亲缘关系论

据梁实秋《清华八年》一文回忆，梁实秋最早接触莎士比亚的作品，是在清华学校（1928年改名为清华大学）。1915年，就是他14岁那年，他进入清华学校学习。其间，他学习过不少外国文学作品，其中就读过莎士比亚的《裘力斯·恺撒》和《威尼斯商人》等剧本。不过，他说，对包括莎士比亚在内的不少外国文学名著也不是一开始就非常喜欢的。"在英文班上读这些文学名著，也觉得枯燥无味，莎士比亚的戏亦不能充分赏识，他的文字虽非死文字，究竟嫌古老些，哪有时人翻译出来的现代作品那样轻松？"[1] 在《怀念胡适先生》一文中，他也说："我从未想过翻译莎士比亚，觉得那是非常艰巨的事，应该让有能力的人去做。我在清华读书的时候，读过《哈姆雷特》、《朱利阿斯·西撒》（即《裘力斯·恺撒》）等几个戏，巢堃林教授教我们读魁勒·考赤的《莎士比亚历史剧本事》。在美国读书的时候上过哈佛的吉退之教授的课，他教我们读了《马克白》与《亨利四世》上篇，同时看过几部莎氏剧的上演。我对莎士比亚

---

[1] 梁实秋：《清华八年》，《梁实秋文集》第3卷，第35页。

的认识仅此而已。翻译四十本《莎氏全集》是想都不敢想的事。"[1]

1926 年，回国后的梁实秋开始在《新月》上发表有关莎士比亚的译文，例如《莎士比亚时代之英国与伦敦》、《莎士比亚传略》、《莎士比亚的观众》等，从此莎士比亚成为他一生事业中的重要组成部分。1932 年至 1939 年间，他发表 20 余篇莎评文章，为这时期国内发表莎评文章最多的人；1945 年后又发表莎评 10 多篇。1930 年他开始着手翻译莎士比亚戏剧，至离开内地到台湾前，共翻译出版 8 部莎剧。这 8 部莎剧是：1936 年翻译出版《马克白》、《威尼斯商人》、《哈姆雷特》、《如愿》、《李尔王》、《奥赛罗》，1937 年翻译出版《暴风雨》，1939 年翻译出版《第十二夜》。在台湾，他又陆续译出莎士比亚的其余剧本。1967 年他翻译的《莎士比亚全集》在台湾出版，成为中国第一个也是迄今为止中国惟一一个独自翻译莎剧全集的翻译家。

那么，是什么原因让梁实秋与莎士比亚结下了如此深厚的亲缘关系呢？

第一节　梁实秋选择莎士比亚的外在因素

要说清这个问题，有几个人是不能回避的。他们对梁实秋与莎士比亚亲缘关系的建立具有重要影响。

---

[1] 梁实秋：《怀念胡适先生》，《梁实秋文集》第 3 卷，第 433—434 页。

首先是胡适的影响。胡适是梁实秋最为推崇的学者之一，他对梁实秋的学术活动产生了深刻的影响。梁实秋在《影响我的几本书》一文中说："胡先生在我们同一时代，长我十一岁，我们很容易忽略其伟大，其实他是我们这一代人在思想学术道德人品上最为杰出的一个。"[1] 因此虽然胡适只"长我十一岁"，但"我从未说过'我的朋友胡适之'，我提起他的时候必称先生，晤面的时候亦必称先生。但并不完全是由于年龄的差异。……所以，以学识的丰俭、见解的深浅而论，胡先生不只是长我十一岁，可以说长我二十一岁、三十一岁以至四十一岁"。[2] 他认为胡适影响他的地方有三："一是他的明白清楚的白话文。""二是他的思想方法。""胡先生有一句话：'不要被别人牵着鼻子走！'像是给人的当头棒喝。我从此不敢轻信人言。别人说的话，是者是之，非者非之，我心目中不存有偶像。……胡先生对于任何一件事都要寻根问底，不肯盲从。他常说他有考据癖，其实也就是独立思考的习惯。""三是他的认真严肃的态度。"[3] 这些影响在梁实秋的研究中随处可见。

梁实秋译介莎士比亚更是受到胡适的影响。1930 年，一向热心于翻译事业的胡适就任由庚子赔款建立的中华教育文化基金董事会翻译委员会主任委员一职。他有一个庞大的翻译计划，莎士比亚戏剧翻译便是其中一项。他在日记中多次提及此事。例如，他在 1931 年 1 月 31 日的日记中写道："到会中，拟了翻译《莎翁全集》计划。

---

[1] 梁实秋：《影响我的几本书》，《梁实秋文集》第 5 卷，第 197 页。
[2] 梁实秋：《怀念胡适先生》，《梁实秋文集》第 3 卷，第 425 页。
[3] 梁实秋：《影响我的几本书》，《梁实秋文集》第 5 卷，第 198 页。

与叔永、莎菲同饭。"[1]在1931年2月16日的日记中写道："与叶公超谈翻译事。实秋来信谈译莎翁集事。下午与孟和、子高谈译事。"[2] 1931年2月21日的日记中写道："拟翻译《莎翁全集》计划。"[3] 1931年2月25日的日记中写道："写信给一多、实秋，谈翻译《莎翁》计划。"[4]梁实秋也公开过胡适曾写给他的谈论翻译莎士比亚全集的几封信，说明胡适对这个工作的积极倡导与热心扶持。其中一封信中说：

> 实秋兄：两信都收到了。编译事，我现已正式任事了。公超的单子已大致拟就，因须补注版本，故尚未交来。顷与Richards谈过，在上海时也与志摩谈过，拟请一多与你，与通伯，志摩，公超五人商酌翻译Shakespeare全集的事，期以五年十年，要成一部莎氏集定本。此意请与一多一商。最要的是决定用何种文体翻译莎翁。我主张先由一多志摩试译韵文体，另由你和通伯试译散文体。试验之后，我们才可以决定，或决定全用散文，或决定用两种文体。报酬的事当用最高报酬。此项书销路当不坏，也许还可以将来的版权保留。[5]

---

[1]《胡适全集》第32卷，第49页。
[2] 同上，第56—57页。
[3] 同上，第62页。
[4] 同上，第67页。
[5] 梁实秋：《关于莎士比亚的翻译》，梁实秋主编：《莎士比亚诞辰四百周年纪念集》，第562页。

可见胡适考虑之周到细致，用心良苦。梁实秋后来不无感慨地说："若没有胡先生的热心倡导，我根本不会走上翻译莎翁的路。胡先生自己对于莎士比亚并无深入的研究，但是他知道翻译莎翁之重要，并且他肯负责的细心的考虑这一个问题。"[1]胡适"原拟五个人担任翻译，闻一多、徐志摩、叶公超、陈西滢和我，期以五年十年完成，经费暂定为五万元。我立刻就动手翻译，拟一年交稿两部。没想到另外四人始终没有动手，于是这工作就落在我一个人头上了。""如果不是日寇发动侵略，这个有计划而且认真的翻译工作会顺利展开。可惜抗战一起，这个工作暂时由张子高先生负责了一个简略时期之后便停止了"，这致使梁实秋"以后拖拖拉拉三十年终于全集译成"。[2]

后来，在回顾这段漫长的艰苦岁月时，梁实秋说：

> 我花了三十年的工夫译他，是断断续续的，中间隔了两场丧乱，东奔西走，席不暇暖。到了台湾之后，生活比较安定，才得努力进行以竟全功。在翻译莎氏之前我已经译了几本书，像最近重印的《阿伯拉与哀绿绮思的情书》、《潘彼得》、《织工马南传》皆是。还有一本《西塞罗文录》是从拉丁文翻译的。这时期我翻译没有标准和计划，只是拣自己喜欢的东西译。幸而胡适之先生提议翻译莎氏全集，使我有了翻译的方向，又偶

---

[1] 梁实秋：《关于莎士比亚的翻译》，梁实秋主编：《莎士比亚诞辰四百周年纪念集》，第567页。
[2] 梁实秋：《怀念胡适先生》，《梁实秋文集》第3卷，第434页。

> 因当初计议合力翻译的徐志摩、闻一多、叶公超、陈西滢四位临阵退出，遂使全集翻译的工作落在我一人头上。[1]

> 我译莎翁剧，不是由于我的选择，是由于胡适之先生的倡导正合于我读第一流书的主张，我才接受了这个挑战。[2]

在中国，真正系统地、有计划地译介莎士比亚的戏剧，是从梁实秋开始的。从他开始翻译、介绍莎士比亚，便持有认真严肃的态度。他说这种认真严肃的态度深受胡适的影响：

> 我译莎士比亚，大家知道，是由于胡先生的倡导。当初约定一年译两本，二十年完成，可是我拖了三十年。胡先生一直关注这件工作，有一次他由台湾飞到美国，他随身携带在飞机上阅读的书包括《亨利四世》下篇的译本。他对我说他要看看中译的莎士比亚能否令人看得下去。我告诉他，能否看得下去我不知道，不过我是认真翻译的，没有随意删略，没敢潦草。他说俟全集译完之日为我举行庆祝，可惜那时他已经不在了。[3]

其次，梁实秋说他翻译莎士比亚还得益于两个力量的支持，其

---

[1] 梁实秋：《"岂有文章惊海内"——答丘彦明女士问》，《梁实秋文集》第 5 卷，第 537 页。
[2] 同上，第 542 页。
[3] 梁实秋：《影响我的几本书》，《梁实秋文集》第 5 卷，第 200 页。

中一个是他的父亲。他说："抗战胜利后我回北平，有一天父亲拄着拐杖走到我的书房，问我莎剧译成多少，我很惭愧这八年中缴了白卷，父亲勉励我说：'无论如何要译完它。'我闻命，不敢忘。"这句话让梁实秋暗下决心，一定以译完莎氏全集来报答"父亲的期许"。另一个支持来自他的故妻程季淑，"若非她四十多年和我安贫守素，我不可能顺利完成此一工作"[1]。程季淑的支持让梁实秋终生不忘。后来他在《槐园梦忆》中说，如果不是妻子的决断与支持，他是不敢接受莎士比亚翻译这一份工作的。[2]

家事全由季淑处理，上下翕然，我遂安心做我的工作，教书之余就是翻译写稿。我在西院南房，每到午后四时，季淑必定给我送茶一盏。我有时停下笔来拉她小坐，她总是把我推开，说："别闹，别闹，喝完茶赶快继续工作。"然后她就抽身跑了。……我的翻译工作进行顺利，晚上她常问我这一天写了多少字，我若是告诉她写了三千多字，她就一声不响的翘起她的大拇指。我译的稿子她不要看，但是她愿意知道我译的是些什么东西。所以莎士比亚的几部名剧里的故事，她都相当熟悉。[3]

梁实秋至为动情地说："我翻译莎氏，没有什么报酬可言，穷年

---

[1] 梁实秋：《"岂有文章惊海内"——答丘彦明女士问》，《梁实秋文集》第5卷，第539页。
[2] 梁实秋：《槐园梦忆》，《梁实秋文集》第3卷，第562页。
[3] 同上，第565页。

累月,兀兀不休,其间也很少得到鼓励,漫漫长途中陪伴我、体贴我的只有季淑一人。""她容忍我这么多年做这样没有急功近利可图的工作,而且给我制造身心愉快的环境,使我能安心的专于其事。"[1]

程季淑的作用更是受到台湾业内不少人士的褒奖。1967年8月6日,台湾各界庆祝梁实秋莎译全集出版,"谢冰莹先生在庆祝会中致词,大声疾呼:'《莎氏全集》的翻译完成,应该一半归功于梁夫人!'"《世界画刊》的社长张自英也认为"梁先生的成就,一半应该归功于他的夫人"。梁实秋不无感慨地说:"他们二位异口同声说出了一个妻子对于她的丈夫之重要。"[2]

第三,梁实秋喜欢莎士比亚,与18世纪英国著名批评家、也是西方著名莎评专家的约翰孙有密切关系。约翰孙的批评观深刻地左右着梁实秋对莎士比亚的评论。这一点迄今没有被人谈论和强调过。1932年,梁实秋在《约翰孙》一书中认为,约翰孙为编辑出版《莎士比亚戏剧集》(1765)所撰写的长篇序言是"最重要的一篇批评"[3]。他在该书序中说:"读过包斯威尔的《约翰孙传》的人,大概对于约翰孙都要发生强烈的爱慕了。至少我敢说我个人是如此的。"并且声明说:"读者若觉得我对于约翰孙的赞美多于指责,那也许是私人嗜好之不自觉地流露,要请读者原谅的。"也是在这个序里,他格外明确地表示了这样的观点:"一个时代有

---

[1] 梁实秋:《槐园梦忆》,《梁实秋文集》第3卷,第592—593页。
[2] 同上,第593页。
[3] 梁实秋:《约翰孙》,《梁实秋文集》第8卷,第39页。

一个时代的特殊情形,但是主要的人性是大致不变的。"[1]他在《约翰孙》中不厌其烦地介绍了约翰孙关于人性的观点。人们常常提到梁实秋的"人性论"与白璧德的渊源关系,却忽视了与约翰孙批评观的渊源关系。这显然是片面的。梁实秋认为,约翰孙了不起的地方,在于"说破了莎士比亚之所以伟大的秘密",即"莎士比亚的作品是表现基本的、普遍的人性"。[2]他"估量莎士比亚的作品,就完全是从这个出发点立论"的。[3]约翰孙的这一莎评思想深刻地影响了梁实秋对莎士比亚的认识。梁实秋正是在这个层面上接受并赞赏莎士比亚的。

上述几个人在梁实秋与莎士比亚亲缘关系的建立上无疑起着重要的作用。然而,从另一方面看,所有这些因素从一定程度上说又都是外在的。因为所有外因都要通过内因起作用。梁实秋留学西方,深知莎士比亚在西方文学史上的地位和影响。但是,问题在于,西方有影响的大作家比比皆是,梁实秋何以最独独钟情于莎士比亚呢?胡适的倡导与组织,尽管对梁实秋来说是一个重要原因,但我认为也不是最终的决定因素。因为同样有胡适的倡导与组织,闻一多等人为什么就没有积极响应呢?因此,我认为,最关键的因素在于梁实秋本人,所有影响最终还必须通过梁实秋"这一个"而不是"那一个"接受者主体的接受而实现。

---

[1] 梁实秋:《约翰孙·序》,《梁实秋文集》第 8 卷,第 3—4 页。
[2] 梁实秋:《莎士比亚之伟大》,《梁实秋文集》第 8 卷,第 660 页。
[3] 梁实秋:《约翰孙》,《梁实秋文集》第 8 卷,第 39 页。

第二节 梁实秋钟情莎士比亚的内在因素

众所周知，梁实秋接受古典主义，主要得益于他的老师、美国著名文艺批评家白璧德（1865—1933）。白璧德的基本思想是与古典的人文主义相呼应的新人文主义。白璧德强调理性和道德意志是人的基本美德，人之所以为人在于他有内心的理性控制。而文学基于对人性的表现，应该具有讲秩序、讲节制、讲分寸的特点。从古典主义者的立场出发，白璧德对文艺复兴以来出现的科学主义、浪漫主义以及诸多文学革新运动都持否定态度。梁实秋在《影响我的几本书》一文中说，他入哈佛大学后选修过白璧德的"英国十六世纪以后的文学批评"一课，认为白璧德"很有见解，不但有我们前所未闻的见解，而且是和我们自己的见解背道而驰"。因此他带着浓厚的兴趣认真阅读了白璧德的《新拉奥孔》、《卢梭与浪漫主义》、《批评家与美国生活》等著作，这使他突然感到白璧德的见解"平正通达而且切中时弊"，"我平夙心中蕴结的一些浪漫情操几为之一扫而空"。[1] 从此，梁实秋踏上了平实稳健的文学批评之路。

然而，令我们感兴趣的是，具有鲜明古典倾向和情结的梁实秋，何以如此推崇具有浪漫特色的莎士比亚呢？

我们认为，在两个主要的方面，梁实秋对莎士比亚的创作产生了强烈共鸣和独特的价值认同，即：情理和谐的理念与含蓄的道德意义。

---

[1] 梁实秋：《影响我的几本书》，《梁实秋文集》第5卷，第200页。

一、对情理和谐理念的追求

梁实秋虽然继承了他的老师白璧德的观点,强烈反对浪漫主义,但是他并没有将浪漫主义与古典主义的对立关系绝对化,换言之,他认为两者之间是既相互对立又相互补充的关系。他说:

> "古典的"与"浪漫的"两个名词,无论其具有若何之字源的意义,实皆不足以完全概括任何时代,任何国土,任何作家,任何作品。"古典的"与"浪漫的"两个名词不过是标明文学里面最根本的两种质地。这两种不同的质地可以在同一时代、同一国土、同一作家甚至同一作品里同时存在。[1]

他还说:

> 在一国的文学里,在一时代的文学里,甚至在一个人的文学里,都可以看出一方面是开扩的感情的主观力量,一方面是集中的理性的客观的力量,互相激荡。纯正的古典观察点,是要在二者之间体会得一个中庸之道。[2]

显然,古典主义从人的性恶论出发,注重个人的自身限制,认为个人只有经过理性的洗礼,才能成为有意义的社会存在物,个人

---

[1] 梁实秋:《文艺批评论》,《梁实秋文集》第1卷,第297—298页。
[2] 梁实秋:《文学的纪律》,《梁实秋文集》第1卷,第135页。

对于社会的认同,是个人行为的目的;而浪漫主义则基于性善论,强调个人与社会的对立,崇尚情感,以个人摆脱社会的束缚为人类的解放。综观梁实秋的文学思想,他并没有在古典主义和浪漫主义之间走极端,相反他试图在"古典"和"浪漫"之间寻找一种和谐,"得一个中庸之道"。他不反对情感的作用,但反对情感的泛滥,反对情感超越理性的限制。他提出文学的纪律的主张,就是针对情感的泛滥而发的。他认为"最伟大的作家几乎没有是变态的,都是身心平均发展,无论其如何的情感特别丰富,想像特别发达,总不失其心理上的平衡。大诗人总不是疯人,好作品绝不是梦幻"[1]。"所以我屡次地说,古典主义者要注重理性,不是说把理性作为文学的惟一的材料,而是说把理性作为最高的节制的机关。浪漫的成分无论在什么人或是什么作品里恐怕都不能尽免,不过若把这浪漫的成分推崇过分,使成为一种主义,使情感成为文学的最领袖的原料,这便如同是一个生热病的状态。"为了让各种成分合理健康的发展,"不使任何成分呈畸形的现象,要做到这个地步,必须要有一个制裁的总枢纽,那便是理性"[2]。当然,"虽然最上乘的文学创作必涵有理性选择的成分,但徒有理性亦不能成为创作"[3]。为此他批评"新古典派的批评家常常把理性与情感看做对峙的两样东西,好像情感从门口进来,便要把理性从窗口挤出去一般"。其实,"文学作品应该是富有想像和情感的,理性不过是一个制裁,使想像与情感不超

---

[1] 梁实秋:《书评两种》,《梁实秋文集》第 1 卷,第 205 页。
[2] 梁实秋:《文学的纪律》,《梁实秋文集》第 1 卷,第 140 页。
[3] 梁实秋:《文学批评辩》,《梁实秋文集》第 1 卷,第 122 页。

出于常态人性的范围以外。所以理性是超于情感的"[1]。

现在学界普遍有一个认识误区，就是认为梁实秋所持有的是以理制情的情理观。其实，我们认为，尽管梁实秋在选择两者的同时，给予理性以更重要的地位，但是这并不绝对意味着突出理性至上的地位。他不是理性主义至上者，更非感情主义至上者。他之所以强调理性，是为了使其起到制衡的作用，以便实现情理和谐的自然状态。他后来赠友人刘真所写的"古典头脑，浪漫心肠"[2]，可以说是对他自己追求的终极境界所作的一个最生动形象的注解。也正是在这个意义上，他认为"新古典主义者偏重理性敌视情感是不对的；卢梭推崇情感排斥理性，是同样的不对"[3]。这一点我们还可以从他的《约翰孙》一书中得到印证。他在书中指出，约翰孙所说的"人性"的意思"大概就是文学是普遍的固定的人性的描写，而人性(nature)一名词的涵义也不外就是人的理性与情感的总和"[4]。显然，梁实秋认为"人性"一词的涵义既不是单一的理性，也不是纯粹的情感，而是人的理性与情感的总和。这种总和就是值得张扬的和谐的人性。

以此推论，在梁实秋看来，莎士比亚的作品里就同时具有"古典的"与"浪漫的"也即"理性"与"情感"的"两种不同的质地"，并且莎士比亚艺术地表现了情与理两者不可偏废的共融一体的

---

[1] 梁实秋：《文艺批评论》，《梁实秋文集》第1卷，第265页。
[2] 梁实秋：《赠刘真二首》，《梁实秋文集》第6卷，第66页。
[3] 梁实秋：《文艺批评论》，《梁实秋文集》第1卷，第277页。
[4] 梁实秋：《约翰孙》，《梁实秋文集》第8卷，第39页。

深刻的辨证思想。正是这一点,深深吸引了梁实秋的注意力。从中庸、和谐的角度解释莎士比亚,是他接受莎士比亚的个性特征。他在《莎士比亚的思想》一文中认为,莎士比亚"主张中庸之道","莎氏的思想是走的一个中间路线,一个实际可行的路线,很稳当",他的戏剧所描写的"合于中庸"。[1]19世纪法国著名美学家、文学批评家丹纳在《英国文学史》中的一段评论,也许有助于我们领悟这个问题。丹纳高度赞赏莎士比亚的作品中同时存在着"奇异的、痉挛的、压缩的、看得见的方面和和谐的、无限的、看不见的方面",而且"一个方面巧妙地掩蔽了另一个方面,以至我们不知不觉地忘记了眼前的文字"。莎士比亚"具有不可思议的观察力",他写作的时候,"不仅感受到我们所感受到的一切,而且还感受到许多我们所没有感受到的东西"。[2]

的确,莎士比亚的作品张扬个性解放,宣泄情感自由,但是他的作品深处却同样蕴涵着对人类理性的呼唤与期待。例如在他早期创作的快乐主义悲剧《罗密欧与朱丽叶》中,就同时让我们看到了这样"两个不同的方面"。一方面,作家尽情地礼赞了男女主人公奔放自由、独立不羁的个性解放精神;另一方面,作家又通过劳伦斯神父之口对罗密欧与朱丽叶说道:"这种狂暴的快乐,将会产生狂暴的结局,正像火和火药的亲吻,就在最得意的一刹那烟消云散。最甜的蜜糖可以使味觉麻木;不太热烈的爱情,才会维持久远。太快和太慢,结果都不会圆满。"劳伦斯神父并不反对罗密欧与朱丽叶的

---

[1] 梁实秋:《莎士比亚的思想》,《梁实秋文集》第1卷,第665页。
[2] 丹纳:《英国文学史》,转引自歌德等著、张可等译:《莎剧解读》,第42—43页。

相互爱恋，他并不保守；相反，他支持他们获得自由和幸福。但是他主张他们应该在对爱情，对对方抱着饱满的热情的同时，又要清醒地认识到他们的结合会带来多么严重的后果，希望他们能全面地考虑现实，不可盲目狂热，不可操之过急，让爱情冲昏头脑，否则，"正像火和火药的亲吻，就在最得意的一刹那烟消云散"，"狂暴的快乐，将会产生狂暴的结局"。有这样的声音在，哪里就敢说莎士比亚是一个情感至上主义者呢？尤其是，莎士比亚的历史剧、悲剧从表面看，展示的尽是罪恶、贪婪、野心和杀戮等，没有一点理性的踪影，然而，"描写罪恶为一事，描写罪恶之态度与观点，则为又一事"[1]。梁实秋从中敏锐地看出了莎士比亚的态度：一方面触目惊心地展示了为了权势和金钱，弟弟谋害兄长，臣子暗杀君王，逆子恶女任意虐待、残害父亲等恶行；另一方面又客观地描写了这种放纵私欲、无限制的疯狂的个人情欲的追求，不仅危害国家利益，破坏他人幸福，而且也最终导致自身的毁灭，形象生动而又意味深长地表现了对人类理性精神与良知的满怀期待，以及人的行为欲望理应受理性限制以达到情、欲、理和谐相处的思想。

因此，梁实秋不同于国内其他任何学者的地方就在于，他没有把莎士比亚简单地框定在古典主义或者浪漫主义或者现实主义的流派里作狭隘的理解，而是从和谐、中庸的理念出发来感知、评论莎士比亚，并且把他作为一个具有超越性的以表现人性为旨归的杰出的天才作家。这使得他的评论在一个以个性自由为标志、以反传统

---

[1] 梁实秋：《王尔德的唯美主义》，《梁实秋文集》第 1 卷，第 167 页。

破秩序为使命的特定语境里而求常态、求和谐,就显得有些不合时宜,但也恰恰形成了他接受莎士比亚的个性特征。

二、含蓄的道德意义

重视文学与道德的关系,即重视文学的道德目的,是梁实秋文学批评思想中的一个重要组成部分,自然也是他看重莎士比亚作品的重要价值取向之一。他认为文学必须有益于人生,必须在感受到美感后能唤起对更深刻、更严肃的思想的追求。好的批评家不仅要了解作者的艺术,还要了解作者的思想与情感的质地。他在《文学批评论》中说:"文学家的任务是否仅在于表现,而不问其所表现的是什么?这些问题都是切要的。我们不相信文学必须有浅薄的教训意味,但是却相信文学与道德有密切关系,因为文学是以人生为题材而以表现人性为目的的。人生是道德的,是有道德意味的,所以文学若不离人生,便不离道德,便有道德的价值。不道德的事可以做文学的题材,例如希腊悲剧的母子媾婚、子杀父等等的丑恶事实,但是文学家运用事实的态度是总有道德的意味的。试看西洋最伟大的文学杰作,如荷马之《史诗》、歌德之《浮士德》、但丁之《神曲》、莎士比亚之悲剧……哪一部作品不是有道德的意义。"[1]然而他又认为:"文艺作品里有情感,有思想,可是里面的思想往往是很难捉摸的,因为那思想与情感交织在一起,而且常是不自觉偶然流

---

[1] 梁实秋:《文学批评论·结论》,《梁实秋文集》第1卷,第300页。

露出来的。所以许多文学家的作品，无人不认其为伟大，却无法在作品里找出思想体系。"[1] 在梁实秋看来，作品里的道德意义不应该带有"浅薄的教训意味"，不带有强烈的直接的功利主义色彩，这种道德意义是蕴涵在人性的表现中而自然而然地呈现出来的，并且让读者在不知不觉中耳濡目染受到陶冶净化。所以他在《文艺与道德》一文中认为，"文艺作品之内容，则为人生的写照、人性的发挥"，而"人生的写照、人性的发挥，永远不能离开道德……文艺之于读者的感应，其间更要引起道德的影响与陶冶的功能"。"所谓道德，其范围至为广阔，既不限于礼教，更有异于说教。吾人行事，何者应为，抉择之间，端在一心，那便是道德价值的运用。悲天悯人、民胞物与的精神，也正是道德的高度表现。"[2]

无疑，梁实秋重视文学与道德的关系，受中国传统观念的影响，但又有异于中国传统观念。梁实秋的可贵之处在于，他在重视文学的道德意义的同时，又更为强调文学自身的独立性和本真性，更为强调文学之所以为文学的那种特质，坚决反对基于实用的考虑将文学作为工具来使用，尤其反对把文学仅仅变为表现阶级性、政治性和时代性的工具。一句话，他反对以实用和功利为立场御用文学。这一点，他讲得很清楚："我们中国的传统看法，把文艺看成为有用的东西，多少是从实用的观点出发，并不充分承认其本身价值。从孔子所说'诗可以兴，可以观，可以群，可以怨，迩之事父，远之事君，多识于鸟兽草木之名'起，以至于周敦颐所谓之'文以载

---

[1] 梁实秋：《文艺与道德》，《梁实秋文集》第3卷，第141页。
[2] 同上，第139页。

道'，都是把文艺当做教育工具看待。换言之，就是强调文艺之教育的功能，当然也就是强调文艺之道德的意味。直到晚近，文艺本身价值才逐渐被人认识，但是开明如梁任公先生的《小说与群治之关系》，仍未尽脱传统的功利观念的范围。"因此，在他看来，"文艺与道德有密切的关系，但那关系是内在的，不是目的与手段之间的主从关系。我们可以利用戏剧而从事社会教育……但是我们必须注意，这只是借用性质，借用就是借用，不是本来用途"。也正是基于此，他反对"文艺是斗争的武器"的说法，认为强调作家的"意识形态"，企图确定作家的"阶级意识"，那是别有用心的。[1] 周扬在20世纪30年代曾撰文说，"我完全同意于梁先生所说：'文艺应当鼓励读者思想，激励读者感动，引人类向上，有意无意地使人类向幸福迈去'的话"，"在主张文学的现实性和功利性一点，我们和梁实秋先生的意见大致是相同的，我以为这是一种健全的文学主张"。[2] 的确，梁实秋重视文学必须有益于人生，这本质上也带有一种功利性。仅从这一点上看，周扬是认同梁实秋的，也是不错的。但从另外一方面看，他们的区别也是明显的。梁实秋的功利性是间接的、内在的、含蓄的、自然而然的，不是直接的、外在的、刻意的。

这一点，我们还可以通过他的另一篇文章《何瑞思之〈诗的艺术〉》（即贺拉斯的《诗艺》）得到印证。梁实秋认为，贺拉斯"寓教于乐"的著名观点，大体上是遵守着亚里士多德的批评态度，欲求

---

[1] 梁实秋：《文艺与道德》，《梁实秋文集》第3卷，第140—141页。
[2] 周扬：《我们需要新的美学》，《周扬文集》第1卷，人民文学出版社1984年，第223页。

教训和愉快"两极端的调和"。但自有差异在:"亚里士多德主张诗以愉快为目的,须有伦理的制裁;何瑞思则以教训为诗的目的,愉快似为方法。""何瑞思所谓的'教训',正是与亚里士多德所表现的伦理的精神相吻合。但是'伦理的'不是'教训的',伦理的乃是人性的本质,教训乃是哲理的赤裸的表现。据亚里士多德的意思,诗的效用的终极,在于给我们以纯洁的平和的高尚的不悖于人性的愉快,而不是教训。"[1] 显然,梁实秋愿意把文学与伦理相联系,却不肯将文学与教训相结合。由此,我们便不能简单地、轻率地把梁实秋视为一个文学上的说教者。"在接受亚里士多德的思想传统时,他也接受了亚里士多德的净化说。因此,文学的道德作用,实际上已被梁实秋转化成文学的净化功能。"[2] 这就是梁实秋对文学与道德关系所持有的己见。正是这一与众不同的己见,使他处在了与当时许多人对立的位置,被排斥在主流之外。当然,他当年的这一己见,今天已经成为共识。所以他的认识于今看来,也就具有了难能可贵的历史的前瞻性。

从这个角度出发,我们不能不说,一向被视为古典主义者的梁实秋,其所谓古典主义观念是有别于出现在17世纪法国的崇尚理性、抑制情感的古典主义的(即新古典主义)。指出这一点,仅想纠正学界的一种认识:即梁实秋是一个坚定的古典主义者。对此,梁实秋自己有着自觉、清醒的认识。他在研究约翰孙的时候曾指出过,新古典主义虽然是从古典主义中嬗变而来,但新古典主义与古

---

[1] 梁实秋:《何瑞思之〈诗的艺术〉》,《梁实秋文集》第1卷,第155—156页。
[2] 刘锋杰:《中国现代六大批评家》,北京大学出版社2005年版,第189页。

典主义有两大区别：第一，亚里士多德所谓的"模仿"是指人性的模仿，新古典主义者所谓的"模仿"是对古典作品的模仿。而约翰孙站在新古典主义的潮流当中，却能独具慧眼，首先反对典籍的模仿。"他不但不赞成模仿典籍，他还主张创造"，"在一方面承认旧材料固然有重新来写的价值，因为真理永远不会变成陈腐的，但是在另一方面，他觉得创造是更有价值的"，"这是约翰孙的批评超轶新古典主义的藩篱之最重要的一点，亦可说是约翰孙在批评史上最大的贡献"。第二，新古典主义严格遵守规律，而约翰孙虽然和一般的新古典主义者一样，也崇尚理性，重视常识，相信权威，主张树立共同遵守的批评原则，"但他绝不盲从规律，他知道规律的用途的范围"。他反对一味崇拜古老的东西，反对迷信规则而不加区别。他认为批评法则有些是根本不可缺少的，有些则是仅仅有用的，方便一时的；有些是根据理性和必要性制定的，有些则是出于专横的古老习惯；有的是因为符合自然秩序和理智的活动而受到不可动摇的支持；有的则是偶然形成，或根据先例规定的，所以容易引起争辩，不能一成不变。在他看来，古典主义者所奉为天经地义的规则未必都是合理的，有的与其遵守倒不如违反更好些。因此他认为："约翰孙是不信任规律的，所以他能认识莎士比亚的伟大，他说：'最伟大的英国戏剧家便不靠规律，完全靠了天才去探求生活与自然，从没有迷途惶惑的样子。'"[1] 正是在上述两方面，梁实秋肯定和赞赏约翰孙，也因此同样肯定和赞赏莎士比亚，因为莎士比亚具有化腐朽为

---

[1] 梁实秋：《约翰孙》，《梁实秋文集》第8卷，第33—38页。

神奇的卓越本领和不受规则束缚的大家风范。这种认识充分表现出了梁实秋有别于新古典主义的旨趣。

进一步说，也正是这种不同于新古典主义的旨趣，使得梁实秋在文学与道德的关系问题上与他所敬重的约翰孙之间出现了分歧。我们知道，重视文艺的社会效果，强调文艺的教化作用，是西方新古典主义批评家的共同立场。基于这样的审美立场，许多新古典主义批评家对莎士比亚百般挑剔，横加指责，特别是指责莎士比亚的作品缺乏道德意义，即使一些开明的古典主义者也未能幸免。在西方莎评史上，约翰孙这位一向以极力为莎士比亚辩护而享有盛誉的批评家，在这方面也不能原谅莎士比亚。他认为艺术在于反映自然，但绝非是有什么就反映什么，艺术家首先要弄清楚自然中哪些可以反映，哪些不可以反映，如果把世界描写得乌七八糟，这种描写就没有任何价值。一个作家理应永远有责任使世界变得更好，而莎士比亚"比较严重的过失"，则在于"没有给善恶以公平合理的分布，也不随时注意使好人表示不赞成坏人；他使他的人物无动于衷地经历了是和非，最后让他们自生自灭，再不过问，使他们的榜样凭着偶然性去影响读者"。因此他批评莎士比亚牺牲美德，迁就权宜，过分看重给读者以快感，而不大考虑如何给读者以教导，因此他的写作似乎没有任何道德目的。[1]梁实秋当年在《约翰孙》一书中特别指出了这一点：

---

[1] 杨周翰编选：《莎士比亚评论汇编》上册，第47页。

在《莎士比亚序》里他说:"文字的目的在于教训,诗的目的在于以愉快的方法来教训。"他是以愉快为手段,以教训为任务。约翰孙明知道古代作品颇多不含有教训意味的,他在《漫谭报》第二十九期上说:"古代诗人诚然不能说都是道德的教训者,他们的教训应该当做天才的驰骋看,其用意在于供给愉快而非教训。"但是他觉得这是不足效法的,他是以文学与道德应有密切关系的。……根据这个道德的观点,约翰孙对于莎士比亚也是不能宽恕的。在《莎士比亚序》里他说:"他(莎士比亚)太留心要令人愉快,而疏忽了教训,他似乎是在写的时候没有道德的用意。"[1]

梁实秋认为,约翰孙既然以人性为文学的对象,自然要注重文学之伦理的价值,这也正是人文主义一贯的哲学,但是他有时把道德的价值看得太过分,这样就难免流于浅薄的教训主义。应该说,约翰孙对莎士比亚创作中存在的一些缺点的批评大多符合事实,但唯有缺乏道德目的这一批评有失公允。因此,梁实秋在这一点上不能同意约翰孙的观点。毕竟"作品的价值的高下并不完全视教训而定"[2]。况且,如果莎士比亚的作品真的善恶不分,是非不明,能历经各代的批评洗礼流传到今天,并赢得世界性的伟大声誉吗?

所以,我们认为,梁实秋虽然一向被认为是坚定的古典主义者,他的观念又的确在某些方面有别于新古典主义的观念。正因为这样,

---

[1] 梁实秋:《约翰孙》,《梁实秋文集》第 8 卷,第 41—42 页。
[2] 同上,第 42 页。

他不能同意包括约翰孙在内的西方新古典主义批评家对莎士比亚创作缺乏道德目的的指责。同样是基于人性与理性的原则和视角，但他却从莎剧中看到了众多以理性至上的新古典主义批评家们看不到的理性内涵，这种理性内涵就是认知，认知中必含有道德意义。他坚定地认同西方莎评的主流见解，相信莎士比亚的剧本包含着意味深长的道德意义，这种道德意义就蕴涵在人性的深刻表现中。他认为莎士比亚从不板着面孔教训人，他说莎士比亚的性格是富于想象的，而这种想象的成分是可注意的，因为它是伦理的，是向人心的深处想，不是向狂诞处想。"他对于'人'特别的感觉兴趣。他对于各阶层的人都感觉兴趣，于是运用他的想像力去求了解；他对于各方面的生活都感觉兴趣，于是运用他的想像力去求体验。"[1] 他知道自己的任务是写戏，"是用对话和动作表现一段情节及其意义"，他要探测的是人的内心深处，所以不是在对话和动作里所能传达的思想情绪，便都可以在独白里得到表现。而读者通过此种对于各方面的生活的了解与体验的实录自然而然地领悟到伦理的内容。因此，莎士比亚运用辞藻意象虽然"颇有浪漫的浓郁的诗的气息"，但是他的取材及处置材料的方法，又很接近于"写实一派"。[2] "我们必须有这样的了解，才能正确地完整地认识莎士比亚的艺术之特殊与伟大。"[3] "在他的作品里，戏剧的骨骼和诗的装潢得到匀称的布置。所以他的戏剧可以在书斋里读，亦可到舞台上演。在读的时候，我

---

[1] 梁实秋：《莎士比亚是诗人还是戏剧家？》，《梁实秋文集》第 8 卷，第 596 页。
[2] 同上，第 597 页。
[3] 同上，第 604 页。

们可以玩味他的美的诗句，可以领悟他的道德的意义；在演的时候，我们可以接受较鲜明的印象，可以感到情感上的刺激。"[1] 故而，梁实秋认为莎士比亚的作品生动形象地展示出了人性的不同层面，富有内在的含蓄的道德意义，他采用的艺术方法是显示的而不附加任何补充说明，它是形象的感知，它是心灵的顿悟。这使莎士比亚的作品在人类社会里自然具有了永恒的严肃深刻的思想意义与道德伦理价值。

也许，19世纪德国浪漫主义作家威廉·席勒格的评论可以作为我们进一步认识梁实秋对于莎士比亚创作态度的形象注脚。席勒格指出，莎士比亚的思想一般不在辞藻方面，而是在事实方面；他是一个观察自然的好手，他熟悉人类，"他在这方面是如此出类拔萃，以至无愧被公正地称为人类心灵的大师"，"他像一个全人类的代表，在未受到任何指点的各种情况下，用一切个人的身份去行动去说话。他赋予他笔下的想象人物以独立自在的活力，从而使他们在任何场合都按照大自然的一般规律而行动；他在自己的梦中建立了经验世界，这个经验世界被人坚定不移地认作是根据清醒的目的建筑起来的。他笔下的人物并非仅仅为了观众的缘故去做什么或说什么，这种本领是使人难以设想并且永远学不到的；他只是通过显示的办法而不附加任何补充说明，把暗藏在这些人物内心深处的隐秘传达给观众"。[2] 针对人们认为莎士比亚用使人厌恶的道德败坏来伤害人们的感情，甚至展示最不堪入目、最令人反感的景象来折磨人们的意

---

[1] 梁实秋：《莎士比亚是诗人还是戏剧家？》，《梁实秋文集》第8卷，第597页。
[2] 歌德等著、张可等译：《莎剧解读》，第301页。

识的看法，席勒格为莎士比亚辩护道：

> 的确，他从来不用悦目的外表去遮盖粗野和血腥的情欲，从来不用虚伪伟大的外表去掩饰罪行和不义；在这一点上，无论从哪方面来说，他都是值得赞赏的。因为"要达到伟大的目标，就必须采用同样伟大的手段，我们应该使自己的神经适应于痛苦的感应，以便使自己的思想由此而变得崇高和坚强。经常地去描写一个可怜而渺小的族类，一定会挫败诗人的勇气的。对于莎士比亚的艺术来说，幸运的是他虽然活在一个对崇高和仁慈特别易于感受的世纪，可是这个世纪却从精力饱满的上一代继承了充分的坚强，不致在各种强烈凶猛的景象前而惊慌失措。我们时代的悲剧是以一位迷人公主的昏厥作为结局的。如果莎士比亚有时陷入了另一个极端，这也只是由于充沛的巨大的力所形成的光荣的瑕疵"。[1]

---

[1] 歌德等著、张可等译：《莎剧解读》，第309页。

第五章　梁实秋莎评的基本内容

梁实秋的莎评文章主要包括两类：一类是他为自己翻译的37部莎剧、两部长诗及十四行诗集所写的译序；一类是他撰写的莎评文章。其中，他在内地的莎评成果主要集中在1932—1939年。这个时期，梁实秋共发表20余篇莎评文章，为同期国内发表莎评最多的学者。这些文章大致包括了如下几类内容——

一、他为自己翻译的8部莎剧所写的译序〔即《〈马克白〉序》(1936)、《〈威尼斯商人〉序》(1936)、《〈哈姆雷特〉序》(1936)、《〈如愿〉序》(1936)、《〈李尔王〉序》(1936)、《〈奥赛罗〉序》(1936)、《〈暴风雨〉序》(1937)、《〈第十二夜〉序》(1939)〕。这些序基本都写有版本、著作年代、故事来源、舞台历史、批评、意义等这样的内容。这些内容基本上为我们提供了解莎士比亚相关剧本的大致情况。其中有关批评和意义等部分尤其值得我们关注。例如《〈马克白〉序》的第四部分"《马克白》的意义"、《〈哈姆雷特〉序》的第五部分"哈姆雷特问题"、《〈李尔王〉序》的第四部分"艺术的批评"、《〈奥赛罗〉序》的第四部分"《奥赛罗》的特点"等。以《〈马克白〉序》的第四部分"《马克白》的意义"为例，梁实秋在这一部分中不仅指出了剧本形而上的意义，而且关注了它的形而下的原始内涵。换言之，梁实秋不仅揭示了该剧超越时空的意义在于深刻的"由野心而犹豫，而坚决，而恐怖，而猜疑，而疯狂"的罪犯心理的描写，而且认为"除了这本身的意义与价值以外，莎士比亚当初写这戏时或许尚有其他的用意"，即"也许完全是为供奉内廷娱乐并且阿谀哲姆斯而作的，这一段经过也是不可不察的"。在这里，梁实秋的可贵之处在于，他认为承认作品"为供王室娱乐"的原意，"并无损于此剧的价值"，因为"在当初是剧中重要的一部分"的"原来之贵族的色彩早已随着历史而消失其重要了"，而就"我们现在看来，重要的是描写犯罪心理的部分"。[1]实际上梁实秋通过《马克白》的阐释涉及了三个重要的理论问题：1.作品本身其实都客观地并存着表层涵义与内在涵义两种结构涵义；2.不同时代读者在阅读心理、阅读接受等方面的差异所造成的对同一部作品意义接受的不同选择；3.从一个侧面揭示了文学经典的诞生与作品自身的质量、厚度和读者不断再阐释的关系。

二、带有西方莎评综述性质的文章，如《莎士比亚在十八世纪》（1933）、《哈姆雷特问题之研究》（1933）、《莎士比亚之伟大》（1937）等。前两篇文章我们将在第六章第二节"学术史的视野与对总体研究的关注"中详论。《莎士比亚之伟大》主要有三个内容：一是接受约翰孙的观点，认为莎士比亚之所以伟大，乃在于他的作品表现了基本的、普遍的人性。二是认为莎士比亚的作品从19世纪起

---

[1] 梁实秋：《〈马克白〉序》，《梁实秋文集》第8卷，第475—477页。

已经成为"世界的文学",不仅德国、法国、意大利、荷兰、俄罗斯、波兰、匈牙利等国都有莎氏全集的译本,而且如波希米亚文、瑞典文、丹麦文、芬兰文、西班牙文、日文也都有了全集译本。三是介绍了莎士比亚在德国、法国等国的接受情况,尤其认为"德国学者对于莎士比亚研究的贡献极大",同时"莎士比亚深刻的影响德国人的生活与文艺,至今已有一百多年了"。[1]

三、介绍莎士比亚书目和译本的文章,如《介绍两本莎士比亚书目》(1932)、《莎翁名著〈哈姆雷特〉的两种译本》(1932)等。仅就笔者视野所及,梁实秋是较早介绍、关注莎士比亚书目的中国学者之一。他在《介绍两本莎士比亚书目》中认为,目录学是文学研究中很重要的一种工具,尤其对于学者来说,书目不可少,并且是不可离的。为此,他为有志于研究莎士比亚的人积极介绍、推荐了两本莎士比亚书目:*Shakespeare Bibliography*, by William Jaggard, 1911, Shakespeare Press, Stratford-on-Avon, pp.v-xxi, 729 和 *A Shakespeare Bibliography*, by Ebisch and Schucking, 1931, Oxford University Press, pp.i-xviii, 294。他之所以选择这两本书目,"是因为这两种乃是我所用过而且很受益的"。他详细地介绍了这两本书目各自的编写特点。[2]《莎翁名著〈哈姆雷特〉的两种译本》主要发表了对邵挺的译本《天仇记》和田汉的译本《哈孟雷特》的看法。梁实秋认为邵本"疵谬百出,不胜列举","原文坚晦处固每译必错,即文法简单的地方也往往弄出意想不到的错误",同时对商务印书馆

---

[1] 梁实秋:《莎士比亚之伟大》,《梁实秋文集》第 8 卷,第 660—662 页。
[2] 梁实秋:《介绍两本莎士比亚书目》,《梁实秋文集》第 8 卷,第 560—564 页。

接受并一再印行这样的译本深为不满。而对于田译本,梁实秋则认为"大致上是可读的",并"觉得此书有广为介绍的必要"。不过,他还是从译序和译文等方面对田译本提出了具体的商榷性意见。例如,他认为田汉的译序仅"占一页半",对于《哈姆雷特》这样一部杰作的译本"未免太短",且该序"除了些无大关系的话以外,只有二三百字写莎士比亚的生涯,既不详尽,又不扼要。论及《哈孟雷特》,只下了'沉痛悲怆'四字的批评!"因此他"觉得这篇叙有引申的必要,作者传略、本剧的版本的历史、故事的来源,本剧在舞台上的历史、著作的年代、人物的分析,以及著名的'哈姆雷特'问题的涵义,都不妨写进去,于读者当有裨益"。[1]梁实秋后来为自己的每个莎剧译本作的译序都是依照这个思路进行介绍的,因为"于读者当有裨益"。从这里,我们找到了梁实秋后来何以写那么多的莎评文章,并且是按上述程序写作的原因。又如,他对田译本随意删除莎剧中淫秽内容的做法也表达了自己的看法。他说:"把猥亵的地方全部割去,当然无妨大体,不过我总以为尽力保持莎士比亚的本来面目为妙。普通人常把莎士比亚偶像化,以为猥亵的字句足使作品减色,其实莎士比亚的作品除其永久价值以外,亦自有其时代精神地方色彩,妄事删削,大可不必。如必欲删节,亦应声明。"[2]从这里,我们又可以见出梁实秋的认真求实态度。他的莎剧翻译就是遵循着这样的原则进行的。

四、探讨莎剧具体问题的文章,《略谈莎士比亚作品中的

---

[1] 梁实秋:《莎翁名著〈哈姆雷特〉的两种译本》,《梁实秋文集》第8卷,第556页。
[2] 同上,第555—557页。

鬼》(1936)、《〈马克白〉的历史》(1933)、《关于〈威尼斯商人〉》(1937)等。前者主要探讨了鬼形象在莎士比亚戏剧中的作用和意义。他认为:"莎士比亚作品中的鬼完全是一种'戏剧的工具'。鬼,在莎士比亚戏剧中,永远不是剧中的主要部分,永远是使剧情更加明显的方法,永远是使观众愈加明了剧情的手段。鬼的出现,总是有因的。或是因了冤抑而要求报复,或是因了生前有藏镪在地而出来呵护,或是因了将有不祥之事而预做朕兆。所以把鬼穿插到作品里来,是一种艺术安排,不一定证明作者迷信。"[1]《〈马克白〉的历史》后面有论述,在此不赘。《关于〈威尼斯商人〉》就"《威尼斯商人》的意义"、"《威尼斯商人》的第五幕"、"《威尼斯商人》的舞台历史"等内容作了详尽的阐述。其中,在第一部分中,梁实秋陈述了莎士比亚创作《威尼斯商人》的历史背景,探讨了犹太人遭受嫉恨的原因,并介绍了德国诗人海涅对夏洛克的著名论断。不过,他并不完全同意海涅的看法,认为莎士比亚不是一个宣传家,而是戏剧诗人。他"既不附和群众心理,也不像革命的宣传家那样的替被压迫者呼号,他冷静的观察、理解、描写、刻画。他公正地给了我们一幅犹太人的写照。犹太人的短处、长处、罪恶、冤枉,都明明摆在我们的目前。这就是《威尼斯商人》的主要的意义"。承接这一思路,梁实秋在第二部分中指出,莎士比亚所以在夏洛克于法庭惨败后继续编写第五幕,不是画蛇添足,而是全剧不可或缺的一部分,因为"《威尼斯商人》虽富悲剧性,但究竟不是悲剧,莎士比亚并没

---

[1] 梁实秋:《略谈莎士比亚作品里的鬼》,《梁实秋文集》第8卷,第656页。

有要把它写成悲剧",而是"巧妙地表现了人生现象的两幅相——阴郁的和光明的",尤其在于"加强的描写了人生中欢乐光明的一面"。"假如我们看完第四幕就走,那是由于我们对《威尼斯商人》先有成见,而这成见不见得就合于莎士比亚原来的用意。"[1]

五、谈十四行诗的文章,如《莎士比亚的〈十四行诗〉》(1935)、《谈一首"不很明白清楚"的诗》(1936)。《莎士比亚的〈十四行诗〉》不仅对十四行诗的特点作了简介,而且对莎士比亚十四行诗的出版、版本及其重要内容都作了扼要的评论。对于莎氏十四行诗是"真情流露"抑或"文字游戏"的问题,梁实秋认为,莎士比亚的戏剧"一向是以客观态度写的,我们在他的戏里找不出多少作者的主张信仰。那么在诗里也难以发现他的情感生活了"。但由于"莎氏这些诗原是写给他的'私人朋友'看的,说不定也许有若干的'真实性'",因为"当时十四行体,固多虚伪矫饰之作,但也有为实际经验所启发的"。所以"我们可以信莎氏在诗里所表现的情感是真的,但不能藉此构想莎氏的实际的情感生活的样子,因为情感虽真,而表现的方法是变幻多端的"。[2]《谈一首"不很明白清楚"的诗》是针对水天同的文章《胡梁论诗》中莎士比亚"写过不少不很明白清楚的诗"而发的。他认为,莎士比亚作品里确有"不很明白清楚"的地方,但是应该注意:第一,"莎士比亚之所以伟大并不是因为他'写过不少不很明白清楚的诗',这决不能造成他的伟大";第二,莎士比亚诗中之所以有"不很明白清楚"的地方,"一

---

[1] 梁实秋:《关于〈威尼斯商人〉》,《梁实秋文集》第 8 卷,第 663—670 页。
[2] 梁实秋:《莎士比亚的〈十四行诗〉》,《梁实秋文集》第 8 卷,第 612—614 页。

大部分，是我们觉得不明白清楚，而对于伊利沙白时代的人们是明白清楚的。他的作品大部分是戏剧，演出给当时一般观众看的，其文字无论是怎样的浮夸藻饰，其意义必是明显的，否则一般观众便不能领会。三百年来，文字发生了不少变化，这是使我们感觉莎士比亚作品中有不很明白清楚处的主因。此外，他的作品多未经他本人负责校对印行，故误植的地方极多，有些地方我们很容易斟酌改正，有些地方我们很有把握知道是错误，但无法按照作者原意而予以改正，于是便永远成为猜测聚讼之点"。第三，"莎氏作品大致是清楚明白的，晦涩处并不太多，只能说是例外"。他同样以莎士比亚第一二九首十四行诗为例，说明该诗没有不明白清楚的地方，相反，认为这首一向被认为的好诗"并没有什么特别深刻的意义和特别的文字之美"，坚决反对某国外学者利用双关语随意曲解该诗的做法。[1]

六、探讨莎士比亚阶级性的文章，如《关于莎士比亚》(1935)、《作品与自传》(1935)、《莎士比亚与劳动阶级》(1936)等。《关于莎士比亚》主要论述了四个方面的问题：1. 莎士比亚的版本；2.《仲夏夜之梦》；3. 莎士比亚时代的剧院；4. 莎士比亚的阶级性。由于梁实秋文章中的第四个问题，即有关莎士比亚阶级性的观点在当时最引发争议、最惹人注意，所以我们把这篇文章归入此类，并重点介绍这一部分。梁实秋认为，关于莎士比亚属于哪个阶级的阶级性问题，早就被人提出过。"据我所看过的，Crosby 有一篇《莎士比亚与劳动阶级》，托尔斯泰有一篇《莎士比亚与戏剧》，Tolman 有一篇

---

[1] 梁实秋：《谈一首"不很明白清楚"的诗》，《梁实秋文集》第 8 卷，第 649—653 页。

《莎士比亚是贵族的吗》，此外如辛克莱的《拜金艺术》、伊科维兹的《唯物史观的文学论》以及其他，也偶尔提到这一个问题。"梁实秋在文中竭力为莎士比亚的人性立场辩护，认为他是基于人性的立场来揭示人生与社会的，他的描写具有适合人类的普遍性，不具体属于或代表哪一个阶级。在他看来，"把一个作家硬派到某一阶级，从而断定其为某一阶级的代言人，从而断定其作品必系忠于某一阶级，更从而断定其任务必为拥护某一阶级并且反对与某一阶级对抗之阶级，其实是很牵强的"。由此，他坚决反对把莎士比亚资产阶级化。他不认为莎士比亚是拥护资产阶级的。在他看来，"假如一个作家并非是一位有系统思想的哲学家或社会改造家或说教者，那么，我们便很难断定其作品中某一句话是表现作者之主观思想或个人情感，某一句是客观描写。若勉强从对话中挑出一段一句，硬说这就是作者本人的思想情感之所寄，这便是'断章取义'。莎士比亚便不是一个有系统思想的人，他有丰富的经验、深厚的同情、敏锐的感觉、优美的品味，但是他没有成本大套的哲学，如萧伯纳那样。所以，凡是想从莎士比亚剧本中截取一鳞半爪便妄想构成一套莎士比亚的思想系统，我认为都是荒谬的企图"。他对一些批评家从《西撒大将》和《考里欧雷诺斯》两剧中摘引贵族对于平民所发的轻薄言词作为莎士比亚轻蔑平民的证据，从而断定他拥护资产阶级的做法深为不满，认为"假如我们也吸取这种推论方法，我们便很容易的从作品里检出不少对于平民表同情的话语"。他举出《李尔王》里的两段话后评论道："这两段话（我并不认定是代表莎士比亚的思想）不是明明的对统治阶级加以讽刺了么？不是明明的对资产阶级加以嘲弄了么？不是明明的对于平民表示同情了么？这样的例证可以举出很多。假如抓着这些例证，硬派做是莎士比亚的真情流露，那么把他描画成为一个反资产阶级的革命理论者也不是一件难事。"事实上，他对此不以为然。他又以《雅典的泰门》中的那段关于金子的著名独白为例，说明仅靠这段独白同样"不能因此断定莎士比亚是反资产阶级或反当时现状的，因为这样是也有断章取义之嫌的"[1]。

梁实秋在《作品与自传》中也强调指出，一篇作品当中，究竟哪一段是作者自己的意见，哪一段是作家描写别人的，很不容易判断。特别"像戏剧小说之类，内中便颇多客观地描写，我们万万不可断章取义，硬派定某一句某一段是作者的自白"。他坚决反对伊科维兹《唯物史观的文学论》中把人物责骂群众的话视为莎士比亚意见的观点，认为莎剧里责骂群众的话很多，"但究竟是莎士比亚借了剧中人物之口而辱骂群众呢，还是莎士比亚客观地描写了剧中人物对于群众的态度呢？这便是很精微难辨的一点。无论如何，我们不该随自己的好恶或行文取例的方便而断章取义故入人罪。假如我们可以把辱骂群众的话硬作是莎士比亚的意见，那么，剧中也有不少的辱骂贵族、辱骂资产阶级的话，我们何尝不可也硬派作是莎士比亚的意见呢？莎士比亚作品的一个特殊处即是：在作品中他很少鲜明地流露他个人的意见。……莎士比亚是给社会人生竖起了一面镜子，他不是一个主观的、抒情的、自我中心的诗人"[2]。因此，他辩证地看到，莎士比亚在戏里有时的确有嘲弄平民的言词，但同样也

---

[1] 梁实秋：《关于莎士比亚》，《梁实秋文集》第 8 卷，第 642—643 页。
[2] 梁实秋：《作品与自传》，《梁实秋文集》第 8 卷，第 615—616 页。

有嘲弄贵族的话语，然而"我觉得他并没有什么阶级的偏见"。"伊利莎白时代的剧院，包括很复杂的观众，里面有贵族有平民，假如他有阶级的偏见，他的戏的表演决不能取悦于当时复杂的群众。莎士比亚作品中之讽刺的成分是有的，他的讽刺是向人性的缺陷及社会的不公道而发，这其间并无阶级的限制。任何伟大作家，对于人间疾苦都不能没有深厚的同情，然而他们的胸襟是廓大的，他们的同情是超阶级的。"[1]他在《莎士比亚与劳动阶级》一文中说："莎士比亚讥笑了劳动阶级，如他讥笑了其他阶级一样。任何阶级都有他的弱点，那弱点便都是可以成为文学家的讽刺的对象的。并且我还可以说，莎士比亚时代的观众，里面也杂有劳动阶级，而那时候的劳动阶级很喜欢看莎士比亚的戏，并不感觉到莎士比亚特别的和劳动阶级过不去。"[2]

七、其他杂论，如《莎士比亚是诗人还是戏剧家？》(1933)、《是培根还是莎士比亚？》(1935)、《由莎士比亚谈到戏剧节》(1938)、《莎士比亚的墓志》(1948)等。其中，前两篇文章最值得一说。《莎士比亚是诗人还是戏剧家？》指出，莎士比亚并非自始至终是一个诗人，也并非自始至终是一个戏剧家，而是由诗人而变为戏剧家。正是这一转变过程，使莎剧具有这样的特质："诗与戏剧的混合体。"在莎士比亚的作品里，戏剧的骨骼和诗的装潢得到了匀称的布置。而"把诗与戏剧混合起来的作家很多，但是混合得恰如其分像莎士比亚那样，却不易找出第二个人"，因此"他的

---

[1] 梁实秋：《关于莎士比亚》，《梁实秋文集》第 8 卷，第 644—645 页。
[2] 梁实秋：《莎士比亚与劳动阶级》，《梁实秋文集》第 8 卷，第 648 页。

作品是'诗的戏剧'这一类型中最高的成绩"。这正是莎士比亚特别伟大的主要原因之一。接着,梁实秋从环境和性格两个方面对此作了详细的阐述。不仅如此,他还进一步认为,诗与戏剧的混合带给莎剧三大特征:1. 在文体上散韵交织,变化起伏;2. 可以不时的遇到好诗可供咀嚼,例如独白、写景等部分;3. 有时诗思勃发以至于泛滥,致使莎剧里有太多的譬喻、典故、意象。"其长处是绮丽、晌纤、充沛、雄厚;其短处便是矫饰、堆砌、冗赘、夸张。"梁实秋的这一认知视角,的确有助于人们"正确的完整的认识莎士比亚的艺术之特殊与伟大"[1]。《是培根还是莎士比亚?》则是对西方有关莎士比亚真实性问题及其缘起的讨论。梁实秋认为,莎士比亚实有其人,莎士比亚不是培根的假名;培根是哲学家,不是诗人,与莎士比亚是两个绝对不同的类型,"他那副清晰条畅的头脑,他那枝简练明达的笔,恐怕无论如何也写不出莎士比亚那样富于想像的戏剧","如其硬说莎士比亚是假名,也不该说是倍根的假名!"在分析这一问题产生的原因时,梁实秋说:"莎士比亚经过十九世纪的批评家(尤其是德国的一派)的揄扬,就成为偶像了,这偶像化的趋势到了极端便产生了对于莎士比亚之存在的怀疑。一般人总以为莎士比亚的作品太伟大,绝不是一个像莎士比亚那样平凡的人所能写得出,所以才疑心那是假名。其实若不把莎士比亚偶像化,那怀疑也就根本不发生了。"[2]

这个时期,梁实秋还发表了十几篇有关莎士比亚的译文,介绍

---

[1] 梁实秋:《莎士比亚是诗人还是戏剧家?》,《梁实秋文集》第 8 卷,第 594—604 页。
[2] 梁实秋:《是培根还是莎士比亚?》,《梁实秋文集》第 8 卷,第 619—621 页。

了莎士比亚的时代、剧场与观众以及莎士比亚的创作等。其中最为引人注目的是他 1934 年 6 月在《学文》第 1 卷第 2 期发表的译文《莎士比亚论金钱》，文前有一行德文指出该文节译自马克思的《经济学和哲学》（即《1844 年经济学—哲学手稿》），其中有《雅典的泰门》中那段关于金子的著名独白。梁实秋在"译者案"中第一次明确指出"马克思是很崇拜莎士比亚的。马克思在《雅典人提蒙》中看到了莎士比亚对金钱的观点是正确精到的"。他还指出作品主人公"所讲的并不是莎士比亚人生观的全部，莎士比亚不是一党一派的思想家或艺术家"。针对金钱，梁实秋还评论道："金钱万能是古今中外一致的定论，而天下似乎也有不能被金钱买到的东西。"有学者指出，梁实秋这篇译文的价值不仅仅在于反对拜金主义，而且在于介绍了马克思对莎士比亚的崇拜，这对于中国学者进一步研究马克思对莎士比亚的评论以形成马克思主义的莎评具有奠基性的作用，因此被视为中国第一个翻译马克思论述莎士比亚的翻译家。[1]

梁实秋的莎评文章，就其主体来看还是评价性的，主要是介绍莎士比亚戏剧的内容和西方学者的观点，但是，在中国莎士比亚研究的初期，梁实秋在这方面所做出的开拓性研究工作也是不可抹杀的，它对于我们吸收人类优秀文化成果以及推动中国莎学的发展是很有意义的。

---

[1] 孟宪强：《中国莎学简史》，第 236—237 页。

第六章 梁实秋莎评特色论

浓郁的人性论色彩、道德意义的含蓄性、学术史的视野与对总体研究的关注和温和理性的均衡感，是梁实秋莎评最显著的四大特色。其中，"道德意义的含蓄性"这一内容，我们在第四章"梁实秋与莎士比亚亲缘关系论"中已有集中论述，这里就不再赘述。本章主要探讨"道德意义的含蓄性"以外的其他三个特色。

第一节 浓郁的人性论色彩

众所周知，在20世纪二三十年代，梁实秋因宣扬"人性论"受到以鲁迅为代表的进步文人的联合围攻，被鲁迅骂为"丧家的资本家的乏走狗"。因此在相当长的一个时期里，梁实秋的名字是与臭名昭著的"人性论"和"丧家的资本家的乏走狗"紧紧联系在一起的。当然，经过了长时间的沉淀，尤其是随着梁实秋的离世，内地学者开始了对他客观理性的评价，对他在许多方面所做的成就与贡献也都开始给予肯定。许多是是非非都在逐步得以澄清，正如有学者所指出的,"随着改革开放的深入,多元化的文化空间是不能使梁实秋缺席的"[1]。

梁实秋文学批评的理论基石是"人性论",他的莎士比亚评论也不例外。他说:"伟大的文学乃是基于固定的普遍的人性,从人心深处流出来的情思才是好的文学,文学难得的是忠实——忠于人性","人性是测量文学的惟一的标准"。[2] 他还说:"批评之任务在确定作品之价值,而价值之确定,又有赖乎常态标准之认识","批评的主要的努力还是在于根据常态的人生经验来判断作品的价值"。[3] 梁实秋认为人性是普遍的、固定的、永久不变的,文学的任务就在于描写这种根本的人性,文学表现人性才有永久性,才能经得起时间的检验,并不断以莎士比亚为例说明这个道理。他认为莎士比亚之所以永恒不朽,正是由于他的作品表现了基本的具有普遍意义的人性。他竭力为莎士比亚的人性立场辩护,指出他是基于人性的立场来揭示人生与社会的,他的描写具有适合人类的普遍性,不具体属于或代表哪一个阶级。他在1926年10月27日《晨报副刊》发表的《文学批评辩》一文中认为,文学乃人性的产物,"《依里亚德》在今天尚有人读,莎士比亚的戏剧,到现在还有人演,因为普遍的人性是一切伟大的作品之基础,所以文学作品的伟大,无论其属于什么时代或什么国土,完全可以在一个固定的标准之下衡量起来。无论各时各地的风土、人情、地理、气候是如何的不同,总有一点普遍的

---

[1] 高旭东:《梁实秋在古典与现代之间》,文津出版社2005年版,第2页。
[2] 梁实秋:《文学与革命》,《梁实秋文集》第1卷,第312页。
[3] 梁实秋:《文学批评论·结论》,《梁实秋文集》第1卷,第302页。

质素，用柏拉图的话说，便是'多中之一'"[1]。

他在《〈李尔王〉辩》一文中说："莎士比亚的重要作品，没有一部其主题不是与人生有密切关系的。莎士比亚把握人的基本情感，所以他才成为'不是某一时代的，而是为一切时代的'。《哈姆莱特》写复仇，《马克白》写罪恶，《奥赛罗》写嫉妒，《李尔王》写愤怒，这全是人类的基本情感。莎士比亚从来不写社会问题，从来不写宗教问题，因为一涉及问题，便不能不拘于一时一地的现象，而人性则是普遍的、永久的。"[2]1933年他在《文学杂志》第1卷第2期撰写《莎士比亚是诗人还是戏剧家？》一文中说："莎士比亚的性格是富于想像的，但是他的想像的成分是可注意的。他的想像是伦理的（ethical），是集中的，是向人心的深处想；不是浪漫的，不是放肆的，不是向狂诞处想。他对于'人'特别地感觉兴趣。他对于各阶层的人都感觉兴趣，于是运用他的想像力去求了解；他对于各方面的生活都感觉兴趣，于是运用他的想像力去求体验。他的作品便是此种了解与体验的实录。"[3]梁实秋的艺术感觉是独特的、深刻的。他敏锐地注意到了莎士比亚富于想象的深处的伦理的人性的内容。例如，1936年他在《〈李尔王〉序》中认为《李尔王》之所以伟大，重要原因之一就是该剧的"题材是有普遍性永久性的"，"这戏里描写的乃是古今中外无人不密切感觉的父母与子女的关系。父母子女之间的伦常的关系乃是最足以动人情感的一种题材，莎士比亚其他

---

[1] 梁实秋：《文学批评辨》，《梁实秋文集》第1卷，第125页。
[2] 梁实秋：《〈李尔王〉辩》，《梁实秋文集》第1卷，第694页。
[3] 梁实秋：《莎士比亚是诗人还是戏剧家？》，《梁实秋文集》第8卷，第596页。

悲剧的题材往往不是常人所能体验的，而《李尔王》的取材则绝对的有普遍性。所谓孝道与忤逆，这是最平凡不过的一件事，所以这题材可以说是伟大的，因为它描写的是一段基本的人性"。[1] 1937年，他在《〈暴风雨〉序》中还说："莎士比亚在《暴风雨》里描写的依然是那深邃繁复的人性——人性的某几方面"，但"他依然是驰骋着他的想像"。[2]

梁实秋的人性论观点当然不是从天上掉下来的。从大处看，梁实秋的人性论批评与西方文学批评传统有着内在联系。这一点无须多言。从小处看，人性论不仅来自他的老师白璧德，更来自于18世纪英国著名批评家约翰孙。人们常常提到梁实秋的人性论与白璧德的渊源关系，却忽视了与约翰孙批评观的渊源关系。约翰孙对梁实秋的文学批评观有深刻的内在的影响。这种影响不仅从他对约翰孙关于莎氏评论的认同上可以看出，也可以从他早年出版的著作《约翰孙》中对约翰孙批评观的介绍和肯定上看出，更可以从其总体的文艺思想上体现出来。这是我们探知梁实秋批评观的有据可查的另一重要来源。

塞缪尔·约翰孙（1709—1784）是18世纪欧洲文学批评史上一位具有很高声誉的著名批评家，他的超卓见解不仅对后世的文学批评产生了极为深远的影响，而且成为18世纪莎评基调中的主旋律，是后世莎学研究者必读的经典。约翰孙认为惟有普遍人性的适当的表现才能使读者得到永久的快乐，莎士比亚在这一点上超过一切作

---

[1] 梁实秋：《〈李尔王〉序》，《梁实秋文集》第8卷，第491—492页。
[2] 梁实秋：《〈暴风雨〉序》，《梁实秋文集》第8卷，第258页。

家。他所描写的人物,其语言行动均受普遍的情感和原则的支配,能激动一切人的心,这是普遍人性的真实的产物,这种产物是世界永远产生的,我们永远能观察到的。这一重要观点充分体现在约翰孙为编辑、出版《莎士比亚戏剧集》(1765)所撰写的长篇序言里。这篇笔墨酣畅、精湛隽永的序言集中了约翰孙批评观的精华,尤其是他的莎评中的"人性"的基本观点。他明确指出文学批评应求援于人性。[1] 据此,他认为,莎士比亚所以能赢得人们的普遍喜爱,获得超越时空的价值,最根本的原因就在于他"忠于普遍的人性"[2],"给具有普遍性的事物以正确的表现"[3]。约翰孙继承亚里士多德的"模仿说",认为莎士比亚超越所有近代作家之上,"是独一无二的自然诗人","是一位向他的读者举起风俗习惯和生活的真实镜子的诗人,"[4] 他的戏剧是"生活的镜子",是"用凡人的语言所表达的凡人的思想感情",[5] 真实地揭示了人性最普遍的存在状态。他指出:

> 他的人物不受特殊地区的世界上别处没有的风俗习惯的限制;也不受学业或职业的特殊性的限制,这种特殊性只能在少数人身上发生作用;他的人物更不受一时风尚或暂时流行的意见所具有的偶然性所限制;他们是共同人性的真正儿女,是我们的世界永远会供给,我们的观察永远会发现的一些人物。他

---

[1] 杨周翰编选:《莎士比亚评论汇编》上册,第43页。
[2] 同上,第42页。
[3] 同上,第38页。
[4] 同上,第39页。
[5] 同上,第41页。

的剧中角色行动和说话都是受了那些具有普遍性的感情和原则影响的结果，这些感情和原则能够震动各式各样人们的心灵，并且使生活的整个有机体继续不停地运动。在其他诗人们的作品里，一个人物往往不过是一个个人；在莎士比亚的作品里，他通常代表一个类型。[1]

约翰孙仅仅以文学反映永恒人性这个艺术创作的本质规律作为衡量莎士比亚戏剧的根本标准，指出莎士比亚由于遵循着真实感情的规律来塑造人物，极少受特殊情况的限制，因此他们的喜怒哀乐能够感染各时代各地方的人们，因此这些人物是自然的，也就是永存的。尽管这些人物都具有个人脾性，但他们用以吸引各式各样的读者和观众的，则是普遍性的感情、语言和原则，他们的言行正是读者和观众想象自己在同样的情况下所要说的、所要做的那样。为此，他比德莱顿更清楚地看到莎剧的灵魂在于人物的描写和塑造。他说："莎士比亚把遥远的东西带到我们的身边，使奇特的事物变为我们熟悉的东西；他所表现的事件可能不会发生，但是，假若真正发生了这个事件，那么它所引起的效果很可能正如莎士比亚所刻画的那样；我们可以说他不仅表现了在实际危难中人性的活动，而且也表现了在受到不可能遭到的折磨时人性的活动。"[2] 所以，从表现普遍人性的真实状态的角度来强调、揭示莎士比亚的永恒魅力，是约翰孙对莎士比亚研究的一大历史性的跨越和贡献。

---

[1] 杨周翰编选：《莎士比亚评论汇编》上册，第 39 页。
[2] 同上，第 41 页。

约翰孙的批评观深刻地左右着梁实秋对莎士比亚的评论。1932年,梁实秋在自己的著作《约翰孙》中认为,"约翰孙是英国文学上一个划时代的人物",是"一个值得研究的对象",[1] 他写的序言是"最重要的一篇批评"[2],这篇序言引起了"许多学者对于莎士比亚研究的热心"[3]。他在该书序中说:"读过包斯威尔的《约翰孙传》的人,大概对于约翰孙都要发生强烈的爱慕了。至少我敢说我个人是如此的。"并且声明说:"读者若觉得我对于约翰孙的赞美多于指责,那也许是私人嗜好之不自觉的流露,要请读者原谅的。"也是在这个序里,他格外明确地表示了这样的观点:"一个时代有一个时代的特殊情形,但是主要的人性是大致不变的,所以我们若以无偏见的态度去研究一时代的文学,这种研究永远是有兴味的工作。"[4] 梁实秋在《约翰孙》中反复援引约翰孙关于"人性"的观点,例如:

> 最伟大优美之艺术厥为人性之模仿。
> 凡曾仔细研究人性,并且善于描写的人,最易有永久的声誉。
> 理性与人性是一律的不变的。
> 人性是永远一样的。
> 凡依据普遍原则或宣示普遍真理的著作均有长久不朽的希望,因为这种作品在任何时代任何国家都有用处;但是这种作

---

[1] 梁实秋:《约翰孙》,《梁实秋文集》第 8 卷,第 3 页。
[2] 同上,第 39 页。
[3] 同上,第 23 页。
[4] 梁实秋:《约翰孙·序》,《梁实秋文集》第 8 卷,第 3—4 页。

品不能受热烈欢迎，亦不能迅速行销，因为没有特殊的刺激；凡是受人长久爱读的作品，必须是受人理性的赏识而非情感的嗜好。以时代问题为内容的作品，容易获得读者，也容易失掉读者；认为书里的问题消失之后，谁还宝贵那本书？

惟有普遍人性之适当的表现才能使大众得到快乐，并且长久的快乐。特殊的情形只有少数人知道，所以只有少数人能够判断其表现是否逼真。幻想的创造之离奇的穿插也许能予人以暂时的快乐，因为一般人没有不好奇的；但是奇异的快乐不久就要消失，人心只能安稳的停留在固定的真理上面。[1]

梁实秋认为，约翰孙所说的"人性"的意思"大概就是文学是普遍的固定的人性的描写，而人性(nature)一名词的涵义也不外就是人的理性与情感的总和。文学的材料即是人生，而文学的精义即是人性的描写"。他说约翰孙"估量莎士比亚的作品，就完全是从这个出发点立论"的。[2] 他阐发道："约翰孙的宇宙观并不是以为宇宙是停止的，一成不变的，他是以为宇宙一切变动中存有不变动者在。人性即是变动中之不变动者，即是'多中之一'。文学价值即在于这永远不变动之真理的描写。所以约翰孙特别注重文学家对于生活现象之选择的工夫，宜择其普遍者，而遗其琐细特别者。"[3] 因此，梁

---

[1] 梁实秋：《约翰孙》，《梁实秋文集》第8卷，第39—41页。
[2] 同上，第39页。
[3] 同上，第40页。

实秋 1937 年在《北平晨报·文艺》上发表的《莎士比亚之伟大》一文中，再次引用了约翰孙针对莎士比亚的一段重要评论：

> 莎士比亚是一个表现人生的诗人，在这一点上他胜过了一切作家，至少胜过了一切近代作家。他忠实地把生活反映出来给读者看。他所描写的人物，不沾染某一地点的特殊风味而为其他各处人所未经验者；也不带少数人能懂的某一种特殊职业或学术的意味；也不受偶然的时髦或暂时的风尚之影响。他所描写的人物，是普遍人性之真实的产物，这种产物是世界永远产生的，我们永远能观察到的。他所描写的人物，其语言动作均受一些普遍的情感与原则之支配，此种情感与原则能激动一切人的心，能激动全社会的进行。别的诗人的作品里，其人物往往是个性特著的单人，在莎士比亚里，往往是类型。[1]

梁实秋强调约翰孙"说破了莎士比亚之所以伟大的秘密"，即"表现基本的、普遍的人性"。[2] 足见约翰孙对梁实秋的影响。当然，在梁实秋那里，"人性"一词的涵义既不是单一的理性，也不是纯粹的情感，而是人的理性与情感的总和。这种总和就是值得张扬的和谐的人性。这也是梁实秋对约翰孙观点的直接继承。

值得注意的是，我们从包斯威尔《约翰孙传》对约翰孙的一段经典评论，也可以明显感受到约翰孙对梁实秋莎评活动的实际影响。

---

[1] 梁实秋：《莎士比亚之伟大》，《梁实秋文集》第 8 卷，第 659—660 页。
[2] 同上，第 660 页。

包斯威尔说，约翰孙把莎士比亚"这位不朽诗人的优缺点都作了淋漓尽致的表现"，"世人赞扬莎士比亚，如同咨询顾问，全根据自己的个人喜好和见解，而约翰生则如同法官审判，严肃认真，不带偏见，一言九鼎，深得人们敬佩。他好比一个解说员，可他所做的一切早已超出复述的范围。虽然他涉及的领域不能说全面广泛，可他就问题的探讨却十分深刻。这可以从后来步其后尘的一些杰出批评家的著作里得到确认。约翰生的编辑本，对每一部剧情内容加以简明介绍，突出它的艺术特色，内容丰富"。[1] 如果将这段话与梁实秋莎评实绩结合起来，我们就不难发现：第一，梁实秋的确非常认同约翰孙。第二，梁实秋此后从相同的几个方面对莎士比亚每一剧本作简明介绍的思路都受到了约翰孙编辑本的影响。第三，梁实秋对莎士比亚的辩证态度明显受到约翰孙的影响，他在高度赞扬莎士比亚时不讳言他的缺点。例如在《莎士比亚之伟大》中谈到浪漫派莎评的不足时认为，浪漫派莎评把莎士比亚偶像化，把他赞扬到一个超人的地步，"我们却要留心的加以检讨。批评莎士比亚而能不偏不倚的最难得"。"莎士比亚是一个伟大的诗人，但有许多错误。我们不能因为发现了他有错误，便抹杀他的伟大；亦不能因为震于他的伟大，便抹杀他的错误。约翰孙在序里表示的态度最公正。"[2] 第四，梁实秋的莎评看似复述、介绍成分多，实则内容丰富，深蕴功力，而且他的文章颇有现代学术研究的特点，即学术史的视野与对整体研究的关注。

---

[1] 包斯威尔著、蔡田明译：《约翰孙传》，国际文化出版公司 2005 年版，第 83 页。
[2] 梁实秋：《莎士比亚之伟大》，《梁实秋文集》第 8 卷，第 659—660 页。

第二节　学术史的视野与对总体研究的关注

梁实秋在作于1932年的文章《介绍两本莎士比亚书目》中说："现在大家都说我们的新文学是受外国文学影响了，其实仅是现代的外国文学给我们相当的刺激，好比是前哨的接触，离主力的冲突尚远。萧伯纳、高尔士、倭绥虽已与我们混得厮熟，而于其更伟大之作家如莎士比亚者，恐怕尚少深刻之认识。一般人大概只是习闻莎士比亚的大名而莫测高深。一般大学之英文系学生用心读过莎士比亚作品六种以上者，恐不多见。一般以谈论文学而号称为文学家者更不足论。"为此，他为有志于研究莎士比亚的人积极介绍、推荐莎士比亚书目，"因为要研究莎士比亚，莎士比亚书目是不能少的工具"[1]。梁实秋是较早介绍、关注莎士比亚书目的中国学者。他已经意识到，对莎士比亚的介绍和研究应该置身于一个学术史的大视野下来进行，应该知道西方几百年来是怎样评说莎士比亚的。由此我们发现，梁实秋莎评呈现出第二个特色，即学术视野的开阔性和对西方莎学研究的整体把握。这种批评使他的评论常常旁征博引，信手拈来，左右逢源，显示了对西方莎学如数家珍的博大视野。他发表于1933年的两篇长文《莎士比亚在十八世纪》和《哈姆雷特问题之研究》，就是从学术史的角度整体把握西方莎士比亚研究的。

梁实秋的《莎士比亚在十八世纪》是在这样一个具体背景下

---

[1] 梁实秋：《介绍两本莎士比亚书目》，《梁实秋文集》第8卷，第562—563页。

完成的。1933年，张沅长在武汉大学《文哲季刊》第2卷第2号上发表了一篇题为《莎学》的文章。这篇文章在中国第一次明确提出了"莎学"的概念，并且将它与中国的"红学"相提并论。该文对莎士比亚戏剧版本、著作权方面的情况做了概述，介绍了西方莎评的主要派别，例如文中提到了兰姆、赫兹列特和柯勒律治等莎评家。这篇文章引起了梁实秋的兴趣，但读后却令他"颇感失望"。于是他在天津《益世报·文学周刊》上撰文《莎士比亚在十八世纪》以作呼应。他认为张沅长的文章有三点不足：一是大题小做，太过简单；二是不扼要，杂乱无章；三是论断含糊笼统。鉴于此，他认为"学术研究的文字，当求其精到深刻"，既然我们研究西洋文学原很困难，并且西洋文学已经被西方人"整理得很像个样子，中国人很难以再有什么研究的贡献"，"那么便该先去努力接受西洋文学学者已经贡献的成绩"。他认为："以莎士比亚的研究而论，十八世纪正贡献了不少，并且是莎士比亚研究的一个重要时期，因为十八世纪是承上启下的。旧派的批评和研究到十八世纪中达到了极峰，新派的研究考据也是在十八世纪才兴起的。"[1] 为此，梁实秋专门介绍了英国学者斯密士1928年出版的著作《莎士比亚在十八世纪》。

应该说，梁实秋的文章《莎士比亚在十八世纪》还属于译介性质，其内容对于今天研究莎士比亚的中国学者来说已是耳熟能详的常识，但在当时这些介绍还是颇为新鲜的，无疑为当时的莎士比亚

---

[1] 梁实秋：《莎士比亚在十八世纪》，《梁实秋文集》第8卷，第565—567页。

爱好者开启了一扇窗户，让他们领略了西方人在18世纪研究莎士比亚的总体情况。梁实秋的介绍中，除了有关西方学者对莎士比亚版本的贡献以及提供的相关研究书目等内容外，还让我们在以下三个方面获取了非常具体的信息。第一，18世纪是西方莎士比亚研究一个重要的转折时期，也就是梁实秋所说的从旧派批评到新派批评的转折，即莎士比亚批评开始由古典主义审美批评向浪漫主义审美批评的过渡。第二，约翰孙在这个莎评转折时期具有重要的历史地位：他既是旧派批评的集大成者和最后代表，又是新派批评的开端者。旧派批评的特点之一就是专就莎士比亚全部作品立论，而不以单个剧作为对象，所以其方法是概括的，不是分析的；新派批评的主要趋势之一，是由莎剧中的人物研究进而研究到莎士比亚本人。约翰孙的编本里的注释并不限于版本考据，而是充满了批评文字，有时为一个剧本的批评，有时是一个角色的批评，例如他对波洛涅斯的解释，对其后柯尔律治的批评很有影响；他对福斯塔夫的批评尤为绝妙。新派批评的这一主要趋势实由约翰孙发其端。第三，从德莱顿到约翰孙诸大批评家都竭力称赞莎士比亚的忠于自然、人物描写及情感的表现。当然，除德莱顿、约翰孙批评莎剧中的文字游戏外，蒲伯批评莎士比亚太迎合低级市民的趣味，莱玛则站在古典主义立场严厉攻击莎士比亚。[1] 梁实秋的这篇文章，扩大、丰富了张沅长提出的"莎学"概念的内涵，使人们对"莎学"有了更为具体、感性的认知。

---

[1] 梁实秋：《莎士比亚在十八世纪》，《梁实秋文集》第8卷，第576页。

从作者的研究思路看,《哈姆雷特问题之研究》当是《莎士比亚在十八世纪》的姐妹篇,两者具有接续关系。因为梁实秋在上述文章末尾处已经点出了"哈姆雷特问题",并且指出随着新方法的运用,这一问题的结论更显分歧;同时,《哈姆雷特问题之研究》探讨的是19世纪莎评的相关话题。

《哈姆雷特问题之研究》一文分"问题的起来"、"浪漫的解释"、"新的观点"、"哈姆雷特的历史"、"合理的解释"、"结论"六个部分。作者站在国际莎学研究学术史的高度条分缕析了西方关于哈姆雷特问题的来龙去脉以及有代表性的诸家观点。这篇文章最引起我们关注的地方是作者表现出来的问题意识,或者说他对莎士比亚研究中一些重要学术问题的敏锐把握和积极探究。他指出,当Thomas Hanmer(托马斯·汉莫)于1736年提出哈姆雷特问题,即哈姆雷特为何不能迅速地把篡位者杀死,而是一再表现出"延迟"的问题后,便引起了众多西方学者的探讨。其中最引人注目的是浪漫派莎评的解释。Henry Mackenzie(亨利·麦克兹)认为哈姆雷特"延迟"的原因在于他自身的弱点,哈姆雷特是一个可爱的王子,"他的脆弱的心情应该受较缓和的命星的支配,他的温柔的美德应该在一个幸福成功的生活当中放异彩","而一旦陷入一种遭遇,其温柔的性格适足以加重他的苦痛,并使他的举动失措"。梁实秋认为这一观点"实在是预先提示了十五年后的歌德的见解","莎士比亚很显然的是要描写一件大事降临在一个不能胜任的人的肩上。全剧是在这个观点下构造出来的。这就像是一株橡树栽在一只贵重的花瓶里,而实在只该插进一些可爱的花枝;树根伸张,花瓶粉碎了"。梁实秋不仅指出了他们两者观点之间的内在关联,而且指出"把哈姆雷特当作一个软弱而不适于报仇的青年,这是一个基本观念"。[1] 接着,他认为柯勒律治、赫兹列特、道登、施莱格尔、里茨等人的批评,"虽然各自单独的探寻'延迟'的原因,有的以为哈姆雷特意志薄弱,有的以为哈姆雷特理智太强,有的以为哈姆雷特富于基督教精神而有所顾忌;但是总括的看,他们都是认定这问题的核心是在于哈姆雷特的性格的奥妙"。因此,他认为浪漫派批评是有问题的。他说:"所有的浪漫派的批评都不能免于主观的毛病。批评者虽然口口声声说是要寻求莎士比亚的原意,而实际上只是说明自己的印象罢了。各人自由的运用想像力,于是各人有各人想像中的哈姆雷特,结果不但不能解决问题,反倒节外生枝的添出许多问题来。"[2] 他说,还有些批评不从主观的认识来寻求解释,而从剧情中寻求客观的"延迟"的理由,但仍然是以想象的方法去寻找客观的论据,仍不免于浪漫的气息。例如,Ritson（李特森）1783年说:"那篡位者是强有力的,哈姆雷特若把他的计划立刻见诸实行,结果于他的性命、名誉都要蒙受绝大的不利。"这显然是说哈姆雷特为了环境的关系不得不审慎延迟。查尔斯·兰姆在1867也说:"每一个钟头的延迟对于哈姆雷特都是罪过,都是违悖父命。但是国王时常有护卫环绕,如何杀死他却不是一件易事。"梁实秋认为:"《哈姆雷特》的四开本、对折本都不曾有'国王时常有护卫环绕'的话,假如有这样的话,这便是最有力量的客观解释,可惜的是这

---

[1] 梁实秋:《哈姆雷特问题之研究》,《梁实秋文集》第8卷,第582—583页。
[2] 同上,第583页。

话出于 Lamb 的想像。离开了原文而想像客观的论证，则必仍陷于主观的浪漫的毛病。"所以他认为"浪漫的解释无论如何美妙动听，但是缺乏证据。各派解释之互相冲突，便足以证明想像的主观的方法是不可靠的"[1]。

在梁实秋看来，浪漫派的解释仅仅是臆测；他们有意或无意地存有这样一个预设：在哈姆雷特的"延迟"里一定含有莎士比亚的某种深意，这其中一定有一个谜。这种预设让批评家们猜了一百多年，"人人都以为自己猜着了，而人人猜测的都不相同"。因此，晚近的《哈姆雷特》批评有了一个很重要的态度的改变，即承认哈姆雷特问题的存在，而不假设这是莎士比亚有意制造的一个谜。梁实秋认同这一新观点并解释道，莎士比亚创作该剧并不曾准备留给一百年以后的批评家去推敲，他编戏原是为舞台上演的，都是用来供观众娱乐的，而且当时的观众成分很复杂，一般来说知识程度都很低，所以他不会让观众去解谜。由此他得出一个结论："越是伟大的文学作品，越没有谜，伟大作品永远是简单清楚的。"[2]

然而，梁实秋清楚，"我们假设没有谜在《哈姆雷特》里面，但问题仍然存在。假如我们不能合理的解决这个问题，那么我们的假设没有谜，和传统的假设有谜，便无优劣可分"[3]。于是，他从版本学的角度，对《哈姆雷特》的版本历史进行了简约的梳理，然后认为，哈姆雷特故事在莎士比亚手里并不是一下子化腐朽为神奇的，

---

[1] 梁实秋：《哈姆雷特问题之研究》，《梁实秋文集》第 8 卷，第 584 页。
[2] 同上，第 585 页。
[3] 同上，第 586 页。

而是在慢慢进化着，但始终没有进化到一个最完璧无瑕的境界。莎士比亚编哈姆雷特故事，最初是根据传统故事略加润饰编排就匆匆上演。刊于 1603 年的第一版四开本便是莎士比亚初稿的盗印本。莎士比亚对盗印本中出现的错误深为不满，也对自己的初稿颇不满意，所以翌年立刻刊行了第二版四开本，且在标题页上特别声明这是"按照完美的真本重印，内容较前增加一倍"。"由第一版四开本到第二版四开本，是《哈姆雷特》在莎士比亚手里的一大进化，由简陋的报仇流血的戏剧变成一出深刻蕴藉的戏剧。"第一版是初稿，是传统的哈姆雷特，第二版是定稿，是真正的莎士比亚风味的哈姆雷特。两个版本相比，剧中情节并无多大的改变，只是第二版添加了许多心理解释的大段独白。"假如莎士比亚从没有改编第一版为第二版，则哈姆雷特问题根本不致发生，即使发生亦不致若是之复杂。"可见，"哈姆雷特问题是随着莎士比亚的改编剧本而起来的"，"所谓哈姆雷特问题者，所谓哈姆雷特之谜者，不过是起源于莎士比亚编剧时之疏误而已"，"现代的莎士比亚批评家差不多都采取了这一种基本观点"。[1]

梁实秋还具体举出 Bradby（布拉德雷）和 Stoll（斯托尔）两位著名的英国学者的观点，说明他们分别用版本考据和比较方法来解释哈姆雷特问题，均认为哈姆雷特没有什么谜。例如，布拉德雷认为莎士比亚"剧中有缺点，任何巧妙的解释也难以弥缝。那么，把巧妙的解释干脆放弃，干脆承认缺点即是缺点，而于莎士比亚编制

---

[1] 梁实秋：《哈姆雷特问题之研究》，《梁实秋文集》第 8 卷，第 588—589 页。

戏剧情形之下另寻较简单的解答，岂不较善？"不过，梁实秋也不都是一味介绍他们的观点，同样也提出了自己的一些意见。他认为布拉德雷不仅要解决哈姆雷特的"延迟"问题，而且实际上他还提出了许多问题，他从这些问题中看出了矛盾，所以断定《哈姆雷特》原有前后两种本子；而莎士比亚修改初稿时太漫不经心，以致留下许多不符之处。梁实秋认为布拉德雷的论断是不错的，所用方法也是很严密的，但又指出他的方法还不彻底："他仅仅从剧本中检出若干的矛盾点，而他并没有更进一步的把原始的《哈姆雷特》拿来作比较的研究。譬如说，哈姆雷特对于奥菲利亚的态度过于轻薄，这原因正是由于传统故事中并无奥菲利亚其人，仅有一娼妓而已，那么奥菲利亚的地位原是由一个娼妓执行的，哈姆雷特的举止言谈之轻薄无理也就不算是可惊讶的了。莎士比亚把娼妓改为奥菲利亚的时候未曾全部加以修订，以致前后不符，显得哈姆雷特时而是一个热恋中的情人，时而像是轻薄的子弟。可惜这一点颇有力的论证Bradby没有见到。"[1]

如果说，梁实秋写作《哈姆雷特问题之研究》一文，仅仅是为了梳理"哈姆雷特问题"，那么它的意义也只能停留在介绍和开阔视野的层面上，尽管这个意义在当时已经很有意义了。但是梁实秋在此基础上另有更深一层的"感想"，由此也更突显了文章高屋建瓴的价值：

---

[1] 梁实秋：《哈姆雷特问题之研究》，《梁实秋文集》第 8 卷，第 591 页。

(一) 哈姆雷特问题之研究，不但其本身是极饶兴味的一段工作，由此我们还可明白几种批评方法的上下优劣，我们可以看出浪漫派的批评是如何的不可靠，文学批评是如何的需要研究的根据。(二) 莎士比亚并不是绝对的没有疵谬的作家，一切作家都不可被当作偶像看待，一个最伟大的作家之最杰出的作品也是有许多缺漏遗憾的。[1]

梁实秋认为哈姆雷特问题的研究，"其本身是极饶兴味的一段工作"，但是透过这一研究去考察"几种批评方法的上下优劣"更为重要。作为批评家的梁实秋，对批评方法自然有着更为特殊的敏感与更为自觉的鉴别和接受。他看重"研究的根据"在文学批评中的价值，因此主张用版本考据和比较方法来研究问题，这样的方法"有事实根据"，"不是主观的悬想"，[2] 而浪漫派的批评则是靠不住的，因为它是基于主观印象式的批评。

需要说明的是，梁实秋当时已经意识到了比较方法的重要，这里的比较不仅是通常意义上的比较的方法，而且还含有比较文学意义上的比较思维。这种比较思维此前他已经自觉地运用在他的一些研究性著述里。例如，他在谈到莎士比亚作品里的鬼形象的时候，就运用中国相关的知识来阐释莎士比亚的作品，相互照应，彼此生发，相得益彰。他认为莎士比亚作品中的鬼也有描写得可怕的，但总的看来不积极的害人，"比较起来是文明多了"，"而中国鬼故事里颇有些

---

[1] 梁实秋：《哈姆雷特问题之研究》，《梁实秋文集》第 8 卷，第 593 页。
[2] 同上，第 592 页。

恶厉的鬼,啖人肉,吮人血,甚至还有'拉替身'之说",自然莎士比亚作品中的鬼"也就没有我们中国文学中的鬼那么怪诞离奇"。因为它总是"或是因了冤抑而要求报复,或是因了生前有藏镪在地而出来呵护,或是因了将有不祥之事而预做朕兆"。"当然,鬼,实在是弱者的心里所造出来的。王充《论衡》所谓:'凡天地之间有鬼,非人死精神为之也,皆人思念存想之所致也。''人病则忧惧,忧惧则鬼出。''畏惧则存想,存想则目虚见。'莎士比亚似乎也明白这一点道理。在《马克白》里,马克白夫人一再的代表着健全的常识,点破她的丈夫的'忧惧则鬼出'的虚幻心理。马克白所见的空中短刀,是恐惧的'描画'。他所见的鬼也是如此。《鲁克里斯的被奸》第四百六十行是最用意义的:'这些幻影都是弱者头脑的伪造'。"[1] 这篇文章不长,却视野开阔,融会中西,入情入理,细腻深刻。他是中国较早倡导并身体力行这种比较文学研究思维的学者之一。

更值得注意的是,梁实秋提出了评价作家作品的原则与标准的重要性。由哈姆雷特问题的研究,梁实秋主张对作家作品应该给予实事求是的评价和研究,不隐恶不溢美,反对将作家偶像化,即使是伟大的作家。因为"一个最伟大的作家之最杰出的作品也是有许多缺漏遗憾的"。莎士比亚也并不是绝对的没有疵谬的作家,如果一味地把他因疏漏而造成的作品中的瑕疵作为作家有意设下的思想之谜去研究,不但无助于事实真相的揭示,反而有损于作家的伟大。梁实秋研究莎士比亚和翻译莎士比亚都以一贯之地坚持着这种批评

---

[1] 梁实秋:《略谈莎士比亚作品里的鬼》,《梁实秋文集》第8卷,第656—657页。

态度。这种批评态度无论在当时还是当下都显得弥足珍贵。我们说，梁实秋能由哈姆雷特问题想到批评方法，提出批评的原则性问题，能对西方相关评论加以梳理总结，融会贯通，还能发表个人见解，并且两眼时时关注着西方莎学领域最新研究动态等，已足见梁实秋学术功力的深厚。

还需要指出的是，梁实秋对浪漫派莎评的批评，与他从美国归来后文学思想的转变有关。出国前他对浪漫主义颇有好感，但在哈佛大学选修了白璧德的"英国十六世纪以后的文学批评"课程，他认为白璧德"很有见解，不但有我们前所未闻的见解，而且是和我们自己的见解背道而驰"。于是他带着浓厚的兴趣认真阅读了白璧德的《新拉奥孔》、《卢梭与浪漫主义》、《批评家与美国生活》等著作，这使他"平夙心中蕴结的一些浪漫情操几为之一扫而空"[1]，从而转向古典主义。不过，他并没有在古典主义和浪漫主义之间走极端，相反他试图在两者之间寻找一种平衡与和谐："在一国的文学里，在一时代的文学里，甚至在一个人的文学里，都可以看出一方面是开扩的感情的主观力量，一方面是集中的理性的客观的力量，互相激荡。纯正的古典观察点，是要在二者之间体会得一个中庸之道。"[2] 梁实秋不反对情感的作用，但反对情感的泛滥，反对情感超越理性的限制。他提出文学的纪律的主张，就是针对情感的泛滥而发的。因此，他看到浪漫派批评家探讨哈姆雷特"延迟"的原因时，都过于情感化，而缺乏理性的证据，自然不能苟同。

---

[1] 梁实秋：《影响我的几本书》，《梁实秋文集》第 5 卷，第 200 页。
[2] 梁实秋：《文学的纪律》，《梁实秋文集》第 1 卷，第 135 页。

综上所述，梁实秋的莎评文章虽然主要或是通过翻译的方式或是通过介绍的方式来进行的，但终究是经过他个人的视角和感受而实现的，其间融会着他的一些宝贵见解，因此也就具有了不同于他人的个性化特点。这个特点就是超然于当时社会政治主流的不带有功利性的学术层面的接受与介绍。从这个角度说，不管梁实秋是对别人观点的介绍和引进，还是个人的独立研究，都有着同样的价值指向：所传递出来的信息都是具有学术价值的信息。虽然这一信息也许不被当时看好和接受，甚至受到遮蔽，但总归是有价值的。

虽然，梁实秋的莎评内容对莎学专家来说已是老生常谈，但还远不是尽人皆知，其实即使是许多中文系、外语系的本科生、研究生，不知道的也大有人在。何况，梁实秋当年这样倾力介绍莎士比亚也绝不是仅仅为了少数人，而是希望更多的中国读者认识莎士比亚这位伟大作家，这也是他为什么穷其30余年的时间呕心沥血地独译莎士比亚全集的原因。明乎此，我们今天再来谈梁实秋的莎评也便有了意义，而且其意义远未被人认真探究。

第三节　温和理性的均衡感

梁实秋基于学术立场探讨莎士比亚，这使他的文章不偏激，不武断，表现出温和理性的均衡感。正如前面已经指出的那样，从中庸、和谐的角度解释莎士比亚，是梁实秋接受莎士比亚的显著特征之一。我们还可以从两个方面来看梁实秋温和理性的批评特点。

第一，他对人性与阶级性关系问题的看法。谈到梁实秋的人性观点，不能回避他对人性与阶级性关系的认识。梁实秋是不是只承认人性而不承认阶级性呢？如何看待他在《文学是有阶级性的吗？》、《答鲁迅先生》、《论"第三种人"》等文章中的观点呢？的确，他在这些文章中非常明确地表明了他不承认文学有阶级性的观点。但是，如果我们客观冷静而又细细地考察一下，便会发现，宣称文学没有阶级性的梁实秋其实是承认文学有阶级性的，只是对文学来说，阶级性是次要的，而人性则是主要的，完全用阶级性来解释或左右文学的做法是错误的。他在《论"第三种人"》中认为："以经济的眼光和阶级的立场来说明文艺的现象，自不失为一种新鲜的方法，于文艺背景之阐明有时是很有裨益的。但亦不是万灵。"[1] 梁实秋在《人性与阶级性》一文中以莎士比亚的悲剧《马克白》为例，指出：

> 若在新的观点之下加以剖析，我们一定不能轻轻放过莎士比亚与詹姆斯皇帝的关系，我们一定要在说明莎士比亚如何受皇帝保护，如何谄媚皇帝，如何附会迷信等等问题上大做文章，这样的文章做出来当然有趣，且与理解剧中某几部分是大有裨益的。但是，这是研究，不是研究的全部；这是批评的资料，不是批评的本身。说明了莎士比亚的阶级性，并不能

---

[1] 梁实秋：《论"第三种人"》，《梁实秋文集》第1卷，第360页。

说明莎士比亚作品的全部意义。《马克白》是供奉内廷的急就章，好，单是这样一句判断便能说明《马克白》的涵义吗？也许莎士比亚写此剧时是除了奉命当差之外并无其他用意，但是那没有关系，我们读的是作品，谁读过《马克白》之后能不被剧中的心理描写所感动？莎士比亚写《马克白》是为哲姆斯开心的，现在哲姆斯死了，我们看着也感觉喜悦，这也是莎士比亚所不及料的。莎士比亚在《马克白》中描写的是什么样的心理，用的是什么样的艺术手段，这便是阶级问题以外的问题。《马克白》的外部历史与其内在的研究，是截然二事。"阶级"云云，是历史方面背景方面的一部分研究，真正的批评是要发挥这剧中的人性。[1]

在这里，梁实秋认为阶级性只是历史背景研究的一部分，属于外部研究，"是批评工作之初步的准备之一部分"，"我们并不反对任何人来做这样的工作，不过若有人以为这即是批评，非如此便非批评，那么我们是不敢苟同的了"。"如其阶级性的确定即是批评之主要部分，我想以后批评的范围是很狭隘的了"，"因为单是阶级并不能确定一作家或作品的意识与艺术，至少民族性遗传性教育训练等等也是形成文学的内容与形式之不可免的因子"。[2] 而人性则属于内部研究，真正的批评就是要发挥这种人性。"文学的精髓是人性描写。人性与阶级性可以同时并存的，但是我们要认清这轻重表里之

---

[1] 梁实秋：《人性与阶级性》，《梁实秋文集》第 1 卷，第 488—489 页。
[2] 同上，第 488 页。

别。"[1] "我们估量文学的性质与价值,是只就文学作品本身立论。"[2]实际上,梁实秋提出了文学研究中一个非常重要的问题,即如何正确处理好文学的外部研究与内部研究的关系,他强调文学本身才是文学批评的重心。而强调文学的阶级性的做法,"错误在把阶级的束缚加在文学上面,错误在把文学当作阶级争斗的工具而否认其本身的价值"[3]。他反对把文学当作宣传品,当作阶级斗争的工具,"我们不能承认宣传式的文字便是文学"[4]。可见,他完全是站在文学的立场来维护文学的独立价值。"左翼批评家"强调作家阶级性的问题,"当然未尝不可", 只是用如此简单的尺度去衡量呈现出"很复杂的"形态的文艺,"未必能估计出它的真价值"。梁实秋认为:"莎士比亚是属于资产阶级的,这是不必讳的事实,可是若说他的作品便都是为了有利于本阶级而作,那便不尽然。"为此,他发表《〈威尼斯商人〉的意义》一文辩称:"莎士比亚当初编制《威尼斯商人》时未必有什么深刻的用意,大概他不过是为了职业上的需要摭取了旧有的材料加以编排上演罢了。""我们现在论《威尼斯商人》的意义,只能就剧本立言,看看我们从剧本中能体会到什么意义;至于莎士比亚本来的意义,我们是不易揣测的。"[5] 对于剧中犹太人被压迫的动人描写,他不说莎士比亚有意要为被压迫民族吐气,只说"莎士比亚描写了犹太人被压迫的事实。夏洛克并不是怎样完好无缺

---

[1] 梁实秋:《人性与阶级性》,《梁实秋文集》第 1 卷,第 489 页。
[2] 梁实秋:《文学是有阶级性的吗?》,《梁实秋文集》第 1 卷,第 323 页。
[3] 同上,第 322 页。
[4] 同上,第 324 页。
[5] 梁实秋:《〈威尼斯商人〉的意义》,《梁实秋文集》第 1 卷,第 666 页。

的人，但他是一个血肉做的人，他值得我们同情"。他大段援引海涅关于夏洛克的著名论断后指出："莎士比亚并不曾完全站在夏洛克这一面，也不曾站在安东尼那一面，他是很客观地描写了这一段冲突，很公正地描写了在冲突中双方所表现出来的情感。莎士比亚不代表哪一个阶级，他代表的是人道。"[1]

由此，梁实秋认为，如果我们随意从莎剧对话中挑出某一段、某一句话，就硬说这是作者本人思想情感的表达，便是断章取义。梁实秋承认莎士比亚的作品有讽刺的成分，但他并不认为莎士比亚有什么阶级偏见。"莎士比亚的讽刺是向人性的缺陷及社会的不公道而发，这其间并无阶级的限制。任何伟大作家，对于人间疾苦都不能没有深厚的同情，然而他们的胸襟是廓大的，他们的同情是超阶级的。"[2] 他在《莎士比亚与劳动阶级》一文中说："莎士比亚讥笑了劳动阶级，如他讥笑了其他阶级一样。任何阶级都有他的弱点，那弱点便都是可以成为文学家的讽刺的对象的。并且我还可以说，莎士比亚时代的观众，里面也杂有劳动阶级，而那时候的劳动阶级很喜欢看莎士比亚的戏，并不感觉到莎士比亚特别的和劳动阶级过不去。"[3] 当然，我们认为，在阶级社会里，人无疑被打上了阶级烙印，具有阶级属性。我们分析作家作品自然不能忽略这一点。然而作品的形态是复杂的，如果我们仅仅或主要着眼于阶级分析的方法而忽略其他方面的考察，那么往往会将复杂的作品简单化或单一化。经

---

[1] 梁实秋：《〈威尼斯商人〉的意义》，《梁实秋文集》第 1 卷，第 670 页。
[2] 梁实秋：《关于莎士比亚》，《梁实秋文集》第 8 卷，第 644—645 页。
[3] 梁实秋：《莎士比亚与劳动阶级》，《梁实秋文集》第 8 卷，第 648 页。

久传世的作品之所以伟大与不朽，的确在于其具有超阶级、跨时空的特质。

梁实秋以人性论反对"左翼"文学的唯阶级论以及将文学当作阶级斗争工具的批评，具有相当的合理性。"从理论层面上看，无论是唯人性论还是唯阶级论，都是片面的，梁实秋后期的理论调整，就是在不否定阶级论与时代性的基础上张扬人性论，并且在论及阶级性的时候还要考虑民族性、遗传性等复杂因素，使其理论显得更为合理。而且梁实秋将阶级、民族、遗传等看作文学的外部研究，而要人关注作品本身的研究，就已经有点'新批评'的味道了，尽管梁实秋在这条路上走得并不远。我们知道，白璧德的另一学生艾略特就成为新批评派的先驱者。尤其是当整个文坛都被'左翼'文人所震慑的时候，梁实秋的反潮流应该给予特别的关注。"[1]

第二，梁实秋不刻意挖掘莎士比亚戏剧作品的主题，不对其作任意拔高，而往往是力图从剧本创作的历史语境出发分析剧本的初始动机，并在此基础上延伸、探寻其潜存和蕴涵的意义。这样的莎士比亚评论是辨证的、中肯的。这不仅体现了学术研究的客观性与层次性，而且为读者更真实更亲切地接近、解读莎剧提供了一个较为全面的视野。例如1933年，梁实秋撰文《〈马克白〉的历史》一文，详细介绍美国康乃尔大学著名莎学专家亚当斯教授关于《马克白》与英王哲姆斯一世关系的考证与研究，认为莎士比亚此剧"是

---

[1] 高旭东：《梁实秋在古典与浪漫之间》，文津出版社2005年版，第168—169页。

为庆贺斯图亚特王朝并且是为奉承哲姆斯而作",因哲姆斯"登极之始与英民情感尚疏,人民亦多不知这位新王的家族历史。哲姆斯是很得意的遥奉十一世纪班柯为其始祖,哀丁堡之人民或已熟闻之,伦敦之人民则毫不知情。所以莎士比亚在《马克白》一剧表扬哲姆斯先祖之丰功伟绩,并礼颂此王家血脉之绵延不衰"。但从该剧的构造及文笔而言,其为急就章亦殆无疑义。"亨脱说得好:'此剧颇似草稿性质,虽然不能说是未竣工的作品,但须要修润引申之处甚多。'"然而该剧"于罪人心理之刻画最为深入,故能成为不朽之作。凡稍通英文学者,谅无不熟读斯篇者也"。所以梁实秋希望借此为爱读《马克白》的读者提供一个"参证"。[1] 后来他在《〈马克白〉序》中也说,莎士比亚当初写作该剧虽是为供王室娱乐,但这丝毫无损于它的价值。"此剧不仅奉承了哲姆斯,三百年来已供给了无数的观众以享乐,此剧原来之贵族的色彩早已随着历史而消失其重要了。巫术的描写,在当初是剧中重要的一部分。但就我们现在看来,重要的是描写犯罪心理的部分","由野心而犹豫,而坚决,而恐怖,而猜疑,而疯狂,这一串的心理变化,在这戏里都有了深刻的描写,这便是《马克白》的意义"。而对这种意义的阐释,梁实秋认为朗斯伯莱的批评最具代表性:"罪恶一旦掌握了一个人的灵魂,其逐渐使人变质的力量是如何伟大。这种力量在不同的性格上产生出不同的悲惨的效果,对于此种效果加以研究是非常饶有心理的与戏剧的意味的。"[2]

---

[1] 梁实秋:《〈马克白〉的历史》,《梁实秋文集》第8卷,第605—611页。
[2] 梁实秋:《〈马克白〉序》,《梁实秋文集》第8卷,第475页。

另外，梁实秋对莎士比亚作品里描写鬼的现象也有具体而辩证的分析。例如在《略谈莎士比亚作品里的鬼》一文中，他认为莎士比亚时代是各种迷信流行的时代，当时一般观众是迷信的，相信鬼的存在，至少是以为鬼是有趣。连当时的国王詹姆斯一世都笃信神鬼。那么莎士比亚在剧中表现鬼是否说明他也相信鬼呢？梁实秋认为，"从表面上看，莎士比亚在作品里常常描写到鬼，穿插鬼的故事，颇使我们疑心莎士比亚也许是并未超出那时代的迷信。但是我们若更深一步考察，我们也许发见莎士比亚作品中的鬼完全是一种'戏剧的工具'。鬼，在莎士比亚戏剧中，永远不是剧中的主要部分，永远是使剧情更加明显的方法，永远是使观众愈加明了剧情的手段。鬼的出现，总是有因的。或是因了冤抑而要求报复，或是因了生前有藏镪在地而出来呵护，或是因了将有不祥之事而预做朕兆。所以把鬼穿插到作品里来，是一种艺术安排，不一定证明作者迷信"[1]。显然，他的分析是中肯的，稳妥的。因为我们现在已无法确证莎士比亚是否真的相信鬼，只能从艺术的角度去品评其效果。

梁实秋1933年在一篇文章中说："我总以为尽力保持莎士比亚的本来面目为妙。普通人常把莎士比亚偶像化，以为猥亵的字句足使作品减色，其实莎士比亚的作品除其永久价值以外，亦自有其时代精神地方色彩，妄事删削，大可不必。"[2] 在这里，梁实秋虽然谈的是翻译，却同样体现了他一贯的批评原则。他希望"尽

---

[1] 梁实秋：《略谈莎士比亚作品里的鬼》，《梁实秋文集》第8卷，第656页。
[2] 梁实秋：《莎翁名著〈哈姆雷特〉的两种译本》，《梁实秋文集》第8卷，第556—557页。

力保持莎士比亚的本来面目",正是为了使读者不忽略其创作的具体语境和时代情况,能更动态地完整地认识莎士比亚经典化的过程,而不把他神话化。但他同时强调,不管莎士比亚当初创作动机如何,他所表现的那些奉承的具有特定局限性的东西又早已随历史的变迁被人忽略,而真正使他得以永恒的,是他在描写中所表现出来的具有超时空普遍意义的人性的内容。伟大的作家所以伟大,就在于他的描写不局限于某一点、某一事,其内在价值不会因为某些短暂的动机所损毁。正是由于莎士比亚表现出了人性的普遍性,才能引起历代读者共鸣,获得最大程度的认可。当然,人们可以对这种人性的普遍性从不同角度不同层面做出不同的解读,得出具有个性的看法。正是在这个过程中,莎士比亚被不断丰富化,被经典化,也才有了具有超阶级性的说不尽的莎士比亚。这种实事求是的态度尤为可贵。

第七章 梁实秋莎译本的特色与贡献

1978年，人民文学出版社出版了朱生豪翻译的《莎士比亚全集》，这部全集被认为是新中国成立以来出版的第一位外国作家的全集，也是第一部最权威最正宗的莎士比亚全集。虽然此前此后也出版过其他翻译家翻译的莎士比亚戏剧，但朱生豪的译本无疑受众最多，普及最广，传播最久，影响最大。由于众所周知的原因，梁实秋翻译的莎士比亚全集1968年在台湾出版后，其传播范围主要在港台地区，在内地鲜为人知。直到20世纪90年代中期，梁实秋的莎译全集才在内地出版，这就是1995年由内蒙古文化出版社出版的梁实秋莎译全集。不过这部全集的影响远不及朱译本。2001年，中国广播电视出版社从远东图书公司引入版权，在内地出版梁译莎剧简体字中英文对照版。

事实上，梁实秋的莎译本自有其鲜明的特色和重要的价值，这种特色和价值仍然有待于我们进一步研究与探讨。著名莎学专家刘炳善指出，为了学术上的公正，对于梁实秋的莎译贡献应该给以充分肯定。他认为："梁译本不以文辞华美为尚，而以'存真'为宗旨，紧扣原作，不轻易改动原文，不回避种种困难，尽最大努力传达莎翁原意。他的译文忠实、细致、委婉、明晰，能更多地保存莎剧的本来面目""它能引导具有英文基础的读者去钻研莎士比亚原著，帮助他们去准确了解莎剧原文""因为这部译本包罗了一位严肃不苟的莎学家一生中对于莎翁全集一字一句、一事一典地辛勤研究的成果，后学者对它细细揣摩，将会学到不少有用的东西。这是梁译本所具有的特殊学术价值"。[1]

莎士比亚在通俗中体现出伟大，伟大见于平凡。梁实秋翻译莎士比亚的特色体现着他鲜明的莎评思想，而他的莎评思想与精神又始终一贯地融入了他的翻译实践中。所以，梁实秋的莎剧译文形态与其批评态度具有内在的联系，同样反映了他对莎士比亚人性表现的基本认识和接受心态。

第一节　求真的翻译态度

梁实秋学贯中西，翻译过多部外国重要作品，对翻译理论颇有建树。他认为，翻译是为了忠实地"介绍"原作而服务的，因此，首先要选大家、好作品，尽可能是"一流作家的一流作品"。其次，在翻译标准上，他主张翻译应该忠实、流利、传神，其核心是对原作的忠实，译者要尽量将原文原汁原味地呈现给读者，从这方面看，梁实秋可以算是一位以原作者为中心的译者，而不是以读者为中心

---

[1] 刘炳善：《为了莎士比亚》，河南大学出版社2009年版，第214—215页。

的译者;[1]再次,他强调翻译家必须具备学者式的认真精神,对翻译中遇到的疑难之处必须锱铢必较,仔细查究考证,而不能敷衍塞责,胡乱翻译或回避不译以蒙骗读者。

选择翻译对象是翻译家必须首先解决的问题。对一般翻译者来说,根据个人兴趣爱好进行翻译是十分正常的,但不同层次、不同身份的译者的兴趣爱好与读者大众的审美情趣不一定契合,因而就出现孤本式翻译,译者译出作品只求自己赏玩或只能孤芳自赏,无法流传社会并产生积极效用;亦有借助于政治宣传及商业炒作而迎合某些人口味的翻译,该类作品可能会在特定时间段产生轰动效应,但也可能对读者产生误导。在受西方思想影响甚巨的20世纪初期,"五四"文学青年大多都是从阅读与译介外国文学作品开启自己的文学之路的,可以说"五四"新文学是在外国文学的影响下诞生的。较之近代翻译文学,"五四"时期的翻译文学有更多的自觉性,"在对象选择的深广度与提高翻译质量上向前推进"[2],但意识形态等政治影响对翻译有很大的左右力量,如文学研究会对"被压迫民族文学"、"弱小民族文学"的翻译,胡适等的"强国模式"翻译。前者的"弱国情结",是"以展示伤痕与屈辱的方式来唤醒国民",借他人酒杯浇我中华民族饱受压迫之块垒,后者的"强国路线",则是"挺进到强国之中,试图揭开强国之秘密,或介绍强国之立国之本、

---

[1] 白立平:《梁实秋翻译思想研究》,《淡江人文社会学刊》2007年第32期,第22页。
[2] 张中良:《五四时期的翻译文学》,秀伟咨询科技股份有限公司2005年版,第11页。

现代意识、现代思想来唤醒国民,造就或涵养新国民"。[1]

在中国文学翻译史上,翻译家翻译选题有两种基本的价值取向,一是自觉服从于时代与社会需要,一是反映翻译家个性特征、审美趣味甚至一时的境遇和心情。[2]明确的社会动机和时代意识,是中国翻译文学史上绝大部分翻译家的自觉追求。"五四"的诸多翻译家以启民智、改社会、救时弊为目的的翻译活动,曾对当时的文言一致、新文学创作及社会变革起到了推动作用,但急功近利式讲速度和效应的翻译活动必然削弱对文本文学价值的考量。梁实秋曾批评道:"外国文学影响侵入中国之最显著的象征,无过于外国文学的翻译。翻译一事在新文学里可以算是一个主要的柱石。翻译的文学无时不呈一种浪漫的状态,翻译者对于所翻译的外国作品并不取理性的研究态度,其选择亦不是有纪律的,有目的的,而是任性纵情,凡投其所好者则尽量翻译,结果往往是把外国底三四流的作品运到中国,视为至宝,争相模拟。……他们研究外国文学是采取欣赏的态度,他们没有目标、没有计划、没有师承,他们像海上的漂泊者一样,随着风浪的飘送……这种人我叫他做'游艺者'……游艺主义者在中国做了文学介绍家,所以所谓'文学介绍'者乃成为'浪漫的混乱'。"[3]因此,梁实秋主张译介反映永久人性的经典著作。

莎士比亚是英国文艺复兴时期伟大的戏剧家和诗人,他除了早

---

[1] 王友贵:《意识形态与20世纪中国翻译文学史(1899—1979)》,《中国翻译》2003年第5期。
[2] 王向远:《翻译文学导论》,北京师范大学出版社2004年版,第34页。
[3] 梁实秋:《现代中国文学之浪漫的趋势》,《梁实秋文集》第1卷,第39—40页。

期创作一些诗歌外,主要作品是戏剧,现存的剧本共有 37 部。莎士比亚的戏剧情节生动丰富、语言精练优美,对欧洲文学和戏剧的发展有重大影响。他的诗集也以感情丰富、词句绚烂而著称,可以说莎士比亚的作品是永恒的经典,其意义早已超越了对英国文学的贡献,它是世界人民共同的文化遗产。梁实秋认为,莎士比亚戏剧的魅力就在于表现了固定的普遍的人性。他说莎士比亚不宣传任何主张,不参加党派,不涉及宗教斗争,不斤斤计较劝善惩恶的效果,戏就是戏,戏只是戏。可是这样的创作态度正好成就了他的伟大,他把全部精力都用到了对于人性的描写上。[1] "莎士比亚之伟大来自他对人性之忠实的描写。人性是永久的、普遍的,所谓'对自然竖起一面镜子',这镜子乃是'人性'之谓。"[2] 莎士比亚笔下的人物,是普遍人性之真实的产物。正因为此,梁实秋并不完全认同以伏尔泰等站在新古典主义的立场上对莎士比亚的强烈抨击,也反对施莱格尔、柯勒律治等浪漫派将莎士比亚奉若神明,他对约翰孙的一段话颇为服膺:"惟有普遍人性之适当的表现才能使大众得到快乐,并且长久的快乐……莎士比亚是一个表现人生的诗人,在这一点上他胜过了一切作家,至少胜过了一切近代作家。他忠实的把生活反映出来给读者看……他所描写的人物,是普遍人性之真实的产物,这种产物是世界永远产生的,我们永远能观察到的。他所描写的人物,其言语动作均受一些普遍的情感和原则之支配,此种情感与原则能激动一切人的心,能激动全生活的进行。在别的诗人的作品里,其

---

[1] 梁实秋:《文学与革命》,《梁实秋文集》第 1 卷,第 64 页。
[2] 梁实秋:《永恒的剧场——莎士比亚·导论》,《梁实秋文集》第 8 卷,第 63 页。

人物往往是个性特著的单人，在莎士比亚里，往往是类型。"[1] 当然，梁实秋并不同意约翰孙认为莎士比亚笔下的人物都是类型的观点，但他认为约翰孙的态度比较公正。之所以如此，是因为约翰孙评价莎士比亚的核心恰是梁实秋所深以为然的"人性"。

既然莎士比亚忠实地描写了人性，将人性中的善与恶、爱与恨、温暖与血腥、欢乐与忧伤、光明与黑暗、高尚与卑下等完整而真实地呈现出来，那么作为一个译者，也应该在翻译中尽量忠实。这种忠实既是忠实于原文，又是忠实于人性。因此，梁实秋的译莎就是基于这种认识而进行的。

梁实秋对莎士比亚作品的翻译始于1931年，当时胡适主掌中华教育文化基金会董事会的翻译委员会，组织大规模的翻译计划，其中包括对《莎士比亚全集》的翻译，原拟由闻一多、徐志摩、叶公超、陈西滢和梁实秋5人承担，预计5到10年完成。梁实秋立即动手翻译，另外4位却始终未有成绩，于是这项任务落到他一人头上。抗战开始时，他完成了8部，抗战期间又完成了一部历史剧的翻译。其后基本中断，直到1959年，梁实秋在台湾继续他的译莎工程。1967年，他完成了全部37部莎士比亚戏剧作品的翻译，由台湾远东图书公司出版。为此，台湾"中国文艺协会"、"中国青年写作协会"、"台湾省妇女写作协会"和"中国语文学会"在台北举行了盛大庆祝会。此后，梁实秋又用了一年时间译完莎士比亚的3本诗作。至此，40部的莎氏全集全部译完，前后长达38年。

---

[1] 梁实秋：《莎士比亚之伟大》，《梁实秋文集》第8卷，第659—660页。

早在梁实秋之前，莎士比亚著作已有多种中译本。最早的是田汉的《哈孟雷特》，发表在1921年的《少年中国》杂志上。之后，1926年张采真译《如愿》（即 *All's Well That Ends Well*），1930年戴望舒译《麦克倍斯》。此外，朱生豪先生从1937年也开始翻译莎士比亚作品，至1944年先后译有喜剧、悲剧、杂剧等31种。较其他译者，朱生豪是唯一可与梁实秋匹敌的译者。而梁实秋的莎剧翻译也是在借鉴、修正朱译的基础上产生的，在整个翻译过程中，梁实秋始终坚持了"求真"的翻译标准，力求忠实原作，呈现原作真貌。

朱生豪曾对时人的译莎效果颇为痛心，他提出了自己的译莎宗旨："余译此书之宗旨，第一在求于最大可能之范围内，保持原作之神韵；必不得已而求其次，亦必以明白晓畅之字句，忠实传达原文之意趣；而于逐字逐句对照式之硬译，则未敢赞同。凡遇原文中与中国语法不合之处，往往再四咀嚼，不惜全部更易原文之结构，务使作者之命意豁然呈露，不为晦涩之字句所掩蔽。每译一段竟，必先自拟为读者，察阅译文中有无暧昧不明之处。又必自拟为舞台上之演员，审辩语调之是否顺口，音节之是否调和。一字一句之未惬，往往苦思累日。"[1] 可以说，朱译本的典雅流畅、文辞丰赡、气势磅礴等优点自是而来。当然，所谓的"忠信"便不可避免地受到损害。

有趣的是，梁实秋恰恰在朱生豪的缺憾处，也可以说在朱生豪所鄙弃的拘泥字句的翻译方式处用力。梁实秋曾对自己的译莎工作表态："我翻译中首要注意之事是忠于原文，虽不能逐字翻译，至少

---

[1] 朱生豪：《〈莎士比亚戏剧全集〉译者自序》，罗新璋编：《翻译论集》，第456—457页。

尽可能逐句翻译,绝不删略原文如某些时人之所为。同时尽可能保留莎氏的标点。"[1]又说:"我翻译时也没有顾及任何忌讳,我努力试行适如其分的把原文忠实的翻译出来,以存其真。"[2]"忠于原文宜为翻译的基本条件,在不失原文本意的范围之内力求译文之流利可诵,那是任何翻译者所应遵奉的信条。但是谈何容易!这两方面的要求通常是冲突的,要顾到原文之丰富的内涵与繁复的语法,往往就无法适当的写出流利的译文,要译文无佶屈聱牙之弊,又往往不能不牺牲文中若干实在不忍牺牲的东西。"[3]粗看起来,这些话似乎是直接针对朱译提出来的,其中虽然包含一些对朱译的微词,而实际上,梁氏如此说并非着意否定、更非恶意讥讽朱译追求神韵的做法,更强烈地传达出来的是他对翻译在本质上不可能完满的无奈。梁实秋在翻译完莎氏全集后说:"也有人说,翻译的初步条件是要人觉得不像是翻译。做到这个地步,很难,也不很难。两种文字,其文法不同,句型不同,字汇不同,硬要从一种文字翻译成另一种文字,翻得铢两悉称,流畅可读,当然是很难。不过译者若是硬起心肠,对于原文中晦涩之处,含义复杂之处,使用典故之处,一概予以从略,甚至把原文比较难译之处整节整段地予以芟除,专心把译文修润得四平八稳,读起来琅琅上口,当然也不很难。"[4]翻译本身就意味着流失和变异,因此每一种翻译方式、每一个译本也都不可

---

[1] 梁实秋:《"岂有文章惊海内"——答丘彦明女士问》,《梁实秋文集》第 5 卷,第 537 页。
[2] 梁实秋:《关于莎士比亚的翻译》,梁实秋主编:《莎士比亚诞辰四百周年纪念集》,台北"国立编译馆"1966 年版,第 570 页。
[3] 梁实秋:《翻译莎氏全集后记》,《书目季刊》1967 年第 1 期。
[4] 同上。

能尽善尽美；也因此，这些翻译方式和译本也自有其价值。所以我们毋宁说梁氏之意乃是力图在朱译的方式之外，另寻一种可以彼此补充、相互参照的译莎方式。而这两种方式至少在一个方面殊途同归：两者都在追求"真"。从而我们可以说，梁实秋和朱生豪是以不同的路径和勇气在贴近、还原莎士比亚：前者首要寻求原文字句之"真"，后者首要追求神韵气质之"真"。

对梁实秋来说，在翻译活动中，最重要的是求"信"，译者不应使其翻译"读起来不像翻译"而违背原文，而应该尽量忠实原文，否则便是对原作的戕害。例如，在《威尼斯商人》第二幕第三场开头，朗斯洛特对杰西卡说了这样一段话：

LAUNCELOT: Most beautiful pagan, most sweet Jew! If a Christian did not play the knave and get thee, I am much deceived.

朱译：

顶美丽的异教徒，顶温柔的犹太人！要不是有个基督徒来把你拐跑，就算我有眼无珠。

梁译：

最美丽的异教徒，最温柔的犹太女郎！若不是一个基督教徒和你的母亲幽会生出来了你，那真是我看错了人。

从上下文及原文时态可以看出，朱译显然曲解了 play the knave 的意思。knave 为"流氓"之意，play the knave 则可理解作"耍流氓"，而当时犹太教徒是深受基督徒歧视的，杰西卡对朗斯洛特的善举（赏钱），使善于花言巧语的朗斯洛特大为"感动"而生赞词，意在说明犹太商人夏洛克之女的行为似乎具有基督徒的美德。朱生豪译作"有个基督徒来把你（杰西卡）拐跑"，显然是只看下文未看上文的草率行事。

另外，在《雅典的泰门》第二幕第二场中，哲学家艾帕曼斯特咒骂来向泰门讨债的凡罗家的仆人时的话，也给梁实秋提供了展示其翻译中的"求真"精神的平台：

APEMANTUS: Do it, then, that we may account thee a whoremaster and a knave; which, notwithstanding, thou shalt be no less esteemed.

朱译：

　　那么你说吧，你说了出来，我们就可以承认你是一个忘八龟子；虽然你本来就是个忘八龟子。

梁译：

　　那么你就说吧，好让我们承认你是一位嫖客，是一位流氓；其实，你就是不说，我们也是这样敬重你的。

在这句话中，朱生豪和梁实秋译文的最大不同是对 whoremaster 和 knave 这两个词的处理上。这两个词都很简单，并无深奥典故或引申含义，knave 意为"流氓"，上文已有述及；whoremaster 意为"嫖客"，这里且不说朱生豪为何将 whoremaster 与 knave 合译作"忘八龟子"，且说"忘八龟子"这个词是否恰当的。"忘八"即无耻，指忘记道德准则"孝、悌、忠、信、礼、义、廉、耻"之第八，是古代的骂人话；"龟子"同样是骂人话，源自中国古书中的"雌龟偷蛇"。西晋张华《博物志》卷十一中说："龟类无雄，与蛇通气则孕，皆卵生。"宋代罗愿《尔雅翼》说："按大腰纯雌，细腰纯雄，故龟与蛇牝牡。"元末陶宗仪的《南村辍耕录》中的《败家子孙诗》中说："兴废从来固有之，尔家忒煞欠扶持。诸坟掘见黄泉骨，两观番成白地皮，宅眷皆为撑目兔，舍人总作缩头龟。"在诗后，陶氏又作补充说明："夫兔撑目望月而孕，则妇女不夫而妊也，妻有外遇，兔喻其夫。"至此，"雌龟偷蛇"这一贬龟逸话便与妇女外遇挂上了钩，后来便有将妻有外遇及纵妻与人行淫者称为乌龟之俗，而"龟子"则指其母行娼乱伦野合而生的杂种，所以，朱生豪所译"忘八龟子"可理解为"无耻的杂种"，虽十分方便中国读者理解，但与 whoremaster 之意相去甚远。梁实秋则尊重原文，把 a whoremaster and a knave 译作"一位嫖客"、"一位流氓"，表现出的不是哗众取宠的因词害意，而是一种态度的真诚。

梁实秋翻译莎剧过程中的这种求真精神不仅是对原作的负责，而且是出于译者的职业道德感。梁实秋在翻译中对"信"的苛求，并不是说他不重视"雅"，他在《书评七则》中谈翻译时，曾强调

"偶有神来之笔,达出会心之处,则尤难能可贵,可遇而不可强求"。所谓"神来之笔",指翻译之"传神",能在风格、语词、韵律等方面体现原作特色,比严复所讲"雅"要求更高。当然"传神"是不易做到的,但"传神"又是当做即做的,这里其实道出了翻译的难处,也表达了梁实秋对那些以"达"、"雅"取悦读者的草率、投机翻译的批判。因为,如若中外文体、语词、文法皆同,则不需翻译家和翻译活动,对翻译家苛求"信"、"达"、"雅"无疑是对翻译活动的戕害。因此,对于翻译,求真是出自译者良心,畅达则是对译文作为文章的基本要求,而"雅"则因客观制约太多而不能成为必选标准,而译者"偶有神来之笔",则"可遇而不可强求",实则是站在译者作为一个有主体意识及生活情趣的人而非机器的立场上说话,体现出的是对译者的人性关怀,或说是对译者在严要求的前提下的某种开脱。对于这一点,我们可以从《威尼斯商人》第一幕第一场中的两个例子来体会:

> GRATIANO: Thanks, i' faith, for silence is only commendable
> In a neat's tongue dried and a maid not vendible.

朱译:

> 那就再好没有了;只有干牛舌和没人要的老处女,才是应该沉默的。

梁译：

> 真的多谢；因为——
> 只有干牛舌和嫁不出的姑娘，
> 不说话才值得受人赞扬。

又如：

ANTONIO: Go, presently inquire, and so will I,
　　　　　Where money is, and I no question make,
　　　　　To have it of my trust or for my sake.

朱译：

去，我们两人就去分头打听什么地方可以借到钱，我就用我的信用做担保，或者用我自己的名义给你借下来。

梁译：

> 去，立刻打听去，我也打听去，
> 只要有钱，我就要借账，
> 不管凭交情，还是凭名望。

这里，朱译与梁译之优劣一目了然，一直以散文译诗体莎剧的梁实秋突然用起了韵文，可谓"会心"偶现。

莎士比亚是一位语言大师，他的作品不但语体变换频仍，而且大量使用双关语、熟语、俚语及猥亵语，对读者和译者来说，都是一种挑战。而梁实秋在翻译莎剧过程中，以其对"伊丽莎白式"英语的精到研究和娴熟掌握，不但对这些特殊词语做到了正确翻译，对难懂的典故及语词作了译注，还对猥亵语也毫不避讳地加以翻译。例如，《奥赛罗》第三幕第四场中有一段关于"lie"的插科打诨：

DESDEMONA: Do you know, sirrah, where Lieutenant Cassio lies?

CLOWN: I dare not say he lies any where.

DESDEMONA: Why, man?

CLOWN: He is a soldier; and for one to say a soldier lies, is stabbing.

DESDEMONA: Go to; where lodges he?

CLOWN: To tell you where he lodges is to tell you where I lie.

DESDEMONA: Can anything be made of this?

CLOWN: I know not where he lodges, and for me to devise a lodging, and say he lies here or lies there, were to lie in mine own throat.

当时，苔丝狄蒙娜焦急地四处寻找凯西奥副将。在塞浦路斯城堡前，她向一个小丑打听凯西奥副将的住处。小丑本来只需说一句"我不知道"就够了，但他绕口饶舌地扯了半天，拿"lie"的"身处（何处）"和"撒谎"的双关义做起文章。朱生豪对此当是心生厌烦，所以干脆译为：

> 苔丝狄梦娜：喂，你知道凯西奥副将住在什么地方吗？
> 小丑：我不敢说他住在什么地方。
> 苔丝狄梦娜：为什么？
> 小丑：告诉您他住在什么地方，就是告诉您我掉谎。
> 苔丝狄梦娜：那是什么意思？
> 小丑：我不知道他住在什么地方；要是胡乱想出一个地方来，说他住在这儿那儿，那就是随口掉谎了。

可以看出，朱生豪翻译这一段是下了一番工夫的：既省略了他认为有关"lie"双语义的无谓而乏味的闲扯，又通过集中于小丑的"不敢说——不知道——乱说便是掉谎"也将插科打诨的氛围营造出来。这可以说是朱生豪的修剪润饰。单从效果来看，亦无不可；但是从原文来看，便是违逆，中文读者在此处便无法体会出小丑的无聊与放肆（胆敢戏耍将军夫人），也不能进一步理解到当时观众的审美趣味与心理期待。梁实秋老老实实地照译如下：

> 德：喂，你知道副官卡西欧住在什么地方？
> 丑：我不敢说他在什么地方说过谎。
> 德：为什么？
> 丑：他是一个军人；若说一个军人说过谎，那是要被刺杀的。
> 德：别胡说；我问他住在什么地方？

丑：告诉你住在什么地方等于是告诉你我在什么地方说了谎。

德：你说的话有什么意思呢？

丑：我不知道他住在什么地方，我若造出一个地方，说他住在这里或住在那里，那便是我有意说谎了。

梁译并没有像朱译那样干脆将之舍弃，而是用"住在什么地方"和"在什么地方说过谎"来展示"lie"的双关义。当然，在译文中，由苔丝狄蒙娜"卡西欧住在什么地方？"的问话到小丑"他在什么地方说过谎"的对答，仍是稍显突兀，需要借助于注释才能明白。不过，正如前文指出的那样，这是双关语翻译的尴尬之处。对于有英语基础的中文读者来说，直接看出两者的关联是不难的。

另外，用一种公允的眼光来看，莎士比亚虽为文学大师，但并非其所有作品都是杰作，即使是杰作，也难免有不尽如人意之处。比如莎士比亚对性的描写，在有些剧目中几乎是隔几行一句，以致有人说他是最富于性的描述的作家，"每个汗毛孔里都淌着性"。对于此类语句，朱生豪在翻译过程中一般都将其略去不译或用其他关联不大的词暗指。梁实秋认为，"所删的部分，连同其他较为费解的所在，据我约略估计，每剧在二百行以上，我觉得很可惜。我认为莎氏原作猥亵处，仍宜保留，以存其真"[1]。而且认为"莎氏作品，品质并不均匀，很多神来之笔，也有蹩脚的败笔，可是合拢起来才可表现莎士比亚的全貌"[2]。因此，为了展示莎剧原貌，梁实秋将莎

---

[1] 梁实秋：《莎士比亚与性》，《梁实秋文集》第 4 卷，第 13 页。
[2] 梁实秋：《翻译莎氏全集后记》，《书目季刊》1967 年第 2 期。

剧中的猥亵语部分毫无保留地译出，而且认为莎士比亚作为剧作家和演员、剧院老板，写出这些猥亵内容实属正常，因为"莎士比亚作品中的秽语，几乎全是出于丑角之口的，丑角的插科打诨无非是想博得观众之哈哈一笑，有时丑角不遵照脚本而随意杜撰，当时的观众又很复杂，所以丑角口中的秽语也就无怪其然了。究竟那些秽语是否出于莎士比亚的手笔，那又是无从考证的事，因为莎士比亚的剧稿既未流传而其出版又多未经其本人之监视"[1]。因此，"我遇到这种地方，照直翻译，我要保持莎氏原貌"[2]。如《奥赛罗》第三幕第一场：

CLOWN: Why, masters, have your instruments been in Naples, that they speak i' the nose thus ?

FIRST MUSICIAN: How, sir, how?

CLOWN: Are these, I pray you, wind-instruments?

FIRST MUSICIAN: Ay, marry, are they, sir.

CLOWN: O! Thereby hangs a tail.

FIRST MUSICIAN: Whereby hangs a tale, sir ?

CLOWN: Marry, sir, by means a wind-instrument that I mean ...

在这里，小丑拿管乐器打趣。他故意隐晦地将管乐器说成动物的排泄器官（似乎在他看来，两者的相同之处在于，都是气流通过

---

[1] 梁实秋：《论文学里的秽语》，《梁实秋文集》第 7 卷，第 195—196 页。
[2] 梁实秋：《岂有文章惊海内——答丘彦明女士问》，《梁实秋文集》第 5 卷，第 538 页。

管道时发声),而动物的排泄器官旁边都会有尾巴,因此他才会说"O! Thereby hangs a tail"。由此我们可以看到,这个小丑实际上是恶意地将乐手们的演奏贬低为"放屁"。朱生豪注意到了这一段内容的粗俗,于是采取了净化手段将其隐去:

> 小　丑:怎么列位朋友,你们的乐器都曾到过奈泊尔斯,所以会这样嗡咙嗡咙地用鼻音说话吗?
> 乐工甲:怎么大哥,怎么?
> 小　丑:请问这些都是乐器吗?
> 乐工甲:正是,大哥
> 小　丑:啊,原来如此……

梁译倒没有多少顾忌:

> 丑:怎么,师傅们。你们的乐器都到过奈泊尔斯,所以有这样的鼻音?
> 乐师甲:怎么讲,先生?
> 丑:我请问你,这些是不是吹奏的乐器?
> 乐师甲:是的,先生。
> 丑:哦,是的,怪不得旁边生尾巴。
> 乐师甲:你说在什么旁边,先生?
> 丑:唉,先生,就在放水的那东西的旁边呀。……

又如,《奥赛罗》第二幕第一场的 Make love's quick pants in Desdemona's arms 一句,这里是凯西奥在想象奥赛罗和苔丝狄蒙娜的情爱场景,虽然并无恶意,但用语颇为大胆。朱译仍然是弱化处理:"让他跳动着一颗恋人的心投进了苔丝德梦娜的怀里……"梁译则极为符合那种粗俗和大胆:"使他在德斯底蒙娜的怀里作情爱的急喘。"

梁实秋翻译莎剧的求真之处,还表现在最大限度地向读者传达作品信息方面。他的译本,每篇前面都有"序",从版本历史、著作年代、故事来源以及舞台历史和艺术批评等方面对作品加以详尽介绍,而且还辅以学术研究式的注释,对未尽及疑难之处加以解说和补充,他这样做,不仅有助于普通读者更好地认识莎士比亚及其作品,而且对莎士比亚研究者也有莫大的帮助。优秀的译者(与为利益而速译者相对),在翻译一部著作之后,必得丰富的艺术感悟与收获,这种感悟应该有许多是普通读者或未读原文的研究者所难以发现和企及的。"译成一部书,获益最多的,不是读者,是译者。"[1] 因此,作为译者,独乐乐,岂如与人乐乐,将自己的心得、卓见分诸读者,亦是一种责任心的体现。梁实秋在每篇莎剧译文正文之前介绍其版本历史、著作年代、故事来源以及舞台历史和艺术批评等当属此目的,意在辅助读者认清莎剧真貌。而译文中的注释则集中体现出了梁实秋的较真精神。在《翻译之难》一文中,梁实秋指出,从事翻译的人若不自己先彻底明白他所翻译的东西就冒昧地翻译起来,那是不负责的行为。遇到

---

[1] 梁实秋:《漫谈翻译》,《梁实秋文集》第 5 卷,第 437 页。

引经据典的地方，应该不惮烦地去查考，查出来应加注释，使读者也能明白。这就是说，对于译者，若是发觉连自己也觉得比较费解的地方，是应该加注向读者交代的。在谈及翻译莎剧时，他说道："开始翻译时，我想不加注解而能使读者明了译文。译了几本之后，胡适先生要求我加注解，我就补加了。所以最初译的四五本注解较少，以后越加越多，前后并不一致。译本加注并非难事，莎剧原文的版本很多都是有注解的，注得很详尽，像《新集注本》尤其丰富。有许多注解都是关涉到原文之版本考证，并不一定有助于读者对于译本的了解。所以我加注解是有选择的，并不以多取胜。"[1]虽说"不以多取胜"，但他翻译的莎剧是加注最多的。比如《雅典的泰门》加了54个注释，朱生豪译本加了1个；《罗密欧与朱丽叶》加了76个注释，朱生豪译本只加了5个。而且，梁实秋所作每一个译注，几乎都可作为研究论文的一个命题，而不是注解地名、器物名之类泛泛而谈。例如，《雅典的泰门》第一幕第二场中，泰门在指责哲学家艾帕曼斯特的傲慢时用了"Ira furor brevis est"一语，梁实秋在翻译时保留了拉丁文原文，把自己的译文加上括号，并加注释"罗马诗人Horace语，见Epistles, I, ii, 62"，标明引语出处，着实在为研究莎剧者着想。又如《辛柏林》第五幕第五场，梁实秋把"Each object with a joy: the counterchange"一句翻译成"彼此大家都互相眉目传情"后加注道："原文 And She... throws her eye / On him, her

---

[1] 梁实秋：《"岂有文章惊海内"——答丘彦明女士问》，《梁实秋文集》第5卷，第537页。

brothers, me, her master, hitting / Each object with a joy 句子构造不清楚。Nosworthy 注云：Imogen eyes Posthumons: the Princes eye Cymbeline: Imogen's master (presumably Lucius) glances from one to the other，似可通。"他这种对难解之处加注的做法，其实是在表示谦虚的同时，引导研究者进一步考证该语句的本义，可以看出一名诚实的译者激励后学的良苦用心。梁实秋的译注几乎都带有考证成分，许多地方甚至纠正了原作的错误。比如在《冬天的故事》中，赫迈欧尼之父为俄国帝王，而故事却发生在公元前，当时俄罗斯尚未开化，显然是时代错误。在《裘里斯·凯撒》第二幕第一场中，梁实秋指出 clock strikes 有误，因为当时罗马并无能鸣之钟。

值得一提的是，梁实秋在翻译莎剧过程中，对特定文化词汇的转换也下了大工夫，如《温莎的风流娘儿们》第一幕第一场中，培琪招待大家吃 venison pastry，朱生豪译作"鹿肉馒头"，俨然一副中国风味，而梁实秋译作"鹿肉馅饼"，西洋特色骤现。

当然，梁实秋在翻译莎士比亚作品过程中，极力求"真"，但亦有力所不逮之处，比如处理译文文体结构方面，就较朱生豪逊色。严格来说，好的译文不仅要准确传达原作之内容，更要在文章形体结构上与原作保持一致，特别是对诗歌、戏剧等有韵文体的翻译上。另外，对书面语、口语、方言等语体特色也应有所顾及，方能称作佳作。朱维之先生用骚体翻译《耶利米哀歌》，便巧妙地兼顾了原作的韵律和语气。莎剧以无韵诗为主，而梁实秋却以散文译之，对于有韵脚的对句，虽然他也照原样译成中文并加以相应的韵脚，在译文之中尽可能地保存莎翁原文的标点符号，尽量保留原文的节奏，但终究难以与原作合体。梁实秋对此深表遗憾地说："老实讲，我无法顾到原文的节奏。若能把原文的意义充分地正确地表达出来，据我看，已经是极为困难的事。……如果能有人把原文的无韵诗译成为中文的无韵诗，那当然是最好不过的事，我们应当馨香以求。"[1]

第二节 节制式翻译实践

在梁实秋看来，人在生活中应崇尚理性，时刻警惕感官欲望的无限扩张，必要时需以理性压制欲望。人之所以为人，便在于理性对欲望的这种"内在控制力"，有如在社会及人体内树立一假想中心，个体立身处世需时刻与之参照，力求不偏不倚。梁实秋1924—1925年间在哈佛大学读书时，曾修习白璧德主讲的"十六世纪以后之文学批评"课程，师从白璧德之前，梁实秋在文学上倾向于浪漫主义，白璧德的课使他从极端浪漫主义转向古典主义，他曾回忆道："哈佛大学的白璧德教授，使我从青春的浪漫转到严肃的古典，一部分由于他的学识精湛，一部分由于他精通梵典及儒家经籍，融合中西思潮而成为新人文主义，使我衷心敬仰。"[2] "突然感到他的

---

[1] 梁实秋:《关于莎士比亚的翻译》，梁实秋主编:《莎士比亚诞辰四百周年纪念集》，第570—571页。
[2] 梁实秋:《"岂有文章惊海内"——答丘彦明女士问》,《梁实秋文集》第5卷，第528页。

见解平正通达而且切中时弊。我平夙心中蕴结的一些浪漫情操几为之一扫而空。我开始省悟，五四以来的文艺思潮应该根据历史的透视而加以重估。我在学生时代写的第一篇批评文字《现代中国文学之浪漫的趋势》就是在这个时候写的。随后我写的《文学的纪律》、《文人有行》，以至于较后对于辛克莱《拜金艺术》的评论，都可以说是受了白璧德的影响。"[1]

梁实秋在回忆恩师白璧德时说："人性，不像是卢梭所想象的那么单纯善良。白璧德永远在强调人性的二元，那就是说，人性包括着欲念和理智。这二者虽然不一定是冰炭不相容，至少是互相牵制的。欲念与理智的冲突，他名之曰'civil war in the cave'（'窟穴里的内战'），意为与生俱来的原始的内心中的矛盾。"[2] 白璧德把人生分为三层境界，最低一层是自然的，是人的七情六欲的生存层次，这一层次虽然最低，但不可或缺，也不应该过分扩张；第三层次是宗教的，追求超凡入圣，摒弃欲望，这是最高尚的；中间层次是人性的，运用自身理性进行自我克制，追求精神与物质、理智与欲望的平衡。在白璧德看来，人性的生活才是应该时时刻刻努力保持的。有意思的是，梁实秋将其与儒家思想联系起来："这态度似乎很合于我们儒家之所谓'克己复礼'。"并且进一步总结说："他的理想是'中庸'。"[3] 的确，梁实秋服膺白璧德正在于白璧德思想的中庸：既给予人的自然欲望以合理地位，又不至如卢梭之类的浪漫主义那样

---

[1] 梁实秋：《影响我的几本书》，《梁实秋文集》第 5 卷，第 200 页。
[2] 梁实秋：《关于白璧德先生及其思想》，《梁实秋文集》第 1 卷，第 551 页。
[3] 同上。

放纵情感，而是对之进行理智的中和与平衡，但又没有取消人的自然欲望。所以，梁实秋认同约翰孙的观点并总结说："人性（nature）一名词的涵义也不外是人的理性与情感的总和。"[1] 尽管梁实秋在不同的时期对人性的解释有不同的侧重——从侧重理性到侧重情感，但是这种人性的二元论认知是一以贯之的。

白璧德的影响不仅仅体现在梁实秋的文艺思想上，还反映在他的翻译上。他在《阿伯拉与哀绿绮丝的情书·译后序》中说："我的一位老师说过：'人生有三种境界：一是自然的，二是人性的，三是宗教的。'在自然的境界，人与禽兽无异；在人性的境界，情感得到理性的制裁；在宗教的境界，才有真正的高尚的精神生活。在现今这个人欲横流的时代，我们要努力的该是以理性制裁情感。"[2]

梁实秋的这种情理二元论观念，其实就是一种中庸之道，中国儒家学说中早有阐述。从孔子时代开始，即有"质胜文则野，文胜质则史，文质彬彬，然后君子"，"学而不思则罔，思而不学则殆"，"不得中行而与之，必也狂狷乎！狂者进取，狷者有所不为也"，"君子惠而不费，劳而不怨，欲而不贪，泰而不骄，威而不猛"，"乐而不淫，哀而不伤"等，这些训诲告诫人们凡事应扣其两端而执其中。宋人张载则将人性分为气质与天地之性（即义理之性）两类，认为气质之性是感性的，役于物的，而义理之性则是理性的，役物的；应当以义理之性去感化、改造气质之性。梁实秋深谙国学，因而在

---

[1] 梁实秋：《约翰孙之文学批评》，《梁实秋文集》第 8 卷，第 39 页。
[2] 梁实秋：《阿拉伯与哀绿绮丝的情书·译后记》，《梁实秋文集》第 6 卷，第 381—382 页。

听了白璧德的人文主义教诲之后,就迅速在东西文化之间找到了契合点,因而他自从听过白璧德的演讲,就不再像从前那样对过度的浪漫以及颓废的文艺主张心悦诚服了。

相应地,梁实秋在看待莎士比亚的戏剧时,也敏锐地发现了莎士比亚的"中庸"。他认为在莎剧中很难分清谁是绝对的好人,谁是绝对的坏人,这恰好与中古时的道德戏断然不同:"中古时期的道德戏(morality plays),完全是善与恶、是与非的反映,一个人代表美德,一个人代表罪恶。在台上表演,这是中古思想;莎氏一反其道而行之。"[1]如果文学人物只是绝对的善或恶,那么也就是白璧德所认为的人生的第一层次或第三层次,这两个层次冰炭不容。而在白璧德和梁实秋看来,这歪曲了人性的本真。而莎剧人物都是复杂的混合体,哈姆雷特是沉思、友爱的,又是粗俗、优柔的;奥赛罗是勇敢专情的,又是鲁莽轻信的。因此,在翻译莎剧过程中,梁实秋就将这种中庸观念转变为一种节制原则,即在翻译中尽量使用不含褒贬的词汇,力避读者因读了译文中某个词语而误会原作者及译者的本意,以为文章对某人、某事的特性做了预设。莎士比亚作为艺术大师,他遣词造句、卖关子、抖包袱都是一套又一套,不可能对剧中人物、事件一"词"定生死。相反,他笔下人物的个性是随着故事的发展而慢慢发展的,故事的谜底也是随之慢慢展开的。惟其如此,莎士比亚才有了说不尽的魅力。

例如,在《威尼斯商人》中,安东尼奥一出场,梁实秋即展

---

[1] 梁实秋:《莎士比亚的思想》,《梁实秋文集》第 1 卷,第 659—660 页。

露出了他翻译的独特之处。在第一幕第一场中，对于"And such a want-wit sadness makes of me, / That I have much ado to know myself"一句，朱生豪译为：

忧愁已经使我变成了一个傻子，我简直有点自己不了解自己了。

梁实秋译为：

忧愁把我弄得如此的糊涂，以至于我很难有自知之明了。

在这句话中，want-wit 为口语词，意为"弱智"或"傻瓜"，朱译本用语直白，从意思上说比较恰当，但"傻子"一词容易使读者初读该剧就对主人公安东尼奥的性格及后来为友担债之初衷莽下判断。而梁译作"糊涂"，显然旨在模糊 want-wit 之意，避免误解作者之意，因为从写作心理来看，莎士比亚这样的大作家是不会在开篇即揭"谜底"的，而"糊涂"为中性词，用在这里不但无损安东尼奥的形象，也为剧情的发展蒙上了神秘性。当然，梁实秋如此翻译，也可视作是他反"直译"风格的体现。

在《温莎的风流娘儿们》第一幕第一场中，也有类似的译法：

PAGE: ... I thank you for my venison, Master Shallow.
SHALLOW: ... I wished your venison better; it was ill killed.

朱译：

　　培琪：……夏禄老爷，我还要谢谢您的鹿肉呢！
　　夏禄：……这鹿是给人乱刀杀死的，所以鹿肉弄得实在不成样子，您别见笑。

梁译：

　　佩：……我谢谢你的鹿肉，沙娄先生。
　　沙：……我原希望那鹿肉要好一些；可惜宰的时候已经失血过多。

　　这里的 ill killed 之 ill 意为"坏的"、"不好的"，ill killed 即"杀法不好"、"杀得不好"，指刀法不对，在宰杀动物时，刀法不对会影响肉中的血液残留量，从而影响肉质，而对鹿肉来说，带血者较不带血者有营养，因为鹿血本身就是一种上乘补品。因此，ill killed 译作"乱刀杀死"则偏离本意且显得鹿死得凄惨，而梁实秋意译作"宰的时候已经失血过多"则平淡地讲述了杀鹿之事实，而无血腥味。

　　同样，《仲夏夜之梦》第三幕第一场中也有类似译法：

TITANIA: ...
　　And when she weeps, weeps every little flower,
　　Lamenting some enforced chastity.

朱译：

> 提泰妮娅：……小花们也都陪着她眼泪汪汪，
> 　　　　　悲悼横遭强暴而失去的童贞。

梁译：

> 铁：……她哭的时候每朵小花都要哭泣，
> 　　　哀悼什么女郎的贞操被人破坏。

朱生豪将 enforced chastity 译作"横遭强暴而失去的童贞"凸显了该行为的暴力性，而梁实秋的译文则仅仅表述一种事实，避免读者由此产生种种遐想。

翻译中的节制原则，还体现在对"异化"与"归化"二者关系的处置上。翻译活动对于读者往往会产生两种效用：一是尽力把读者拉近原作，让读者透过译文领略原作风貌，即"异化"。二是尽力把原作拉近读者，迎合读者的文化背景及阅读口味而译，即"归化"。"异化"有助于保留原作的文化风貌、语体色彩等异国情趣。翻译既为翻译，必是由于两种语言有诸多区别，要是完全一致，那就无需翻译了。相反，正是因为有区别，所以译者翻译时应该让读者认识到区别所在，在遣词用句上应该有所体现。而"归化"则是以本国文化为主体，以本国文化辞藻润色外文语句，从而符合国人的理解及习惯。然而，"异化"之过度求"异"，易导致译文艰涩难懂，比如拉丁语系语文多长句，主句里面套从句，从句里面又套从句，按原貌翻译过来可能是一个几十、上百字无标点的长句，显然会让惯用短句的中国读者喘不过气来。另外，对人名、地名等专有词语的音译同样会增加读者的接受及记忆难度，更不要说对一些专业术语诸如"结构"、"解构"、"元"等直译滥用给读者造成的理解困难了。"归化"自然会讨得本国读者的欢心，但语际差异必然涉及文化理解。另外，有些词是一国独有而另一国所没有的，翻译时难以找到对应物，若一味"拉郎配"，则会出现张冠李戴式的错误，非但不能有效传递原作信息，甚至会因国人对某些词汇的特定理解而损毁原作的价值。因此，对"异化"和"归化"，梁实秋都做了批判，他不但反对鲁迅等人以外文改造国语的"硬译"，更反对一些以唐宋以前古文或文雅辞藻文法翻译外国文学作品的做法。梁实秋认为，坏的翻译，一是与原文意思不符，二是未能传达出原文"强悍的语气"，三是令人看不懂。显然，他的意思就是好的翻译，要对"异化"和"归化"都有所节制，不可无限制地存"异"，更不能一味地去"归"，而应在力求"信达"的基础上，尽力求"雅"，即"不妨以原文的句为单位，细心体会其意义，加以咀嚼消化，然后以中文的固有方式表达出来。直译、意译之益或可兼而有之。西文句通常有主词，中文句常无主词，此又一不同之例。被动语态，中文里也宜比较少用"。[1]

例如，在《李尔王》第一幕第四场中，弄臣（小丑）看到李尔

---

[1] 梁实秋：《漫谈翻译》，《梁实秋文集》第5卷，第439页。

王遭女儿女婿冷遇的情形,奚落道:

> FOOL: That lord that counsell'd thee
> To give away thy land,
> Come place him here by me,
> Do thou for him stand:
> The sweet and bitter fool
> Will presently appear;
> The one in motley here,
> The other found out there.

朱译:

> 听了他人话,
> 土地全丧失;
> 我傻你更傻,
> 两傻相并立;
> 一个傻瓜甜,
> 一个傻瓜酸;
> 一个穿花衣,
> 一个戴王冠。

梁译：

劝你放弃国土的
那一位大人
叫他和我来并立，
你先把他替；
忠厚奴和刻薄鬼，
立刻都出现；
一个在此披鹑衣
一个在那边。

从形式上看，梁译采用七言和五言的更替，让原文一长一短的句式得到了保留，而朱译则是很整齐的五言。梁译是异化的风格，朱译是归化的风格。从音韵上来说，原文的韵律有类莎士比亚的十四行诗，只是少了六行而已。从押韵的角度来说，梁译不如朱译对十四行诗的韵脚押得好，梁译的1、3句押韵，2、4句却没能押韵，6、8句押了韵，5、7句没有押韵。而朱译除了5、7句的"甜"和"衣"押得不太工整外，其余的各句都押得很工整。在语法上，梁译完全保留的是原文的结构，读起来是典型的西式句子，比较文雅，而朱译则有点像顺口溜，只是文中的顺口溜全部用五言，效果更明快，节奏感更强。如1、2句梁译作："劝你放弃国土的那一位大人"就是直译原文的含义和语法结构；而朱译则译作："听了他人话，土地全丧失"则是完全没有了原文的语法痕迹。第5句的翻译，梁译作"忠厚奴和刻薄鬼",完全是按照字面的含义直译出来的。朱译"一个傻瓜甜,一个傻瓜酸",较俗,而梁译"忠厚奴"和"刻薄鬼"则比较文雅。同样,倒数第二句的"披鹑衣"中的"鹑衣",较朱生豪的"花衣"更能体现原文含义,且文采流离。"鹑衣"语出自《荀子·大略》"子夏家贫,衣若县鹑",鹌鹑尾秃,穿衣若鹌鹑,比喻衣服破敝,多用作感慨士人穷苦之语。杜甫诗《风疾舟中伏枕书怀》亦有"乌几重重缚,鹑衣寸寸针"语,梅尧臣《田家》诗之四同样提到"卒岁岂堪念,鹑衣著更穿"。梁实秋以饱含中华文化气息的词语翻译 motley,可谓直译与意译的巧妙结合。而朱生豪译作"花衣",有一定欧洲文化背景的读者可从丑角特征方面理解为小丑穿的斑斓衣服,但普通的读者恐怕要理解成"花布衫"之类新装了。

另外,在译人名、地名及一些专有称谓名词时,梁实秋不主张像有的人把外国人名地名缩短成为中国式的人名地名。他原则上依据现代英语读音进行音译,例如他把 Julius Caesar 译为"朱利阿斯西撒",而不像许多人那样译为"凯撒大帝"或"凯撒大将"。当然,有些名字他也采用意译,例如《仲夏夜之梦》中的织工 Bottom 译为"线团",因为该词本义就是如此;《亨利四世》中的 Hotspur 译为"霹雳火",颇为传神。把《驯悍记》第四幕第一场中 you three-inch-fool 译作《水浒传》里的"三寸丁",等等。总之,梁实秋翻译莎剧的节制原则,不仅着眼于对不具褒贬的中性词汇的热中,而且还努力求得"异化"与"归化"的取同。

第三节　梁实秋莎译本的贡献

梁实秋历时 38 年独立译完《莎士比亚全集》，在中国文学史及翻译史上是绝无仅有的。他的译本以求真闻名，不但直译、全译，而且加了大量注释并在译文之前多层面介绍剧本基本情况，其忠实于原文的执著和学者式的考证精神，以及对读者的人性关怀，对生活在自由开放社会、阅读欲求与认知水平不断提高的我们来说，应该更具意义。

梁实秋翻译的《莎士比亚全集》第一版由台湾远东图书公司 1967 年出版，1968 年全集 40 册出齐。当年出版梁实秋的译本时轰动了整个台湾，高中、大学、社会人士几乎人手一本，甚至许多学校还指定其为阅读书籍。但在大陆，梁实秋的名字长期是和"丧家的资本家的乏走狗"联系在一起的，读者难得机会一睹其译莎风貌。1996 年，内蒙古文化出版社出版了梁实秋翻译的莎剧全集，但反响不大；2002 年，中国广播电视出版社从远东图书公司引入版权，在内地出版梁译莎剧简体字中英对照版，使内地读者得以认识莎剧朱译之外的另一大家名译，为国内研究莎士比亚提供了基础性资料，受到了读者和学术研究界的普遍欢迎。

梁实秋的莎译本坚持"异化"与"归化"相折中的原则，对促进中华文化复兴、中外文化平等交流具有极大意义。

近代以来，中国长期遭受欧美帝国主义侵略，诸多文人志士在探索救国道路之时，往往倾向于把中国的落后挨打归结为传统文化的腐朽、落后。因此，由"五四"运动而引发的新文化运动提出了"反对专制、独裁，提倡科学，反对愚昧、迷信。提倡新道德，反对旧道德。提倡新文学，反对旧文学"的主张。这"四个反对"都是针对中国传统文化而言的，有其科学进步一面，但在界定这些"反对"的对象时，那些留学归国的热血青年却总是以偏赅全地对一切中国传统文化加以敌视和摒弃，甚至以为欧美先进国家的东西都是好的，中国的都是落后的。不但政治体制方面揪住专制、独裁不放，无视中央集权制之优点，文化及道德方面更是将中国传统的以儒教为中心的文化传统批驳得体无完肤，以"吃人"二字概括；在文学方面的"八大主张"（即需言之有物、不模仿古人、需讲求文法、不做无病之呻吟、务去滥调套语、不用典、不讲对仗、不避俗字俗语）则意在掐断当时的"新文学"与古文学的关联。更有甚者，有些所谓的"新文化斗士"视废除汉字、以拉丁字母拼汉语为救国之途，为中华文化刨根掘墓。当然，"五四"时代的破旧勇气对国人接受新事物是有很大帮助的，但有破就有立，破了旧的，需立新的，而且这种新的文化需要被中国人民所接受并经受住历史长期考验才行，而不能是短暂的懵懂附和或强制遵从。梁实秋在自己的论战文章中多次表现出对中国传统文化的担忧和对暴徒式革命者的愤慨，如《现代中国文学之浪漫的趋势》、《国文与国语》、《文学与革命》、《文学遗产》、《欧化文》中，他对中华文化的辩护及复兴期待一目了然。在呼吁国人重视传统的同时，曾留学美国的他也指出了西方文化中的许多弊端，如以宗教裁判所之火刑审视中国古代的酷刑，以欧洲人贩卖黑奴来比照中国传统文化中的不人道面。总之，梁实秋的一生，始终是在坚持中国文化传统，而对外来文化，则平目视之，无"言必称希腊"式的崇洋媚外，也无义和团式的盲目排外思维。说到这里，他的这种对外来文化的观点与学衡派的"昌明国粹、融化新知"非常相似。一个国家要发展，一个民族要兴盛，传统文化积淀必不可少，梁实秋不但在中国西化的激流中砥柱屹立，而且以切身的文学创作和翻译实践弘扬了中华文化。

中外文化的交流，翻译是开路先锋。梁实秋选莎剧作为翻译对象，就是以译稳健的经典来向那些受政治支配以及个人一时兴趣促发的短时速译发出挑战。因为莎士比亚在文坛上的地位是稳固的、不容置疑的，而且莎士比亚的作品远离当时中国的社会政治，向中国人译介莎士比亚，丰富大家的阅读食粮，实乃从精神层面为国人谋福利。当然，梁实秋译莎剧，是站在文化对等立场之上的，他认为只有外国优秀的文学作品才适合供给有伟大文化传统的中国读者来阅读。而梁实秋在翻译莎士比亚作品的过程中，则始终坚持"异化"与"归化"折中的原则，既努力保持原文句法，又适时融入中国传统文学辞藻（前文已述），这种不赞、不贬、不变的译法，是一个诚实的翻译者所应该具备的态度。惟其如此，译出的作品才能不卑不亢地反映原作风貌，使读者在体味外国文学、文化的同时认识到中国文学、文化的妙处，从而养成平和的心态，为中外文化平等交流打下基础。

梁实秋的译莎活动维护了中国文学史上多元话语并存的局面，为维护文学秩序起到了有力的支撑作用。

梁实秋兼受中西文化浸染，在他身上既有自由主义知识分子崇尚个人尊严和独立价值的一面，又有受中庸思想影响而形成的冷静稳健的一面。[1] 新文化运动时期，由于西方文化大量涌入，中西文化

---

[1] 严晓江：《梁实秋中庸翻译观研究》，上海译文出版社 2008 年版，第 237 页。

碰撞，当时的文艺界出现了泾渭分明的不同流派，后来又向着政治对立态势发展。针对这种状况，梁实秋顶住各种批判声音，以"第三种人"的形象顽强矗立文坛，突破文学的时代性与阶级性，代之以普遍人性的视角审视世界，在当时中国文坛的众声喧哗里找到了自己的位置。梁实秋以白璧德的新人文主义为理论支柱，倡导一种全面、和谐的人性，希望以传统和古典的审美规范弥补现代社会的某些弊端，使中国的国民及中华文化得以健康与进步，这种观点表现出的是对中华文化转型期的一种独特思考，即抛弃偏左、偏右的过激，跳出政治斗争的旋涡，突破贫富贵贱等社会不平等桎梏，以强调文学中共通的人性来从宏观上"拯救"国民。这种办法显然不能即时见效，不如革命来得迅速，但人性跨越时空的影响力，必将对国人道德、素养的提高产生长远的影响力。

在中国文学史上，梁实秋以散文见长，除此之外，便是他的翻译，而其几十部译作中，又以《莎士比亚全集》最能体现他的文学思想。就其翻译莎剧的行为来看，可以算是对"吟风弄月"文学和"革命文学"的一种平衡和中和。因为无论在任何时代，非黑即白式的文学样式都是不可取的，都会窒息文学的发展。《莎士比亚全集》的翻译过程历时近40年，贯穿了梁实秋的大半文学生涯，而其莎剧译文中所体现的求真原则及节制手法，都可视作是他这个译者传达自己文艺观念及人生态度的窗口。虽然翻译活动中译者主体性是饱受责难的，但只要译者是人，就必然会或多或少将个人的某些思想观念带入译文之中。梁实秋所融入译作的，不是个人的好恶，不是对原作内容某些点面的评判，而是在努力折中后发掘出的永恒人性。

梁实秋在翻译莎剧过程中，顶住了各方压力和诸多磨难，最终笑到最后（不像有的文学家的"转向"），可谓坚持文学多元话语的干将，对维护文学秩序的稳定健康发展无疑是一种启示。

梁实秋的莎译本的求真态度及译莎活动的执著精神，为后来的翻译者树立了榜样，对引导我国文学翻译事业的蓬勃发展具有巨大的激励作用。

作为翻译家，梁实秋不求名利，认真钻研，体现出了学者的严谨和大家的风范。他在后来的回忆中曾说，在译莎中，首先碰到的是资料匮乏问题。为搜集资料，他搜遍全国的图书馆，并自费从英国一家旧书店购置图书。经过数年努力，他最终收集了一大批超过国内任何大学图书馆馆藏的有价值的莎剧资料，这些资料中包括《莎士比亚学会论文集》（*Shakespeare Society Transactions*）这样的权威论著，为他的译莎事业打下了良好的基础。梁实秋曾对他的翻译工作详细论述道：

> 我在翻译过二十本莎士比亚之后，得到一点经验，那便是翻译有时候也能牵连上一点点研究性的工作。译者面对着原文，时常搔首踟蹰，不敢落笔，总想把原文懂得比较透彻一点才可以减少遗憾。于是便不得不广为参考十八世纪以来各家的注释。有注释的莎士比亚剧本，种类繁多，我手边常备的有下列几种：Arden, Hudson, Rolfe, Yale, Deighton, Clarendon Press, Kittredge, Harrison, Craig, New Cambridge, New Variorum, Warrick, Scholar's Library 等等，把各家注释浏览一遍就需要很多的时间和精力，遇到各家学说不一致的时候，译者还不能

不自己思索思索。所以我说，有时候翻译也要牵连上一点点研究工作。参考书籍当然不以注释本为限，举凡与莎士比亚有关的书籍文字都应该置我案头供我披阅。但这是何等的奢望！我尝梦想，如果能到莎士比亚纪念图书馆，或是福尔哲莎士比亚图书馆，那该有多么好！不是到那地方去匆匆巡礼一番，而是坐下来工作三年五年，充分利用那些藏书。……在我着手翻译前后，我看见过的中文翻译有下列数种：（一）田汉译《哈姆雷特》、《罗密欧与朱丽叶》。（二）顾仲彝译《威尼斯商人》。（三）张采真译《如愿》。（四）杨晦译《雅典人台满》。（五）曹未风译《该撒大将》、《凡隆纳的二绅士》等若干种。（六）孙伟佛译《该撒大将》。（七）邱存真译《知法犯法》。（八）曹禺译《罗密欧与朱丽叶》。（九）朱生豪译悲喜剧共二十七种。（十）虞而昌译历史剧十种。（十一）孙大雨译《璃琊王》。（十二）夏鼐译《朱利奥恺撒》与《卡里欧黎纳士》。[1]

困居四川的时候，听说《新集注本》的《亨利四世》下篇出版，我急于取得一读，适有两位亲友先后获得到美国去的机会，我乃千请求万嘱咐的托他代购此书，想不到二公归来送给我好多好多洋货，而无一语道及买书之事，使我怅然若失！来到台湾之后，美国新闻处图书馆主任某女士服务态度绝佳，曾问我有何可以效劳之处，我说我要书，她大喜，她说这正是她的职责。于是

---

[1] 梁实秋：《关于莎士比亚的翻译》，梁实秋主编：《莎士比亚诞辰四百周年纪念集》，第574—579页。

我开了一个书单，都是近年美国出版有关莎氏的著作……等了一阵之后，她面告我："对不起，您的书单被驳了，因为莎士比亚是英国人，希望您另提一个有关美国作家的书单。"[1]

从梁实秋翻译莎士比亚全集的资料准备即可看出，一部好的译作的产生需要经历相当多的前期准备工作，而这些工作并不是简单的版本对照或找注寻释，而是对翻译对象产生的地点、时代的文化和文学信息的全面考察，涉及诸多知识领域，远远超出了普通的翻译范畴，所以可以说，梁实秋翻译莎士比亚作品，是推敲式的翻译。

梁实秋曾说过："翻译，若认真做，是苦事。逐字逐句，矻矻穷年，其中无急功近利之可图，但是苦中亦有乐。翻译不同创作，一篇创作完成有如自己生育一个孩子，而翻译作品虽然不是自己亲生，至少也像是收养很久的一个孩子，有如亲生的一般，会视如己出。"[2]正是这种认真的态度，使他在译莎过程中吃尽苦头。对此，梁实秋曾在致女儿的信中大叫译莎之苦楚。特别是翻译的最后几年，他已60多岁，身患糖尿病和胆结石，后来还做了胆囊切除手术。以老病之躯，对付艰难的莎剧翻译，需要的不仅是知识，而且是信仰和毅力。莎士比亚全集译完后，梁实秋颇感自慰。他自认为译莎是他一生中所能做的最大贡献，而且从中自得其乐并培养出了对世间万象

---

[1] 梁实秋：《"岂有文章惊海内"——答丘彦明女士问》，《梁实秋杂文集》第5卷，第537—538页。
[2] 梁实秋：《漫谈翻译》，《梁实秋文集》第5卷，第436页。

的理解宽容心胸。可见翻译是一种事业，需要十年磨一剑的细琢精磨，需要抛弃功利与欲望的耐心与执著。

反观近代以来中国文坛译状，有不懂外文或外文拙劣而译者，有二道贩子、三道贩子式投机转译者，有为政治而译者，有为商业利益而译者，其中弊端甚多，一般都表现为偷懒与投机。偷懒即外语较差，但为利益驱使匆忙上阵，翻译中遇到不甚解之处就能逃就逃、能跳就跳，全凭个人外语水平高低避重就轻、删改节略。而此类作品因政治、经济利益所需，往往都是未有译之新作，读者也不易寻得原作，或者寻得原作也少有比照，于是就出现大量垃圾译作。投机即不懂装懂，不懂某种外语，偏偏要译该类作品，比如有译法国人勒南著作者，封面标注原作者国籍为法国，而版权页或序言中却声明依据的是该作的英译本。梁实秋在与鲁迅论战及其他一些探讨翻译的文章中，明确反对偷懒与投机。虽然他也转译有《阿拉伯与哀绿绮丝的情书》，但前提是该古书的标准拉丁文原作已难以寻觅。对待翻译，梁实秋总结出以下十条原则：

1. 一个负责任的译家应该具备三个条件：
   (1) 对于原作肯尽力研究，以求透彻之了解。
   (2) 对于文学之运用努力练习，以期达到纯熟之境地。
   (3) 对于翻译之进行慎重细心，以求无负于原作与读者。
2. 译第一流的作品，经过时间淘汰的作品，在文学史有地位的作品。
3. 从原文翻译，不从其他文字转译。

4．译原作的全文，不随意删略。
5．不使用生硬的语法，亦不任意意译。
6．注意版本问题，遇版本有异文时，应做校刊工夫。
7．在文字上有困难出，如典故之类，应加注释。
8．凡有疑难不解之处，应胪列待考。
9．应用各家注解时，应注明出处。
10．译前应加序文，详述作者生平及有关资料。[1]

梁实秋的这些翻译准则是针对其所有的翻译活动而言的，但在他的翻译活动中，莎剧的翻译却是历时最长、工作量最大的重中之作。正如著名文学家兼翻译家余光中在怀念梁实秋的文章中所说："一提起梁实秋的贡献，无人不知莎翁全集的浩大译绩，这方面的声名几乎掩盖了他别的译书。"[2] 梁实秋的莎剧译本忠实地践行了他的上述翻译准则，我们可视其为他译莎的心得体会。

总之，梁实秋的译莎活动是一个执著探索的研究过程，梁实秋的译莎态度彰显了一个学者的学术考察历程。梁实秋的莎剧译本是一部融合中西文化理念与凸显人类共通人性的杰作，不仅对多元文化交流中对外、对内文化态度有启发意义，而且对我国的翻译界、学术研究也会起到积极的指导作用。

---

[1] 吴奚真：《悼念梁实秋先生》，陈子善编：《回忆梁实秋》，吉林文史出版社1992年版，第49页。
[2] 余光中：《文章与前额并高》，《余光中集》第6卷，百花文艺出版社2004年版，第499页。

结语：梁实秋莎评的意义

中国新时期以来，西方形形色色的批评理论、批评方法的移入和运用，使得国内莎评无论就其关注的广度还是研究的深度都有了长足的进展，是以往任何时期都不能比拟的。在如此丰硕的研究成果的比照下，也许梁实秋的莎评文章似乎真的显得有些陈旧、一般，特别在有些方面还停留在评介的层面上。但是，只要我们把梁实秋的莎评放在中国莎士比亚批评史的视阈里，并以实事求是的历史的眼光、比较的眼光加以审视，就不能否认梁实秋莎评的独特性与可贵性，就不能忽略梁实秋莎评在20世纪上半叶中国莎士比亚批评接受史上的价值和意义。

近现代中国对莎士比亚的接受经历了一个由冷淡、重视到推崇的曲折变化过程。从19世纪30年代莎士比亚最初被介绍到中国至20世纪初的近百年中，中国对莎士比亚的接受显得格外迟缓，进展不大，而且总体上莎士比亚在这个时期并没有获得好运。为什么？从大的社会环境看，近代中国知识分子开始普遍认为，西方只是在自然科学技术、政治制度与民主学说等方面比中国先进，而对于西方文学则认为并无可观，比起中国的司马迁、李白、杜甫和《红楼梦》来则望尘莫及。[1]这一误解显然迟缓了中国对西方文学的译介进程。1899年，林纾首开翻译外国文学之风气，"向中国人民输入了新思想、新风俗，也输入了新的文学观念""而且也使中国人民看到了西洋文学在形式、结构、语言和表现手法上的卓越之处，大大地开拓了中国作家的艺术视野"。[2]但是，就在许多外国文学名家的作品被大量译介的时候，莎士比亚的译介依然显得十分缓慢。继田汉《哈姆雷特》之后，莎士比亚原著戏剧译本主要有诚冠怡的《陶冶奇方》（《驯悍记》，1923）、田汉的《罗密欧与朱丽叶》（1924）、曾广勋的《威尼斯商人》（1924）、邵挺的《天仇记》（《哈姆雷特》，1924）、邵挺和许绍珊的《罗马大将该撒》（1925）、张采真的《如愿》（1927）、邓以蛰的《若邈久袅新弹词》（《罗密欧与朱丽叶》，1928）、缪览的《恋爱神圣》（《温莎的风流娘儿们》，1929）等。这与来自欧洲另一个大文豪托尔斯泰的命运形成鲜明的对照。据研究，自托尔斯泰的名字1900年进入中国至"五四"前的短短十几年时间，他的作品就被翻译成中文有30余种。[3]当然，这一反差现象的出现，更与文学思想上强烈的功用性有关。救亡图存、变革社会的时代需求，决定着中国在文学创作、文学译介、文学研究等领域对文学的社会政治功利性的强调，无疑使当时的文学创作与批评活动折射出强烈的政治实用意识。自然，政治的、革命的、阶级的意识成为批评活动中压倒一切的主导意识。以天下兴亡为己任的中国知识分子，理所当然地多推崇现实主义文学并自

---

[1] 郭延礼：《中西文化碰撞与近代文学》，山东教育出版社1999年版，第257页。
[2] 同上，第258页。
[3] 郭延礼：《近代西学与中国文学》，百花洲文艺出版社1999年版，第215—221页。

觉地与社会政治使命紧密地结合在一起，主要基于现实政治的批评而非学术探究的批评也因此成为时代的主旋律。体现在莎士比亚批评上，政治层面的莎士比亚研究显然压倒了学术层面的莎士比亚研究，更多的是强调他创作的现实主义倾向和为现实服务的意义。我们前面论及的茅盾的莎评，就是这方面的突出代表。

较之茅盾，梁实秋对莎士比亚的批评则完全呈现为另一种状态。他的一系列莎评赋予当时已经社会政治色彩化了的莎士比亚另外一种生动鲜活的面目，为读者提供了另一视角，使多元化的莎士比亚批评成为可能。梁实秋莎评的出现，无疑具有这样一种象征意义：在现实功用思想突出、社会政治诉求强烈的氛围下，依然有学人热心于探究丰富的人性，表现出了对学术探寻的尊重。

首先，梁实秋的莎评主要是基于学术的探讨。他所关注的是世界范围内莎士比亚研究的观点与问题，体现出来的是对西方莎学研究自觉的整体把握。他的莎评文章虽然主要取译介的方式，但终究是经过他个人的视角和感受而写就的，其间融会着他的宝贵见解，因此也就具有了不同于他人的个性化特点。这个特点就是超然于当时社会政治主流的不带功利性的文学批评。从这个角度说，不管梁实秋是对别人观点的介绍和引进，还是个人的独立研究，所传递出来的都是具有批评价值的信息。他在 20 世纪 30 年代就能从学术史研究的角度审视和梳理西方莎士比亚研究成果，较为系统翔实地介绍莎士比亚创作的方方面面，让当时的中国读者极为新鲜地、也较为全面地认识了莎士比亚的魅力以及西方莎学发展概况，大大开阔了读者的阅读与认知视野。我国有意识地译介西方莎评成果（以杨周翰先生主编的《莎士比亚评论汇编》为代表)是后来的事。由于梁实秋坚持学术探究,所以他总能自觉地从剧本本身出发探询其初始意义、人性意义;他既能看到莎士比亚现实主义的一面,又不忽略其浪漫主义的特质;他对莎士比亚的伟大给予充分认知,却又毫不讳言他的瑕疵。他不极端,不偏激,没有让学术研究迁就于现实政治的直接需要,力求客观全面,表现出了可贵的求真务实的精神。他的莎评在中国莎士比亚评论的初期具有引导、启蒙的意义,事实上大大推动了莎士比亚在中国的传播和研究,也为后来中国莎评的健康发展提供了有益的借鉴。

其次,如果我们再将梁实秋莎评置于 20 世纪上半叶西方莎评大背景下加以审视,就更能看出其意义。较前几个世纪,20 世纪上半叶西方莎评最突出的特点,就是从艺术的内部规律方面,大大丰富、加强并深化了对莎士比亚戏剧艺术的探讨。历史学派批评、比较文学批评、原型派批评、心理学派批评、新批评、意象—语义派批评等呈现出争奇斗艳的景观。梁实秋的莎评虽然在当时的中国批评环境中属于另类,居于边缘,却无疑应和了西方世界莎评向内转的主流批评倾向,并对 20 世纪 80 年代后的中国文学批评界产生了深刻影响。梁实秋坚持文本批评,认为"最好的研究文学的方法是在作品里去研究,不是到作品外面去研究"[1]。作为文学研究者,他所强调的是文学应该具有的相对独立性,即文学之所以是文学且能得以永久的本真所在,而不是浅薄的功利主义说教,"作品的价值的高

---

[1] 梁实秋:《文学批评论·结论》,《梁实秋文集》第 1 卷,第 302 页。

下并不完全视教训而定"[1]。不过，他同样坚持认为，文学必须有益于人生，必须在感受到美感后能唤起对更深刻更严肃的思想的追求。好的批评家不仅要了解作者的艺术，还要了解作者的思想与情感的质地。他同样重视莎士比亚创作的道德意义，但这种道德意义不是直接说教，而是对人性的深刻探讨。梁实秋既注重文本，又不唯文本，既重视道德内涵，又反对道德说教，既能主动汲取西方文学批评精华，又能清醒守护本土文论传统血脉，表现出了相当稳健的态度和一种成熟的均衡感。梁实秋对和谐平衡理念的追求，对于中国文学批评界来说尤具借鉴价值和启迪意义。

总之，梁实秋基于学术层面探寻莎士比亚戏剧创作的普世价值与艺术魅力，是他作为一个学者自由的学术选择，也是他辛勤耕耘、孜孜以求的目标。他的莎评是中国莎评史上不可分割的有机组成部分，是中国莎评中一份值得珍视的宝贵遗产。关注、总结梁实秋的莎评研究，不仅有助于我们探讨他对莎士比亚研究的价值和意义，有助于深入对梁实秋这位 20 世纪著名评论家批评观念的探析，而且通过对他的研究可以展示莎士比亚在 20 世纪上半叶一个中国学者那里的存在状态，一种不同于现实政治的功利接受的命运礼遇，同时，也是对新世纪真正有价值的多元化莎士比亚批评的期待。

---

[1] 梁实秋：《约翰孙》，《梁实秋文集》第 8 卷，第 42 页。

梁实秋主要研究资料（1981—2011）

一、论文

朱学兰：《抗战需要文艺　文艺必须抗战——关于抗战时期文艺界跟梁实秋的"与抗战无关"论的论争》，《重庆师范大学学报》1981.4。

李允经：《鲁迅与梁实秋的一场论战》，《前线》1981.4。

张崇文：《梁实秋的人性论与白璧德的新人文主义》，《延安大学学报》1982.2。

曾广灿：《老舍与梁实秋》，《文史哲》1984.5。

陈梦熊：《郁达夫支持鲁迅与梁实秋展开的一场论战——兼谈一九八一年版〈鲁迅全集〉的几个注释问题》，《中国现代文学研究丛刊》1986.1。

柯灵：《现代散文放谈——借此评议梁实秋与"抗战无关论"》，《中国现代文学研究丛刊》1987.2。

杜元明：《梁实秋的散文世界》，《天津师范大学学报》1987.6。

朱二：《鲁迅、梁实秋和白璧德人文主义》，《鲁迅研究月刊》1987.12。

善文：《梁实秋回忆录的出处及其他》，《读书》1987.12。

柯飞：《梁实秋谈翻译莎士比亚》，《外语教学与研究》1988.1。

徐学：《梁实秋小品文艺术浅析》，《台湾研究集刊》1988.1。

张放：《秋风起莼鲈之思——读梁实秋的两篇怀乡散文》，《名作欣赏》1988.1。

王金英：《寄托深蕴　情采并发——读梁实秋的〈骆驼〉》，《名作欣赏》1988.1。

罗钢：《梁实秋与新人文主义》，《文学评论》1988.2。

孙续恩：《抗战时期梁实秋的"与抗战无关"论再认识》，《中国现代文学研究丛刊》1988.2。

杜元明：《梁实秋的散文世界》，《中国现代文学研究丛刊》1988.3。

林非：《"人性"→"阶级性"——论鲁迅思想演变轨迹兼及其对梁实秋的批评》，《中国现代文学研究丛刊》1988.4。

鲁海：《梁实秋和莎士比亚》，《图书馆杂志》1988.5。

季羡林：《回忆梁实秋先生》，《今日中国》1988.6。

叶永烈：《梁实秋的梦》，《上海文学》1988.6。

《联合报》副刊编辑室：《梁实秋印象：海内外学者谈梁实秋》，《鲁迅研究月刊》1988.7。

郑树森：《国际学界看梁实秋》，《鲁迅研究月刊》1988.7。

李瑞腾：《大陆时期的梁实秋》，《鲁迅研究月刊》1988.7。

朱二：《梁实秋今日谈鲁迅（1987年）》，《鲁迅研究月刊》1988.7。

柯灵：《现代散文放谈——借此评议梁实秋与"抗战无关论"》，《鲁迅研究月刊》1988.7。

陈子善：《研究鲁迅杂文艺术第一人——梁实秋》，《鲁迅研究月刊》1988.9。

龚商召：《梁实秋释"漫与"》，《鲁迅研究月刊》1988.11。

刘丽华：《从新发现的三篇佚文看梁实秋对"普罗文学"的态度》，《鲁迅研究月刊》1989.1。

吴方：《十步之内挹其芬芳：关于梁实秋〈雅舍小品〉》，《读书》1989.1。

王本朝：《论中国现代文艺思想史上的梁实秋》，《学习与探索》1989.3。

潘颂德：《梁实秋的诗论》，《赣南师范学院学报》1989.4。

陈漱渝：《〈雅舍小品〉现象——我观梁实秋的散文》，《齐齐哈尔大学学报》1989.5。

斯水：《梁实秋文学回忆录》，《读书》1989.10。

柳海志：《谈鲁迅对林语堂、梁实秋、陈源等人的批评问题》，《新疆石油教育学院学报》1990.1。

商金林：《闻一多的风采——闻一多与胡适、梁实秋、吴晗、朱自清、鲁迅之比较》，《北京大学学报》1990.4。

谭桂林：《不送之送：一种独具匠心的伤别模式——梁实秋"苦雨凄风"赏析》，《名作欣赏》1990.6。

闻森：《于寻常之中发现不寻常——〈梁实秋散文〉读后》，《新闻爱好者》1990.11。

刘锋杰：《论梁实秋在中国现代文学批评中的地位——兼谈认识梁实秋的方法》，《中国现代文学研究丛刊》1991.2。

周均东：《论梁实秋的追求与失落》，《曲靖师范学院学报》1991.4。

龙渊：《"雅舍"：别具一格的散文系列——梁实秋散文论》，《杭州师范学院学报》1991.5。

白春超：《对梁实秋人性论文艺思想的再认识》，《中州学刊》1991.6。

宏图：《梁实秋写梅》，《瞭望》1991.12。

卢今：《论梁实秋散文》，《江淮论坛》1992.1。

邹华：《封闭矛盾的古代和谐——梁实秋的美学思想》，《西北师大学报》1992.1。

李正西：《〈不灭的纱灯——梁实秋诗歌创作论〉一书在台湾出版》，《安徽教育学院学报》1992.1。

吴常强：《娟雅谐趣　各臻其致——读梁实秋散文〈雅舍〉〈下棋〉》，《名作欣赏》1992.2。

王伟：《雅致地表现雅致的人生——略谈梁实秋散文创作》，《世界华文文学论坛》1992.2。

彭耀春：《梁实秋与国剧运动》，《艺术百家》1992.4。

汪文顶：《春华秋实　圆熟雅致——略论梁实秋的散文》，《福建师范大学学报》1992.4。

邹华：《林语堂和梁实秋的散文》，《殷都学刊》1992.4。

邹华：《梁实秋四字论鲁迅》，《炎黄春秋》1992.6。

林俐达：《论梁实秋小品散文的审美价值》，《福建论坛》1992.6。

范兰德：《梁实秋散文的文化意识》，《华中师范大学学报》1993.1。

蒋心焕、吴秀亮：《论梁实秋美学理想及其散文的审美意蕴》，《安徽教育学院学报》1993.1。

蒋心焕、吴秀亮：《论梁实秋散文的独特品格》，《山东师范大学学报》1993.2。

蒋心焕、吴秀亮：《试论闲适派散文——兼及周作人、林语堂、梁实秋散文之比较》，《聊城大学学报》1993.2。

袁良骏：《鲁迅、梁实秋杂文比较论》，《中国现代文学研究丛刊》1993.3。

卜庆华：《对郭沫若和梁实秋、徐志摩、周作人关系的一点辩白》，《零陵学院学报》1993.2。

陈漱渝：《"今我来思，雨雪霏霏"——访梁实秋公子梁文骐》，《鲁迅研究月刊》1993.3。

方鸿儒：《"绚烂之极归于平淡"——〈梁实秋散文精品〉读后》，《中国图书评论》1993.4。

辜坚：《梁文茜与梁实秋》，《国际人才交流》1993.12。

何跃祖：《谈梁实秋先生"剑外"新解》，《杜甫研究学刊》1994.2。

朱孝文：《讽刺文学的出发点是爱，不是恨——读梁实秋散文札记之一》，《彭城职业大学学报》1994.2。

王淑芳：《感伤的精神旅行——论梁实秋饮食散文中的思乡情结》，《苏州大学学报》1994.2。

金梦：《台湾的"梁实秋文学奖"》，《出版参考》1994.2。

陈亦：《近期梁实秋研究述要》，《高校社科情报》1994.2。

刘远：《我读梁公文，以其文笔好——也谈梁实秋》，《中国现代文学研究丛刊》1994.2。

范昌灼：《最是爱鸟动人情——梁实秋散文〈鸟〉品赏》，《名作欣赏》1994.3。

董小玉、冉启东：《秋天的江水汩汩地流——论乡愁在梁实秋的〈雅舍谈吃——火腿〉》，《名作欣赏》1994.3。

鲁非：《雅人学士的闲适篇章——梁实秋作品中的幽默》，《阅读与写作》1994.3。

刘红：《梁实秋的学术生涯和感情世界》，《民国春秋》1994.3。

江胜清：《论梁实秋的文艺思想兼及人性论的论争》，《孝感师专学报》

1994.3。

郭著章:《译坛大家梁实秋》,《中国翻译》1994.4。

李复兴:《梁实秋散文创作刍议》,《临沂师专学报》1994.4。

洪燕:《坦露人格 抒写情趣——论梁实秋散文》,《黔东南民族师范高等专科学校学报》1994.4。

小岛久代、丁祖威:《梁实秋与人文主义》,《中国现代文学研究丛刊》1994.4。

《梁实秋、顾颉刚等发起追悼鲁迅》,《鲁迅研究月刊》1994.4。

卢今:《别一种风范——梁实秋散文创作论》,《文学评论》1994.6。

倪平:《梁实秋演戏》,《书城》1994.9。

李伟民:《梁实秋与莎士比亚》,《书城》1994.10。

谢逢江:《新版〈毛选〉关于梁实秋的注释改了》,《阅读与写作》1994.10。

黄曼君:《关于梁实秋》,《语文教学与研究》1994.11。

葛红兵:《梁实秋新人文主义批评论》,《海南师范学院学报》1995.1。

许祖华:《梁实秋散文风格论》,《培训与研究—湖北教育学院学报》1995.1。

胡绍华:《智慧的魅力——评〈双重智慧——梁实秋的魅力〉》,《三峡大学学报》1995.1。

刘炎生:《梁实秋抵台后对鲁迅的态度》,《鲁迅研究月刊》1995.2。

许祖华:《梁实秋对莎士比亚的翻译与研究》,《外国文学研究》1995.2。

秦新春:《梁实秋散文艺术世界的深层结构》,《中国人民大学学报》1995.2。

李林展:《平凡的人性深度 简朴的文明标尺——略论梁实秋〈雅舍小品〉的艺术特点》,《湘潭师范学院学报》1995.2。

丁文庆:《梁实秋散文论》,《西北第二民族学院学报》1995.3。

黄长华：《简洁典雅　含蓄蕴藉——试论梁实秋"雅舍小品"系列》，《闽江学院学报》1995.3。

王业霖：《寻找梁实秋》，《清明》1995.3。

赵军峰、胡爱舫：《梁实秋对翻译的贡献》，《荆州师范学院学报》1995.3。

刘波：《梁实秋散文特色漫谈》，《山东教育学院学报》1995.3。

于东新：《梁实秋眼中的徐志摩》，《内蒙古民族师院学报》1995.4。

许祖华：《双重智慧下的自我塑造——梁实秋论》，《中国文学研究》1995.4。

苏振元：《梁实秋散文论》，《杭州大学学报》1995.4。

李正西：《诗，爱情的使者——梁实秋诗歌创作论之一》，《世界华文文学论坛》1995.4。

周明：《冰心与梁实秋》，《春秋》1995.6。

刘炎生：《梁实秋和鲁迅争论的起因及翻译问题的是非》，《鲁迅研究月刊》1995.6。

刘炎生：《公正地对待历史——关于〈梁实秋怀人丛录〉的几个问题》，《鲁迅研究月刊》1995.6。

何祖健：《梁实秋散文幽默品赏》，《当代文坛》1996.1。

黄曼君：《月是故乡明——试论梁实秋散文的思想积淀》，《华中理工大学学报》1996.3。

陈斌：《梁实秋破例谈鲁迅》，《天涯》1996.3。

张智辉：《梁实秋散文的幽默艺术》，《写作》1996.3。

梁文骐：《我的父亲梁实秋》，《陕西教育》1996.4。

马利安·高利克、张林杰：《梁实秋与中国新人文主义》，《中国现代文学研究丛刊》1996.4。

刘泰隆：《这些历史如何评说——浅谈鲁迅对孔子和梁实秋等的批判》，《广西师范大学学报》1996.4。

赵军峰、魏辉良：《梁实秋的翻译观初探》，《湖北师范学院学报》1996.4。

罗静文：《梁实秋、冰心联袂主演〈琵琶记〉》，《炎黄春秋》1996.5。

张国安：《浅谈梁实秋"雅舍小品"的幽默艺术》，《修辞学习》1996.5。

邵江天：《梁实秋的散文》，《名作欣赏》1996.6。

闻黎明：《关于梁实秋的小说〈公理〉》，《鲁迅研究月刊》1996.6。

杨小武：《梁实秋之女梁文茜的昨天和今天》，《炎黄春秋》1996.11。

崔普权：《梁实秋长女的北京情结——记中华女律师联谊会副会长梁文茜女士》，《北京纪事》1996.11。

许音、古潇：《梁实秋散文的艺术视角》，《培训与研究—湖北教育学院学报》1997.1。

杨小玲：《梁实秋散文的滑笔艺术》，《中南民族学院学报》1997.1。

董小玉：《晓畅明丽 渊雅情韵——读梁实秋的散文》，《宜宾学院学报》1997.1。

孙大雨：《我与梁实秋的一些交往》，《书城》1997.1。

陈子善：《梁实秋写过小说》，《书城》1997.1。

李怡：《鲁迅、梁实秋论争新议——关于那段历史的读书札记》，《赣南师范学院学报》1997.1。

白春超：《论梁实秋的文艺思想》，《重庆三峡学院学报》1997.2。

何祖健：《梁实秋散文幽默风格心理追踪》，《湖南大学学报》1997.2。

董小玉：《闲适淡雅话人生——读梁实秋的散文》，《东疆学刊》1997.2。

王玮敏：《循形达意 方得神韵——评梁实秋译莎氏十四行诗》，《中国翻译》

1997.3。

陈咏芹：《二十世纪中国文化语境中的梁实秋——评刘炎生的〈才子梁实秋〉》，《广东社会科学》1997.4。

章辉：《梁实秋与读书》，《中小学图书情报世界》1997.4。

文小妮：《论梁实秋散文的风格》，《常德师范学院学报》1997.5。

张积玉、张智辉：《梁实秋的幽默散文与西方的超现实幽默》，《文史哲》1997.6。

李亚东：《读梁实秋》，《中学语文》1997.8。

冯异：《梁实秋的"无知"》，《博览群书》1997.9。

叶凡：《梁实秋的"骂人的艺术"》，《鲁迅研究月刊》1998.1。

蔡清富：《鲁迅梁实秋"人性"论战评议》，《鲁迅研究月刊》1998.6。

叶凡：《是鲁迅可笑还是梁实秋可鄙》，《鲁迅研究月刊》1998.9。

韩石山：《梁实秋与"新某生体"之辩》，《新文学史料》1998.2。

文小妮：《继承超越失落——梁实秋散文与传统散文》，《中国文学研究》1998.1。

袁良骏：《战时学者散文三大家：梁实秋、钱钟书、王了一》，《北京社会科学》1998.1。

黄万剑：《试论梁实秋散文小品的幽默特色》，《钦州师范高等专科学校学报》1998.1。

秋禾：《茅舍数楹梯山路——解读梁实秋文坛生涯的一个视角》，《书屋》1998.2。

李顺群：《梁实秋散文中的象声词》，《北京第二外国语学院学报》1998.2。

张彩霞：《梁实秋小品散文的艺术特色》，《青岛远洋船员学院学报》1998.3。

何祖健：《反义处生情趣 轻松中见幽默——梁实秋"雅舍小品"反语修辞论》，《湖南大学学报》1998.3。

白春超：《梁实秋文艺思想评述》，《河南大学学报》1998.3。

刘炎生：《20世纪中国散文的奇葩——梁实秋"雅舍"系列散文略论》，《广东社会科学》1998.4。

王彬彬：《客观之幌下的肆意歪曲——对一本〈梁实秋传〉的几点订正》，《书屋》1998.4。

任明耀：《程季淑和梁实秋的生死恋情》，《世纪》1998.6。

杨小玲：《梁实秋散文的文化品味》，《中南民族学院学报》1999.1。

刘学慧：《梁实秋散文风格摭谈》，《淮北煤师院学报》1999.1。

雷蕾：《漫谈梁实秋散文小品的艺术特色》，《岳阳师范学院学报》1999.2。

刘蓓：《智者的微笑——梁实秋与钱钟书幽默散文比较》，《镇江市高等专科学校学报》1999.2。

赵海彦：《梁实秋与中国现代文学"艺术至上主义"观念的流变——由梁实秋引起的三次文学论争说起》，《西北师大学报》1999.3。

芦海英：《话语的两个世界——鲁迅与梁实秋比较论》，《彭城职业大学学报》1999.4。

求聿军：《论禅宗思想对梁实秋人生态度和艺术创作的影响》，《浙江师大学报》1999.5。

余红缨：《略论梁实秋散文的语言艺术》，《文教资料》1999.6。

曹毓生：《梁实秋散文理论批评平议》，《湖北师范学院学报》2000.1。

应丽琴：《"有个性就可爱"——论梁实秋的〈雅舍小品〉》，《绍兴文理学院学报》2000.1。

段怀清：《梁实秋与欧文·白璧德的人文主义》，《文艺理论研究》2000.1。

刘全福：《鲁迅、梁实秋翻译论战焦点透析》，《中国翻译》2000.3。

王永乐：《论梁实秋散文的幽默风格》，《合肥联合大学学报》2000.3。

刘全福：《鲁迅、梁实秋翻译论战追述》，《四川外语学院学报》2000.3。

燕晓东：《路过梁实秋家的门前》，《作家》2000.3。

毛华奋：《梁实秋译〈失乐园〉中的一处明显错误》，《台州学院学报》2000.4。

叶向东：《论梁实秋的自由主义文学思想》，《云南师范大学学报》2000.4。

陆克寒：《西方浪漫主义的中国文化处境——从梁实秋与郁达夫的"卢梭之争"说起》，《扬州大学学报》2000.5。

尤小立：《梁实秋论狗》，《书城》2000.5。

芦海英：《鲁迅与梁实秋论争的另一种观照》，《西北师大学报》2000.5。

郭媛媛：《絮语中的雍容与智慧——论周作人、林语堂、梁实秋闲适小品》，《兰州大学学报》2000.6。

骆耀：《凌云健笔意纵横——梁实秋散文阅读札记》，《语文学刊》2000.6。

陈志明：《文人与行——驳梁实秋之"文人有行"》，《江苏广播电视大学学报》2001.1。

张高云：《试论梁实秋〈雅舍小品〉的艺术特色》，《闽江职业大学学报》2001.1。

曹艳玲：《美哉，小品文——读梁实秋先生小品文有感》，《北京教育》2001.3。

顾金春：《传统的复归——梁实秋后期文艺思想及前后转变原因初探》，《内蒙古社会科学》（汉文版）2001.4。

江倩：《雅而能俗　以雅化俗——谈梁实秋散文的雅俗共赏》，《陕西教育学院学报》2001.4。

吴立昌：《重读梁实秋的"与抗战无关"论》，《上海大学学报》2001.5。

江胜清：《论梁实秋文艺思想之独特构成及传统理路》，《郧阳师范高等专科学校学报》2001.5。

胡博：《梁实秋新人文主义文学批评思辨》，《东岳论丛》2001.6。

王列耀：《梁实秋与中国现代戏剧悲剧意识的演进》，《广东社会科学》2001.6。

廖超慧：《梁实秋审美文学观的理论支架——白璧德的新人文主义》，《华中科技大学学报》2002.1。

陆道夫：《梁实秋、鲁迅人性阶级性论争溯源》，《广东职业技术师范学院学报》2002.1。

韩石山：《梁实秋的私行》，《人民文学》2002.1。

李立：《与父亲梁实秋的半世等待——访梁实秋之女梁文茜》，《两岸关系》2002.1。

钟巧灵：《从梁实秋的精神个性看〈雅舍小品〉精神》，《南华大学学报》2002.1。

辛郑群：《双峰并峙：古典的流风遗韵——梁实秋、汪曾祺散文创作相似点简析》，《当代文坛》2002.1。

克清：《梁实秋文艺思想简析》，《青岛大学师范学院学报》2002.1。

王炳根：《冰心、梁实秋友情之定位》，《文学自由谈》2002.2。

翟瑞青：《梁实秋文学批评思想探源》，《山东大学学报》2002.3。

谭光辉、赵秋阳：《一位不合时宜的批评家——梁实秋》，《甘肃教育学院学报》2002.3。

顾金春:《新人文主义者的追求——论梁实秋新月时期的文艺思想》,《青海社会科学》2002.3。

李波:《梁实秋的新人文主义批评论》,《东岳论丛》2002.4。

薛进:《浅析梁实秋适度幽默的美学追求》,《语文学刊》2002.5。

傅德岷:《论梁实秋散文的文化意蕴》,《云南师范大学学报》2002.6。

古远清:《雅舍主人在台湾——记梁实秋的后半生》,《武汉文史资料》2002.9。

陈剑锋:《嬉笑怒骂皆成至理——析鲁迅批驳梁实秋的论辩艺术》,《广西商业高等专科学校学报》2003.1。

薛雯:《梁实秋反对克罗齐?——梁实秋与克罗齐文艺观的异与同》,《安徽师范大学学报》2003.2。

《重庆文学史》课题组:《梁实秋与重庆文学》,《涪陵师范学院学报》2003.2。

顾金春:《"人性"的独特思考——浅析梁实秋的人性论》,《江苏教育学院学报》2003.3。

江胜清:《文化观念、审美情趣的差异与碰撞——梁实秋与鲁迅之争新论》,《郧阳师范高等专科学校学报》2003.2。

曲光楠、杨桂贞:《试论梁实秋〈雅舍〉的自然个性》,《黑龙江农垦师专学报》2003.3。

俞兆平:《鲁迅与梁实秋论战的另一起因》,《粤海风》2003.5。

李志孝:《论梁实秋的人性论文学观——兼论与左翼作家的论战》,《西华师范学院学报》2003.6。

周明：《从此秋郎是路人——冰心与梁实秋的世纪友情》，《纵横》2003.6。

马建英：《鲁迅与梁实秋论争的另一种观照》，《宁波职业技术学院学报》2003.6。

周明：《谢冰心与梁实秋》，《报刊荟萃》2003.7。

叶永烈：《梁实秋·韩菁清白发红颜忘年恋》，《出版参考》2003.17。

赵心宪：《梁实秋"三阶层"说的语文教育观念》，《西南民族大学学报》2004.1。

刘聪：《古典主义的文学道德观——论梁实秋的文学批评》，《山东社会科学》2004.2。

唐梅花：《七十年风雨洗纤尘——鲁迅、梁实秋关于人性与阶级性论战再审视》，《中文自学指导》2004.2。

王歧立：《梁实秋文学思想浅析》，《中山大学研究生学刊》2004.2。

杨梅：《谈梁实秋笔下的乡文化》，《内蒙古科技与经济》2004.3。

张中良：《大陆文学史上的梁实秋身份问题》，《中国现代文学研究丛刊》2004.3。

阎一飞：《民族意识、家国之恋——再论梁实秋和他的散文创作》，《长春师范学院学报》2004.3。

高旭东：《论梁实秋对中西文化的沟通》，《中国文化研究》2004.3。

王晓静：《中西合璧 雅致闲适——论梁实秋散文的文化品位》，《贵州文史丛刊》2004.3。

高旭东：《论梁实秋批判五四文学之得失》，《天津社会科学》2004.4。

白立平：《李启纯是梁实秋笔名吗》，《博览群书》2004.4。

潘艳慧、陈清：《理性的诉求与人性的呼唤——梁实秋人性论思想再解读》，

《黄石高等专科学校学报》2004.5。

赵心宪：《从"伦理想象"到"品味人生"——试论梁实秋前后期的人性论文学观念》（上），《重庆教育学院学报》2004.5。

张晶：《从浪漫到古典——论梁实秋的文艺思想》，《宜春学院学报》2004.5。

高旭东：《面对左翼：梁实秋文学批评的演变》，《齐鲁学刊》2004.5。

李诠林：《阐释学视野里的梁实秋》，《国际关系学院学报》2004.6。

梁文蔷：《我的爸爸梁实秋》，《文史博览》2004.7。

高旭东：《论梁实秋对文学批评学科的建构》，《江西社会科学》2004.8。

高旭东：《论梁实秋人性论的性质及其演变》，《理论学刊》2004.12。

高旭东：《论鲁迅与梁实秋的论战及其是非功过》，《鲁迅研究月刊》2004.12。

平原：《闲适派散文代表作家比较谈——林语堂、梁实秋之比较》，《美与时代》2004.12。

葛涛：《深化梁实秋研究，推动两岸文化交流——"梁实秋与中西文化"学术研讨会在京举行》，《鲁迅研究月刊》2005.1。

高旭东：《论梁实秋的文体批评》，《山东社会科学》2005.1。

伍杰：《梁实秋与书评》，《中国图书评论》2005.1。

高旭东：《梁实秋：慎言比较文学的比较文学家》，《东岳论丛》2005.1。

谢昭新：《论梁实秋的小说理论及创作》，《华文文学》2005.1。

刘昌贵：《梁实秋与雅舍》，《文史杂志》2005.1。

赵心宪：《从"伦理想象"到"品味人生"——试论梁实秋前后期的人性论文学观念》（下），《重庆教育学院学报》2005.1。

韦永霞：《"幽默"与"讽刺"并举——论梁实秋小品散文的艺术风格》，《淄博师范高等专科学校学报》2005.2。

解志熙：《从"戏墨斋"少作到"雅舍"小品——梁实秋的几篇佚文及现代散文的知性问题》，《新文学史料》2005.2。

刘香：《青岛四年对梁实秋的意义》，《山东师范大学学报》2005.02。

马玉红：《跨越千年的精神血缘——梁实秋与奥勒留的伦理道德联系》，《西北民族大学学报》2005.2。

高旭东：《论梁实秋的文学跨学科研究》，《中国比较文学》2005.2。

章佩峰：《新时期梁实秋文艺思想研究述评》，《黄山学院学报》2005.2。

李志孝、陶维国：《"人性"标尺下的不同言说——李健吾梁实秋文艺思想比较》，《延安大学学报》2005.2。

刘聪：《论梁实秋对五四新文学的理性反思》，《齐鲁学刊》2005.2。

王春燕：《略论梁实秋散文"雅幽默"的美学特征与意义》，《东方论坛》2005.02。

汪莉：《梁实秋散文创作论略》，《重庆教育学院学报》2005.2。

高旭东：《梁实秋的当代文化魅力》，《江苏行政学院学报》2005.3。

贾蕾：《梁实秋与中西文化学术讨论会在北京语言大学召开》，《中国现代文学研究丛刊》2005.3。

陈巧英：《从〈雅舍尺牍〉看梁实秋散文的美学特征》，《沈阳工程学院学报》2005.3。

肖国华：《复归中潜存的现代——略析梁实秋的戏剧思想》，《新余高专学报》2005.4。

邓俊庆：《梁实秋与无产阶级革命文学》，《东北师大学报》2005.5。

陶丽萍、方长安：《冲突与融合——梁实秋的自由主义思想论》，《湘潭大学学报》2005.5。

安晶：《浅谈梁实秋散文创作的审美内涵》，《太原城市职业技术学院学报》2005.5。

梁宗岱：《释"象征主义"——致梁实秋先生》，《中国现代文学研究丛刊》2005.6。

金秋：《人文观照：梁实秋散文的现代解读》，《广东行政学院学报》2005.6

宋凤英：《梁实秋的夕阳恋》，《文史天地》2005.9。

周亚明：《给梁实秋一个恰当定位》，《中国图书评论》2005.10。

周善斌：《从"兼济天下"到"独善其身"——试论梁实秋其人其文》，《湖南科技学院学报》2005.10。

陶丽萍：《梁实秋的诗学理想与新诗现代性的构建》，《学术论坛》2005.11。

周沙、徐苑琳：《超尘脱俗 适意自然——论梁实秋散文的佛禅思想》，《成都教育学院学报》2005.11。

刘川鄂：《梁实秋与中国自由主义文学》，《文学评论》2006.1。

史建国：《晚年梁实秋——情感分裂》，《中国图书评论》2006.1。

冯智强：《学者型翻译家梁实秋翻译思想研究》，《白城师范学院学报》2006.1。

李晓华：《边缘的声音，理性的回响——评〈雅舍小品〉兼论梁实秋散文的文化意义》，《世界华文文学论坛》2006.2。

李艳霞：《从目的论看梁实秋和鲁迅翻译观的异同》，《郑州航空工业管理学院学报》2006.2。

高建惠：《"说尽"莎士比亚——梁实秋与莎士比亚全集的翻译》，《宜宾学院学报》2006.3。

李翔翔：《梁实秋的新人文主义旅行观及其现代意义》，《旅游科学》2006.3。

陶丽萍：《论梁实秋的独特文化选择》，《湖北师范学院学报》2006.3。

王本朝：《梁实秋的文学批评与新文学秩序的重建》，《西南大学学报》2006.3。

刘聪：《人性视阈中的女性关怀——梁实秋的女性观》，《世界华文文学论坛》2006.3。

吴福辉：《正视自由主义作家的人生理想——读梁实秋〈雅舍轶文〉随感》，《西北师大学报》2006.4。

顾金春：《梁实秋的小说创作》，《世界华文文学论坛》2006.4。

付喜艳：《试论梁实秋的人性论实质》，《湖北经济学院学报》2006.4。

高自双：《论梁实秋散文艺术》，《殷都学刊》2006.4。

俞兆平：《梁实秋的古典主义文学理论体系》，《厦门大学学报》2006.4。

张华、马若飞：《梁实秋家书中的冷暖人生》，《邵阳学院学报》2006.5。

傅修海：《中国现代名人传记的又一力作——评刘炎生的〈潇洒才子梁实秋〉》，《华南师范大学学报》2006.6。

王青：《论梁实秋与国剧运动》，《艺术百家》2006.7。

李凌：《闻一多与梁实秋的交往》，《纵横》2006.7。

韩菁清：《和梁实秋结婚那一天》，《三月风》2006.9。

杨玉玲：《鲁迅梁实秋翻译论战综述》，《中共福建省委党校学报》2006.11。

杨梅：《月是故乡明——梁实秋乡愁散文产生的原因》，《内蒙古电大学刊》2006.12。

陶丽萍：《理性批评话语的追寻——梁实秋诗歌批评论》，《名作欣赏》2006.16。

杨爱芹：《自由文学理念的强势播扬——从〈益世报·文学周刊〉看梁实秋

的自由主义文学观》,《山东师范大学学报》2007.1。

种海燕:《卢梭对中国现代浪漫主义思潮的影响——兼论 20 世纪 20 年代梁实秋和鲁迅的论战》,《江西社会科学》2007.1。

魏斌宏:《浪漫与古典的交融——梁实秋前期文学批评思想简论》,《内蒙古农业大学学报》2007.1。

范兰德:《论梁实秋的传统文化价值传承》,《重庆三峡学院学报》2007.1。

袁盛勇:《有所感悟与感悟不够——论梁实秋对"五四"新文学的批评》,《文艺争鸣》2007.1。

刘影:《羁鸟恋旧林　池鱼思故渊——〈雅舍谈吃〉与梁实秋散文中的乡情》,《黄山学院学报》2007.1。

尚文岚:《从读者反应理论看朱生豪、梁实秋的莎译本中文化空缺词的翻译》,《河南工业大学学报》2007.1。

周伊慧:《梁实秋的人性论批评与美国新人文主义者白璧德》,《北方论丛》2007.2。

廖鸿灵:《绚烂之极趋于平淡——梁实秋〈雅舍小品〉艺术特征论》,《河南教育学院学报》2007.2。

郑万鹏:《梁实秋自由主义的文学理想》,《社会科学战线》2007.2。

陈丽:《"人性"与"存真"——伽达默尔哲学诠释学视界中梁实秋的译莎活动》,《安徽广播电视大学学报》2007.2。

宋媛:《译者的隐身——从梁实秋〈结婚典礼〉的翻译中看翻译策略选择》,《三峡大学学报》2007.2。

范兰德:《梁实秋散文文人人格文化分析》,《广州城市职业学院学报》2007.2。

马玉红：《谈梁实秋对佛禅的接受与偏离》，《井冈山学院学报》2007.3。

游士慧、吴晓红：《梁实秋与新人文主义》，《淮南师范学院学报》2007.3。

张彩霞、孙中宁：《论梁实秋散文的艺术特色》，《时代文学》2007.3。

王敏、李骏：《古典主义文学理想之建构——论梁实秋的文学思想》，《聊城大学学报》2007.3。

清华：《梁实秋的倾城之恋》，《文学界》2007.3。

李敖：《李敖眼中的梁实秋》，《文学界》2007.3。

李小白：《梁实秋在〈新月〉月刊的意义》，《文学界》2007.3。

方令孺：《1940年的梁实秋》，《文学界》2007.3。

黄清贵、林敦川：《幽默交际失败原因的语用分析——兼谈鲁迅与林语堂、梁实秋之间的文字讼诤》，《外国语言文学》2007.3。

孙璐：《梁实秋诗论中的"人性"——从诗与画的关系谈起》，《世界华文文学论坛》2007.4。

龚桂芳：《接受与翻译——梁实秋和朱生豪〈李尔王〉译本中插科打诨的话的比较》，《辽宁经济职业技术学院（辽宁经济管理干部学院学报）》2007.04。

雷琰、范厚权：《浪漫与古典——林语堂、梁实秋文艺观之比较》，《广西教育学院学报》2007.4。

梁文蔷、李菁：《我的父亲梁实秋》，《人民文摘》2007.5。

严晓江：《理性的选择 人性的阐释——从后殖民译论视角分析梁实秋翻译〈莎士比亚全集〉的原因》，《四川外语学院学报》2007.5。

康孝云、周小琴：《新人文主义：从白璧德到梁实秋——一种沟通中西的文化选择》，《石河子大学学报》2007.5。

李玲：《乐生旷达　优雅风趣——梁实秋散文论》，《海南师范大学学报》2007.5。

王敏、李骏：《论梁实秋的人性观》，《齐齐哈尔大学学报》2007.5。

温儒敏：《梁实秋：现代文学史上的"反主题"批评家》，《河北学刊》2007.5。

李翔翔：《梁实秋饮食观的基本特征及其现实意义》，《浙江师范大学学报》2007.5。

王敏：《激荡时代中的古典情怀——论梁实秋"人性"观的形成及时代效应》，《西南农业大学学报》2007.6。

蔡永丽：《人性论的二重结构——析梁实秋新人文主义文艺观的核心思想》，《平顶山学院学报》2007.6。

杨冰漠：《艰难地回归——灯火阑珊话梁实秋之二》，《新西部》2007.7。

范兰德：《论梁实秋散文的文化审美价值》，《中山大学学报论丛》2007.8。

檀辉：《评梁实秋〈雅舍小品〉》，《文学教育》2007.10。

史莉莉：《鲁迅与梁实秋文学观念的异同》，《安徽文学》2007.12。

邓珏：《试论梁实秋古典主义文学批评的现代性》，《湖北广播电视大学学报》2007.12。

邓珏：《在解读中的建构——论梁实秋对西方文学思想的选择与接受》，《作家》2007.14。

张劲松、付喜艳：《梁实秋人性论的复古色彩探析》，《作家》2007.14。

张凤杰：《论梁实秋的人性论文学观》，《科技信息》2007.21。

李伟昉：《论梁实秋与莎士比亚的亲缘关系及其理论意义》，《外国文学研究》2008.1。

顾金春：《论梁实秋的戏剧批评》，《戏剧文学》2008.1。

方宏烨：《梁实秋审美生存观的内涵》，《社会科学论坛》2008.1。

王敏、李骏：《革命时代的另一种声音——论梁实秋对同时代文学的反思》，《牡丹江师范学院学报》2008.1。

范培松：《论四十年代梁实秋、钱钟书和王了一的学者散文》，《文学评论》2008.1。

南健翀：《比较诗学语境中梁实秋诗学体系的建构》，《西安外国语大学学报》2008.1。

程园园、张德让：《梁实秋新人文主义思想与〈莎士比亚全集〉的翻译》，《黄山学院学报》2008.1。

顾金春：《论梁实秋的戏剧批评》，《世界华文文学论坛》2008.1。

肖国华：《以中为轴　融西入体——梁实秋文学批评思想渊源初探》，《焦作师范高等专科学校学报》2008.1。

严晓江：《梁实秋翻译〈莎士比亚全集〉的原则探讨》，《重庆交通大学学报》2008.2。

赖彧煌：《论早期新诗观念中诗艺和经验的紧张——以闻一多、梁实秋、俞平伯、康白情为中心》，《湛江师范学院学报》2008.2。

顾金春：《绅士趣味与性情的展现——梁实秋戏剧批评的贵族化审美倾向》，《四川戏剧》2008.2。

俞兆平、王文勇：《林语堂与梁实秋美学观念之辨异》，《福建论坛》2008.3。

史建国：《梁实秋"怀人"创作中的两处疑点》，《社会科学评论》2008.3。

张琳琳：《鲁迅与梁实秋的翻译之争及对翻译批评的意义》，《沈阳师范大学学报》2008.3。

张劲松:《作为保守主义者的梁实秋——以人性论为例》,《海南师范大学学报》2008.4。

庄锡华:《常态人性与梁实秋的文学思想》,《文学评论》2008.5。

柴华:《论新诗现代化进程中梁实秋与梁宗岱的诗学分歧》,《黑龙江社会科学》2008.5。

张杰奇:《雅舍中的梁实秋》,《安徽文学》2008.5。

马玉红:《论梁实秋与奥勒留伦理道德思想的契合》,《江汉论坛》2008.6。

于文秀:《对文学本质的超越性诉求——梁实秋文学观论析》,《文学评论》2008.6。

郦千明:《梁实秋的结发妻子程季淑》,《江淮文史》2008.6。

杜吉刚:《主义论争与纠偏之举——试论梁实秋的文学货色论思想》,《学术论坛》2008.7。

蔡永丽:《梁实秋文坛论争的三部曲——以梁鲁论争为中轴》,《井冈山学院学报》2008.7。

罗朋:《贯通中西古今 闪烁人文精神——评马玉红〈梁实秋人文主义人生艺术追求与实践〉》,《井冈山学院学报》2008.9。

朱寿桐:《面对新人文主义:鲁迅与梁实秋的意气之争》,《鲁迅研究月刊》2008.11。

董炳月:《翻译主体的身份和语言问题——以鲁迅与梁实秋的翻译论争为中心》,《鲁迅研究月刊》2008.11。

李春香:《梁实秋、方平与〈亨利五世〉的翻译——从语言风格角度评述梁、方译本》,《大众文艺》2008.11。

王国华:《在徐志摩与郁达夫之间的梁实秋》,《文史天地》2008.12。

徐世强：《为何梁实秋被毛泽东两次点名提到》，《党史博采》2008.12。

李正红：《纳中西文化，观人生百态——林语堂与梁实秋幽默观之比较》，《名作欣赏》2008.12。

张景兰：《论梁实秋小品文的幽默品位》，《名作欣赏》2008.15。

孙厚娟、王莹：《梁实秋先生在青岛》，《兰台世界》2008.15。

杨骊：《论梁实秋〈雅舍小品〉的幽默风格》，《才智》2008.19。

梁文蔷：《不一样的梁实秋》，《跨世纪》2008.20。

王澄霞：《达观从容到詈骂乖张的变奏——重读梁实秋散文集〈雅舍小品〉》，《世界华文文学论坛》2009.1。

刘源：《浅析莎剧〈哈姆雷特〉中的语言变异及其翻译——以梁实秋的译本为例》，《大众文艺》2009.1。

蔡永丽：《从梁实秋"美在文学中不重要"的论点剖析其"道德价值论"——以梁实秋与朱光潜论争为中轴》，《鸡西大学学报》2009.1。

郑成志：《意义的寻求还是诗艺的探索——论20世纪30年代梁实秋和梁宗岱的争论》，《江汉大学学报》2009.2。

朱涛、张德让：《论梁实秋莎剧翻译的充分性》，《宁波教育学院学报》2009.2。

李怡：《新人文主义视野中的吴宓与梁实秋》，《汕头大学学报》2009.2。

曾仁利、廖志勤：《朱生豪、梁实秋之翻译风格——以莎士比亚 The Life and Death of Richard the Second 两译本为例》，《西南科技大学学报》2009.3。

杨迎评：《梁实秋：戏剧是天才的艺术——论梁实秋戏剧观的局限性》，《戏剧文学》2009.3。

董莹：《浅析莎士比亚译本——朱生豪译本和梁实秋译本》，《理论建设》

2009.3。

杜吉刚、王建美：《试论梁实秋的文学功能论思想》，《名作欣赏》2009.4。

王凯：《梁实秋早年的两场笔墨官司》，《文史博览》2009.5。

赵飞：《"老者式""仁者式"和"学者式"幽默——从〈讲价〉看梁实秋的幽默》，《吉林省教育学院学报》2009.8。

严晓江：《梁实秋的译学思想简论——以梁译〈莎士比亚全集〉为例》，《时代文学》2009.8。

邓珏：《试谈梁实秋文学观从浪漫到古典的转化》，《赤峰学院学报》2009.8

李菁：《我的父亲梁实秋》，《全国新书目》2009.9。

马玉红、王公山：《梁实秋人生理想和文学艺术与儒家思想的契合》，《江汉论坛》2009.9。

王锦厚：《郭沫若与梁实秋》，《郭沫若学刊》2010.1。

王欣欣：《莎士比亚十四行诗译本评析——以梁实秋和屠岸译诗为例》，《商丘师范学院学报》2010.1。

严晓江：《梁实秋译莎的审美制约》，《鲁东大学学报》2010.2。

付佩佩：《论梁实秋对五四新文学的反思——从〈现代中国文学之浪漫的趋势〉解读》，《内蒙古农业大学学报》2010.2。

李伟昉：《梁实秋莎评特色论》，《外国文学评论》2010.2。

宗培玉：《理性的批评——梁实秋新人文主义文学观及批评理论剖析》，《湖州职业技术学院学报》2010.2。

易水寒：《梁实秋与〈莎士比亚全集〉》，《文史春秋》2010.3。

马玉红：《简洁典雅 纯正幽默——谈梁实秋散文的艺术特色》，《井冈山大学学报》2010.3。

刘聪：《伦理学还是美学——梁实秋对文学批评价值标准的探索》，《井冈山大学学报》2010.3。

龚桂芳：《"洋"与"土"——梁实秋和朱生豪〈李尔王〉译本用词之比较》，《佳木斯教育学院学报》2010.3。

李明清：《梁实秋〈威尼斯商人〉译本研究》，《外国语文》2010.4。

严晓江：《梁实秋与朱生豪莎剧译文特点之比较》，《南通大学学报》2010.4。

严晓江：《胡适与梁实秋译莎》，《重庆交通大学学报》2010.4。

韦永霞：《"幽默"与"讽刺"并举——论梁实秋小品散文的艺术风格》，《晋城职业技术学院学报》2010.4。

翟二猛：《为了文学的尊严——梁实秋文学人性论新解》，《文学界》2010.4。

何媚：《论梁实秋的古典主义文学批评观》，《传奇·传记文学选刊（理论研究）》2010.4。

郭长保：《梁实秋文学观对新文学理念的平衡》，《求索》2010.6。

李新：《梁实秋在抗战前后关于文学与政治之关系的言论》，《通化师范学院学报》2010.7。

李伟昉：《梁实秋莎评的人性论特征及其意义》，《外国文学研究》2011.2。

二、著作

雷锐、宋瑞兰编：《梁实秋幽默散文赏析》，漓江出版社1991年版。

李正西、任合生编：《梁实秋文坛沉浮录》，黄山书社1992年版。

徐静波：《梁实秋——传统的复归》，复旦大学出版社1992年版。

陈子善：《回忆梁实秋》，吉林文史出版社 1992 年版。

叶永烈：《梁实秋的梦》，上海书店 1993 年版。

宋益乔：《梁实秋传》，北岳文艺出版社 1994 年版。

余光中等：《雅舍尺牍：梁实秋书札真迹》，九歌出版社 1995 年版。

鲁西奇：《梁实秋传》，中央民族大学出版社 1996 年版。

黎照：《鲁迅梁实秋论战实录》，华龄出版社 1997 年版。

宋益乔：《梁实秋》，中国华侨出版社 1998 年版。

刘炎生编：《雅舍闲翁：名人笔下的梁实秋　梁实秋笔下的名人》，东方出版中心 1998 年版。

李瑞腾、蔡宗阳主编：《雅舍的春华秋实：梁实秋学术研讨会论文集》，九歌出版社有限公司 2002 年版。

刘聪：《古典与浪漫：梁实秋的女性世界》，河南人民出版社 2003 年版。

刘勇主编：《解读梁实秋经典》，花山文艺出版社 2004 年版。

叶永烈：《梁实秋与韩菁清：传奇的恋爱》，广西人民出版社 2004 年版。

梁文蔷：《梁实秋与程季淑：我的父亲母亲》，百花文艺出版社 2005 年版。

高旭东：《梁实秋：在古典与浪漫之间》，文津出版社 2005 年版。

宋宜乔：《梁实秋传》，百花文艺出版社 2005 年版。

宋益乔：《梁实秋评传》，中国社会出版社 2005 年版。

刘炎生：《潇洒才子梁实秋》，湖北人民出版社 2006 年版。

窦应泰：《梁实秋的初恋和黄昏恋》，台海出版社 2006 年版。

马玉红：《梁实秋人文主义人生艺术追求与实践》，民族出版社 2006 年版。

朱寿桐、刘聪：《梁实秋图传》，广东教育出版社 2007 年版。

梁实秋：《大道无所不在》，陕西师范大学出版社 2007 年版。

刘天华、维辛选编：《梁实秋读书札记》，当代世界出版社2007年版。

高旭东编：《梁实秋与中西文化》，中华书局2007年版。

严晓江：《梁实秋中庸翻译观研究》，上海译文出版社2008年版。

南健翀：《比较诗学语境中的梁实秋诗学思想研究》，中国社会科学出版社2008年版。

刘聪：《现代新儒学文化视野中的梁实秋》，齐鲁书社2010年版。

三、硕士学位论文

张丽珍：《〈新月月刊〉的政治言论》，"国立政治大学"1978年。

林君仪：《抗战后期的学者散文——王力、梁实秋、钱钟书三家研究》，"国立清华大学"1984年。

刘信足：《梁实秋〈雅舍小品〉研究》，南华大学1992年。

钟凤美：《梁实秋先生的事迹与散文之研究》，"国立政治大学"1992年。

昌丽满：《梁实秋〈雅舍小品〉研究》，玄奘大学1993年。

廖秀银：《梁实秋及其散文研究》，台北市立师范学院1993年。

陈熙：《论梁实秋中译之古英文诗〈闺怨〉：一种品槛》，东吴大学1996年。

辛克清：《传统的复归——试论梁实秋的文艺思想及其得失》，山东师范大学2000年。

徐立强：《构筑理想化的人性庙堂——论梁实秋与中国现代文学批评》，曲阜师范大学2000年。

刘聪：《激情年代的古典守望——论梁实秋的文学批评》，曲阜师范大学

2000 年。

麻尧宾:《梁实秋小品文艺术论》,天津师范大学 2001 年。

薛进:《论梁实秋及其〈雅舍小品〉》,内蒙古师范大学 2003 年。

尹传芳:《论梁实秋的自由主义思想》,北京语言大学 2003 年。

丁培卫:《梁实秋散文创作及文化意蕴探究》,山东大学 2004 年。

王虹:《论梁实秋的散文创作》,华中师范大学 2004 年。

王亚丽:《两个〈哈姆雷特〉中译本修辞格翻译对比研究》,西北工业大学 2004 年。

王歧立:《论梁实秋的文学思想与批评实践》,中山大学 2005 年。

王敏:《古典主义的自由知识分子话语——论梁实秋的文学批评》,华中师范大学 2005 年。

刘九茹:《梁译莎士比亚研究》,郑州大学 2005 年。

陈伟莲:《梁实秋的文学批评标准研究》,河北大学 2005 年。

章佩峰:《梁实秋的伦理批评及其现代意义》,苏州大学 2005 年。

方宏烨:《梁实秋"人生艺术化"思想研究》,浙江师范大学 2005 年。

胡世荣:《基于语料库的梁实秋和朱生豪翻译〈哈姆雷特〉和〈奥赛罗〉的翻译策略研究》,上海交通大学 2006 年。

肖国华:《梁实秋文学批评与转换应用研究》,福建师范大学 2006 年。

李艳霞:《从目的论来看鲁迅梁实秋翻译选择的异同》,郑州大学 2006 年。

钟雪:《从 Andre Lefevere 的操纵论看梁实秋对莎士比亚四个喜剧的翻译》,广西师范大学 2006 年。

陈芳:《莎士比亚戏剧两个典型中译本的对比研究》,沈阳师范大学 2007 年。

蔡龙威:《欧文·白璧德的新人文主义对吴宓和梁实秋的影响》,黑龙江大学

2007年。

王建美：《后现代性与现代性：梁实秋文论思想的张力性品格》，南昌大学2007年。

魏斌宏：《坚守与徘徊——梁实秋文艺批评思想研究》，南京师范大学2007年。

邓珏：《梁实秋与中国古典主义文学理论与批评》，厦门大学2007年。

张艳姝：《梁实秋〈雅舍谈吃〉的思乡情结》，吉林大学2007年。

许玲：《梁实秋新人文主义思想与莎剧翻译》，安徽师范大学2007年。

陈萍：《梁实秋与中国现代自由主义艺术哲学》，北京语言大学2007年。

解尚萍：《在"革命"与"浪漫"之间——1937—1949年丰子恺、梁实秋小品散文美学特征研究》，四川师范大学2008年。

黄泽英：《从接受理论看梁实秋的莎剧中译——以梁译〈罗密欧与朱丽叶〉为个案》，湖南师范大学2008年。

梅胜利：《鲁迅梁实秋论争中的人性话语重读》，西南大学2008年。

黄昌华：《论新人文主义对梁实秋和吴宓文学观的影响》，福建师范大学2008年。

龚宸珲：《梁实秋"人性论"文学批评思想研究》，西南大学2008年。

祝剑锋：《论梁实秋早期的文学批评观》，首都师范大学2008年。

高丽丽：《论梁实秋的休闲观念及〈雅舍小品〉的休闲特质》，青岛大学2008年。

邹超才：《"异类的古典"——梁实秋文艺思想评述》，福建师范大学2008年。

付喜艳：《从"雅舍"走向世界：论梁实秋的雅舍散文》，中山大学2008年。

王慧莉：《翻译家梁实秋研究》，华东师范大学2008年。

龚桂芳：《翻译与接受——梁实秋和朱生豪汉译〈李尔王〉之比较》，中南大学 2008 年。

李享：《梁实秋的美学思想》，东北师范大学 2008 年。

林美貌：《智者的笑：庄谐杂出　各呈异彩——论梁实秋、钱钟书、王力散文的幽默艺术》，福建师范大学 2008 年。

李辉：《论新人文主义思想在中国的阐释与接受——以学衡派和梁实秋为个案》，福建师范大学 2008 年。

李燕：《〈罗密欧与朱丽叶〉两种汉译本的描述性研究》，中国石油大学（华东）2008 年。

刘旸：《论梁实秋的崇高文艺思想——以朗吉弩斯的〈论崇高〉为参照》，湖南大学 2009 年。

王琳：《从阐释学视角论梁实秋的翻译风格——以〈温莎的风流妇人〉为例》，西南大学 2009 年。

黄晓鹏：《基于勒菲弗尔三要素理论对译者梁实秋的研究》，上海外国语大学 2009 年。

苗波：《梁实秋中庸文艺思想研究》，山东大学 2009 年。

杨曦：《梁实秋翻译思想研究》，浙江财经学院 2010 年。

郭燕：《梁实秋抗战期间的散文创作论》，重庆师范大学 2010 年。

欧阳细玲：《伟大翻译家梁实秋研究》，上海师范大学 2010 年。

董洋萍：《操控视角下鲁迅、梁实秋翻译思想对比研究》，浙江师范大学 2010 年。

高娟：《论梁实秋文艺观中的理性精神》，山东师范大学 2010 年。

何倩：《西式的古典——论梁实秋对西方文艺思想的接受与改造》，四川师范大学 2010 年。

程丽君：《回归历史原貌——梁实秋主编的〈平明〉研究》，四川师范大学

2010 年。

武世花：《梁实秋翻译杂合化研究》，江苏大学 2010 年。

赵林：《基于译者主体看〈哈姆雷特〉的两个中译本》，东华大学 2011 年。

四、博士学位论文

江涌：《梁实秋论》，苏州大学 2004 年。

刘聪：《现代新儒学文化视野中的梁实秋》，山东师范大学 2005 年。

刘香：《边缘的自由——1930—1937：国立青岛/山东大学"教授作家"研究》，山东师范大学 2005 年。

马玉红：《论梁实秋人文主义人生艺术追求与实践》，兰州大学 2006 年。

严晓江：《梁实秋中庸翻译观研究》，南京大学 2007 年。

管雪莲：《论中国现代文学中的古典主义思潮》，厦门大学 2007 年。

赵冬梅：《五四时期的翻译批评研究》，山东大学 2007 年。

主要参考文献

一、主要著作

阿英编:《晚清文学丛钞·小说戏曲研究卷》,中华书局 1960 年版。

包斯威尔:《约翰生传》,蔡田明译,国际文化出版公司 2005 年版。

陈子善编:《回忆梁实秋》,吉林文史出版社 1992 年版。

陈平原等编:《二十世纪中国小说理论资料》,北京大学出版社 1997 年版。

丹纳:《艺术哲学》,傅雷译,人民文学出版社 1963 年版。

丹尼尔·贝尔:《资本主义文化矛盾》,北京三联书店 1989 年版。

高旭东:《鲁迅与英国文学》,陕西人民教育出版社 1996 年版。

高旭东:《梁实秋:在古典与浪漫之间》,文津出版社 2004 年版。

高旭东:《梁实秋与中西文化》,中华书局 2007 年版。

葛桂录:《中英文学关系编年史》,上海三联书店 2004 年版。

歌德等:《莎剧解读》,张可等译,上海教育出版社 1998 年版。

关爱和:《中国近代文学论集》,中华书局 2006 年版。

(清)郭嵩焘:《郭嵩焘日记》第 3 卷,湖南人民出版社 1982 年版。

郭沫若:《少年时代》,人民文学出版社 1979 年版。

郭延礼：《中西文化碰撞与近代文学》，山东教育出版社1999年版。

郭延礼：《近代西学与中国文学》，百花洲文艺出版社1999年版。

赫胥黎：《天演论》，严复译，商务印书馆1981年版。

海涅：《莎士比亚笔下的女角》，上海译文出版社1981年版。

黄霖等选注：《中国历代小说论著选》（修订本），江西人民出版社2000年版。

胡适：《胡适全集》第29卷，安徽教育出版社2003年版。

金丝燕：《文学接受与文化过滤》，中国人民大学出版社1994年版。

梁实秋译：《莎士比亚全集》，台北远东图书公司1968年版。

梁实秋主编：《莎士比亚诞辰四百周年纪念集》，台北"国立编译馆"1966年版。

梁实秋：《梁实秋文集》，鹭江出版社2002年版。

梁启超：《饮冰室诗话》，人民文学出版社1998年版。

梁启超：《饮冰室合集（集外集）》，夏晓虹辑，北京大学出版社2005年版。

柳无忌：《西洋文学研究》，中国友谊出版公司1985年版。

刘炳善：《为了莎士比亚》，河南大学出版社2009年版。

刘锋杰：《中国现代六大批评家》，北京大学出版社2005年版。

林则徐：《四洲志》，北京华夏出版社2002年版。

林纾译：《吟边燕语》，商务印书馆1981年版。

《林语堂自传》，河北人民出版社1991年版。

李继凯：《全人视境中的观照：鲁迅与茅盾比较论》，中国社会科学出版社2003年版。

罗新璋编：《翻译论集》，商务印书馆1984年版。

鲁迅：《鲁迅全集》第1—10卷，人民文学出版社1981年版。

茅盾：《茅盾全集》第29、30、32、33卷，人民文学出版社2001年版。

《马克思恩格斯选集》第 4 卷,人民出版社 1972 年版。

《马克思恩格斯全集》第 42 卷,人民出版社 1972 年版。

孟宪强编选:《中国莎士比亚评论》,吉林教育出版社 1991 年版。

孟宪强:《中国莎学简史》,东北师范大学出版社 1994 年版。

钱钟书:《七缀集》,上海古籍出版社 1985 年版。

莎士比亚:《哈孟雷特》,田汉译,上海中华书局印行民国十一年。

宋淇编:《翻译纵横谈》,辰冲图书公司 1969 年版。

谭佛雏校辑:《王国维哲学美学论文辑佚》,华东师范大学出版社 1993 年版。

唐弢主编:《中国现代文学史》,人民文学出版社 1979 年版。

王国维:《王国维文集》,中国文史出版社 1997 年版。

王建开:《五四以来我国英美文学作品译介史》,上海外语教育出版社 2003 年版。

王向远:《翻译文学导论》,北京师范大学出版社 2004 年版。

韦斯坦因:《比较文学与文学理论》,刘象愚译,辽宁人民出版社 1987 年版。

伍蠡甫等:《西方文艺理论名著选编》,北京大学出版社 1986 年版。

吴洁敏等:《朱生豪传》,上海外语教育出版社 1990 年版。

耶方斯:《名学浅说》,严复译,商务印书馆 1981 年版。

严晓江:《梁实秋中庸翻译观研究》,上海译文出版社 2008 年版。

杨周翰编选:《莎士比亚评论汇编》,中国社会科学出版社 1979 年版。

杨晦:《杨晦文学论集》,北京大学出版社 1985 年版。

余光中:《余光中集》第 6 卷,百花文艺出版社 2004 年版。

曾纪泽:《使西日记》,湖南人民出版社 1981 年版。

张泗洋等:《莎士比亚引论》,中国戏剧出版社 1989 年版。

张中良:《五四时期的翻译文学》,秀威咨询科技股份有限公司 2005 年版。

郑振铎：《郑振铎全集》第 11 卷，花山文艺出版社 1998 年版。

周越然：《莎士比亚》，商务印书馆 1929 年版。

周扬：《周扬文集》第 1 卷，人民文学出版社 1984 年版。

二、主要报刊

《新青年》1919 年 1 月 15 日第 6 卷第 1 号。

《新潮》1919 年 1 月 1 日 1 卷 1 号。

《小说月报》1921 年 2 月 10 日 12 卷 2 号、1922 年 7 月 10 日 13 卷 7 号。

《文学旬刊》1921 年 6 月 30 日第 6 号、1922 年 8 月 1 日第 45 期、1922 年 8 月 11 日第 46 号。

《时事新报》副刊《学灯》1922 年 7 月 27 日。

《语丝》1924 年 12 月 1 日第 3 期。

《晨报副刊》1926 年 3 月 22 日、10 月 21、26 日。

《现代》1935 年第 6 卷第 2 号。

《文艺月报》1954 年第 4 期。

《莎士比亚研究》创刊号，浙江人民出版社 1983 年。

《外语教学与研究》1988 年第 1 期。

《文学评论》1988 年第 2 期。

《武汉大学学报》1990 年第 2 期。

《中国翻译》2003 年第 5 期。

《淡江人文社会学刊》2007 年第 32 期。

后记

选择"梁实秋莎评研究"这个课题与博士后经历有关。2004年我从四川大学博士毕业返回母校河南大学,并于同年年底进入刚设站不久的中国语言文学博士后科研流动站,合作导师是研究中国近代文学的著名学者关爱和教授。入站后首先想到的问题就是:选择怎样一个具有创新性价值的课题作为将来的博士后出站报告。从这些年的研究视野所及,我发现国内学界对梁实秋在近现代中国莎士比亚接受与批评史上的贡献和意义尚缺乏应有的学理探讨。例如,究竟是什么原因让梁实秋付出近40年的宝贵年华去执著地翻译和研究莎士比亚,他的莎评主要涉及哪些内容,有什么特点,其价值和意义是什么,等等,都是值得探寻的问题。我开始梳理材料,整理思路,进入研究状态。

2006年初,我以"梁实秋莎评研究"为课题先后申报了国家社科基金项目和中国博士后科学基金项目,后来均获得了立项。此项博士后科学基金的获得,也使河南大学在国家博士后科学基金资助的申报方面实现了零的突破,为此学校新闻网作了专题报道。这期间,由于在北京语言大学参加出国外语培训和紧接着的教学评估准备工作,课题的写作几度中断。2007年5月我先以报告形式完成该课题并出站,此后经过增补与修改，最后成为现在这个样子。当然，现在完成的书稿，还存在很多不足，限于认识水平和时间等方面的原因，也还有一些相关话题尚未涉及和展开，只能留待以后继续补充完善和深入探讨了。好在写出来的这些主要内容，多是学界长期以来所忽略、没有研究到的，这又让我稍微有一点安慰。希望本书的出版，能对国内梁实秋莎评研究的进一步展开，提供些微有益的借鉴。

本书的部分阶段性研究成果已经先后发表在国内一些重要学术期刊上，例如《梁实秋莎评特色论》(《外国文学评论》2010年第2期)、《梁实秋莎评的人性论特征及其意义》(《外国文学研究》2011年第2期)、《梁实秋与莎士比亚的亲缘关系及其理论意义》(《外国文学研究》2008年第1期)、《中国初期莎士比亚评论的重要界碑》(《河南大学学报》2008年第1期)。其中，《梁实秋莎评特色论》被《新华文摘》2010年第16期转载。

课题写作过程中得到了关老师的悉心指导，导师严谨求实的学术风范，忙中取静、精益求精的精神令我起敬。博士后报告开题时，刘增杰、刘思谦、吴福辉、陈子善、王中忱、解志熙等教授给我提出了诸多宝贵的建设性意见；河南大学博士后办公室主任徐飞同志在我进站期间提供了不少帮助；白春超、王鹏、邱业祥三位老师参与了本书的部分写作，第三章由白春超撰写，第七章由王鹏和邱业祥撰写，李伟昉补充修改；商务印书馆总编室刘兰女士和责任编辑丁波先生为本书的编辑出版作了大量细致的工作，在此一并向他们致以诚挚的谢意！

2011年2月18日